LADO B

HOLLY BRICKLEY

LADO B

Rocco

Tradução de Marcela Isensee

Título original
DEEP CUTS

Direitos para a língua portuguesa reservados
com exclusividade para o Brasil à
EDITORA ROCCO LTDA.
Rua Evaristo da Veiga, 65 – 11° andar
Passeio Corporate – Torre 1
20031-040 – Rio de Janeiro – RJ
Tel.: (21) 3525-2000 – Fax: (21) 3525-2001
rocco@rocco.com.br
www.rocco.com.br

Printed in Brazil/Impresso no Brasil

Preparação de originais
ANA C. MOURA

CIP-BRASIL. CATALOGAÇÃO NA PUBLICAÇÃO
SINDICATO NACIONAL DOS EDITORES DE LIVROS, RJ

B861L

Brickley, Holly
Lado B / Holly Brickley ; tradução Marcela Isensee. - 1. ed. - Rio de Janeiro : Rocco, 2025.

Tradução de: Deep cuts
ISBN 978-65-5532-631-4
ISBN 978-65-5595-422-7 (recurso eletrônico)

1. Ficção canadense. I. Isensee, Marcela. II. Título.

CDD: C813
25-100476.0 CDU: 82-3(71)

Carla Rosa Martins Gonçalves - Bibliotecária - CRB-7/4782

Esta é uma obra de ficção. Todos os incidentes, diálogos e personagens, com exceção dos historicamente conhecidos e figuras públicas, são produtos da imaginação da autora ou foram usados de forma fictícia, sem intenção de retratá-los como verídicos. As situações, os incidentes e os diálogos relativos a figuras históricas e públicas da vida real são fictícios e sem a intenção de descrever acontecimentos factuais ou mudar a natureza fictícia da obra.
Para todos os outros aspectos, qualquer semelhança com pessoas vivas ou não é mera coincidência.

Para Danny.

Sorria, Sara

Ele me pegou cantando uma música ruim. Era a virada do milênio, então dava para escolher entre sucessos genéricos — provavelmente uma boy band, uma adolescente de cropped ou um homem musculoso fanho. Eu estava distraída, esperando uma bebida no bar; não percebi que estava cantando até que o sorriso dele surgiu na minha visão periférica, e quase morri de vergonha.

— Música horrível — falei, forçando um tom casual. — Mas gruda na cabeça.

Nós nos conhecíamos daquela forma vaga que conhecemos as pessoas na faculdade, sem nunca termos conversado ou sido apresentados antes. Joey — era como o chamavam, embora eu tenha decidido naquele momento que o apelido não combinava com ele; era alto demais, para começo de conversa — apoiou o cotovelo no balcão e disse:

— Mas será que uma música que gruda na cabeça pode mesmo ser horrível, se gruda de verdade?

— Pode.

— Mas ela está fazendo o que se propõe a fazer. É eficaz. Atrai as pessoas.

— Dick Cheney é eficaz — respondi. — Os nazistas atraíam as pessoas.

Ele abriu outro sorriso.

O barman me entregou a cerveja, e eu a aceitei com gratidão, encostando a caneca gelada na bochecha. A música terminou, e uma explosão de sons de bar preencheu o vazio: gelo chacoalhando na coqueteleira, bolas de sinuca batendo, um casal sentado no bar gritando de frustração para uma TV suspensa acima do barman. Joe pediu uma bebida e começou a tirar notas amassadas do bolso da calça jeans. Eu estava prestes a voltar para minha mesa quando "Sara Smile", de Hall & Oates, começou a tocar, e ele soltou um gemido.

— Essa música é perfeita. — Disparou a mão para os cachos escuros de seu cabelo, depois deslizou pela bochecha enquanto ouvia.

Hall & Oates! Eu amava Hall & Oates! Eles eram uma escolha rara no jukebox para a época — uma banda cujo som bem anos 1980 era considerado cafona pela maioria das pessoas que eu conhecia, recente demais para ser considerado cult, embora isso fosse mudar em breve. Eu me encostei no balcão do bar ao lado dele e ouvi o primeiro verso, lindo e sensual.

— Na verdade — falei, sem conseguir me conter —, eu diria que essa é uma gravação perfeita, não uma música perfeita. — Percebi que ele meio que já tinha entendido, mas expliquei mesmo assim, com um nível de detalhes condizente com uma ideia de complexidade muito maior: — Uma música perfeita tem estrutura mais sólida. Letra, acordes, melodia. Ela pode ser tocada de formas diferentes, produzida de formas diferentes, e quase sempre vai ser incrível. "Both Sides Now", por exemplo, se me permite ser a garota no bar que fala de Joni Mitchell. Qualquer cantor que não seja um completo zero à esquerda pode fazer uma versão dessa música, e você vai ficar todo arrepiado, sabe?

Foi muita coragem da minha parte supor que ele conhecia a música, mas Joe logo concordou.

— Com certeza.

Eu me abaixei para não ser engolida pela axila de um cara alto que pegava uma bebida no bar. Os olhos de Joe continuaram em mim, fixos como holofotes, então continuei:

— Agora, sobre "Sara Smile", você consegue imaginar alguém além do Daryl Hall cantando ela exatamente como ele cantou nesse dia específico?

Joe inclinou a cabeça para ouvir. Daryl Hall respondeu com um riff longo e elegante.

Levantei um dedo no ar, traçando a melodia.

— Viu? A parte mais bonita do verso é só ele tocando riffs. Uma ótima música pode ser melhorada ou arruinada por riffs, e estou falando do mundo do pop rock, obviamente. Mas não dá pra *depender* de riffs.

Joe não parecia complacente nem entediado, duas reações que esse tipo de conversa costumava causar. Ele não me deu um sermão sobre relativismo enquanto fazia aspas no ar com a expressão "boa música". Apenas pegou a garrafa de Budweiser e tomou um gole.

O cara alto ao nosso lado deu um tapinha no ombro dele, e os olhos de Joe brilharam em reconhecimento, então parecia que a conversa tinha chegado ao fim. Mas, antes que eu conseguisse sair dali, ele se virou.

— Qual é mesmo o seu nome? — Ele olhou para mim com certa severidade, como se eu fosse uma farpa que ele estivesse tentando arrancar.

— Percy — respondi. — Tchau.

Voltei para a mesa em que minha colega de apartamento e o namorado estavam planejando uma festa que eu não queria dar.

— Até que enfim — disse Megan enquanto eu deslizava pelo banco de madeira grudento e me sentava de frente para os dois. — Você acha que uma daquelas garrafonas de vodca é suficiente, além dos drinques e de um barril de cerveja? — Ela me mostrou um post-it enfiado no planner. — Daria cinquenta para cada um. A menos que os drinques sejam com Red Bull.

Megan fazia história da arte, mas parecia mais feliz fazendo contas simples. Eu tolerava essa mania de organização dela me permitindo pequenos atos de rebeldia: tampas de pasta de dente largadas, contas de telefone pagas com atraso — tudo para satisfazer meu impulso interno por caos sem comprometer nossa amizade, que era importante para mim, nem que fosse só pela sua raridade, como um diamante feio.

— Contei ao Trent o que conversamos sobre não convidar o mundo inteiro — disse ela enquanto tomava um gole de seu cosmopolitan, lançando um olhar significativo para o namorado. Coitado do Trent. Eu achava que eles já teriam terminado a essa altura.

— Joey Morrow vai? — Trent me perguntou, olhando discretamente para Megan. Quando dei de ombros, ele insistiu: — Você estava falando com ele no bar, certo? Ele é da minha turma de economia.

Megan se virou para olhar na direção de Joe.

— Ah, ele… Joey e Zoe, que gostam do Bowie. É, eles são legais.

Eu sabia que ele tinha namorada. Fiquei olhando para ele do outro lado do bar e pensei em uma comédia romântica que vi quando tinha uma idade infelizmente impressionável, na qual um homem diz, olhando com desejo para a protagonista: "Uma garota assim já nasce com namorado." Com Joe, não era a mandíbula perfeita, nem as sobrancelhas arqueadas sobre os olhos grandes — tudo isso era compensado, na equação de atratividade que eu havia aprendido nesses filmes, pelo nariz adunco e pelos dentes separados, pelos ombros largos demais no corpo alto e desengonçado. Era a maneira que ele movia aqueles membros angulosos, como se a energia meio brusca fosse a maneira óbvia de fazê-los funcionar. Era o jeito como sorria fácil e franzia a testa com igual facilidade, torturado por uma música triste em voz e violão. Um garoto assim já nasce com namorada.

— Alerta de Amoeba — murmurou Megan, seus olhos percorrendo algo por cima do meu ombro.

Tive o ímpeto de sair correndo, mas não me virei. Sabia que ela estava se referindo aos funcionários da Amoeba Music, a lendária loja de discos de Berkeley, onde trabalhei no segundo ano antes de ser contratada por sua prima feia, a Rasputin Music, que ficava na mesma rua. Trabalhar na Amoeba, cheia de pessoas esnobes e pretensiosas, foi um inferno, como uma noite de sexo particularmente ruim. Já a Rasputin tinha sido um bom lugar para trabalhar, mas o ambiente era muito chato e ninguém nunca conversava sobre música. Agora eu trabalhava em um restaurante ganhando o dobro e me sentia sortuda por ter me livrado de todos eles.

— Só os estudantes — atualizou ela. — O cara das costeletas e mais dois. Nem sinal do Neil.

Claro. Neil jamais viria a um bar como esse, a poucos quarteirões do campus, famoso por aceitar até as piores identidades falsas. Minha adrenalina deu uma trégua.

— Será que a gente deveria convidar esse povo para a festa? — perguntou minha amiga, fazendo uma careta. — Você tem dois segundos para decidir.

Eu travei. Odiava aquelas pessoas, mas conseguia conversar com elas.

— Tá bom! — soltei, alto demais, bem na hora que eles passaram pela nossa mesa sem nem dar um aceno, que dirá parar para conversar. Trent assobiou de um jeito grave, que podia ser interpretado tanto como pena quanto como deboche.

Reconheci os três de costas. Nunca fomos próximos quando trabalhávamos juntos; eles estavam ocupados demais tentando se provar para os veteranos da equipe, aqueles com histórico de drogas pesadas e situação de moradia complicada em Oakland. Também teve um episódio em que o cara das costeletas riu de mim por eu não conhecer a banda Brian Jonestown Massacre, e minha reação foi acusá-lo de "conhecer muita coisa, mas sem nenhuma profundidade", uma opinião que eu ainda mantinha: a música era um objeto de colecionador para aqueles caras, uma imensidão de conhecimento a ser conquistado mais do que uma fonte de alegria. Mas, mesmo assim, um "oi" teria sido o mínimo.

Megan me encarou com uma cara de pena. Retribuí com gratidão.

— Vamos pegar um Red Bull — sugeri, e ela sorriu.

Trent começou a jogar indireta de que os dois deveriam ir para o apartamento dele, embora fossem apenas dez da noite e estivéssemos na lista para jogar sinuca. *Pelo menos eu saí um pouco*, pensei. Pelo menos não teria que continuar discutindo os méritos relativos de bebidas com vodca. Trent me passou a cerveja pela metade antes de se afastar com Megan. Era o tipo de cerveja que tinha gosto de sola de sapato, mas bebi mesmo assim, com urgência, ciente do tempo que uma garota conseguia ficar sozinha num bar antes de se tornar uma *red flag* ambulante. Fingi interesse na luminária de vitral pendurada sobre a mesa.

— Me diz uma música que tenha letra e melodia perfeitas.

Joe estava parado ao pé da mesa.

Levantei a cerveja para esconder meu sorriso, pensando rápido.

— "In My Life", dos Beatles. A versão original com o solo de piano estranho e acelerado de George Martin. Uma música perfeita com estrutura impecável, além de terem arrasado no contexto.

— Hum — respondeu ele, visivelmente decepcionado com a resposta. Sentou no banco à minha frente. — Eu diria que os vocais duplos foram um erro.

Cruzei os braços e tentei tocar a música na minha cabeça.

— Lennon insistiu nesses efeitos porque odiava a própria voz — continuou Joe. — Mas é uma música tão íntima... Seria melhor se a gente sentisse que ele estava sozinho, cantando para nós, não acha?

— Não é como se tivesse um coro de apoio — falei. — É só a voz de John duplicada.

— Ah, como se fossem as múltiplas personalidades dele? — Deu um sorriso irônico. — Parece uma daquelas coisas idiotas que um crítico musical diria.

Estava começando a me perguntar se ele poderia estar certo sobre a música, mas eu queria ter a última palavra.

— "Coisas idiotas que um crítico musical diria" parece uma daquelas coisas idiotas que um universitário diria.

Ele olhou para mim por cima da borda do copo e então deu um sorrisinho enquanto bebia.

— Ainda é uma música perfeita. Isso é mais importante.

— É mesmo?

Continuamos conversando e não conseguimos parar. O tempo se esticava como puxa-puxa. Nós nos revezamos selecionando músicas no jukebox, que, por milagre, tocaram. A sobreposição em nossos gostos musicais foi aumentando cada vez mais, até que começou a parecer infinita: indie rock e Elephant 6, tudo dos anos 1960, nenhuma culpa associada aos prazeres pop. Quando terminamos nossas cervejas, Joe desapareceu por longos e torturantes minutos, depois retornou com uma jarra cheia e dois copos limpos, e voltamos com tudo. A mesa era como uma sala separada de tudo, cercada em três lados por uma parede e pelos altos encostos de madeira dos nossos bancos. O resto do bar — escuro e turvo, repleto de pessoas normais —, nós observávamos muito de vez em quando, como se estivéssemos muito distantes dali.

Casualmente o convidei para a festa, mas ele disse que era aniversário do pai da Zoe.

— Você conhece a Zoe? — perguntou, inclinando-se por cima da mesa, com as sobrancelhas arqueadas agora relaxadas.

— Não.

Zoe era uma punk de bom gosto: magra como um palito, com quadris estreitos, camisetas curtinhas e sapatos plataforma, cabelo descolorido com a raiz preta. Os dois tinham chegado juntos naquele outono como se fossem um só, transferidos de alguma faculdade do subúrbio para nossa turma do terceiro ano, ambos com especialização em ciências políticas.

— Eu acho... — Ele fez uma rápida análise da multidão no bar antes de olhar de novo para mim. — Acho que a Zoe e eu podemos ser a gravação perfeita. Precisamos desse contexto: família, amigos, nossa cidade natal. Não sei como é a *estrutura* do nosso relacionamento.

Minha reação inicial foi de culpa, como se qualquer problema com a namorada que ele tivesse identificado fosse, de alguma forma, por minha causa. Então senti uma pontada de pânico diante da possibilidade de ele estar solteiro, o que transformaria esse cenário em algo com que eu seria incapaz de lidar. Então recuei:

— Uma gravação perfeita não é pouca coisa! Uma gravação perfeita pode ser tudo! Você estava amando "Sara Smile" antes de eu começar a tagarelar!

Ele assentiu, passando a unha do polegar por um par de iniciais esculpidas no tampo de madeira da mesa.

— Verdade. E não consigo imaginar minha vida sem ela, de qualquer forma. — Deu um tapinha na mesa para concluir.

Isso me acalmou o suficiente para controlar o pânico. Eu me recostei no canto do meu lado da mesa; ele se inclinou para o dele. Fiquei olhando para o resto de espuma de cerveja grudado no meu copo e pensei naquela metáfora: um relacionamento como uma gravação perfeita. Havia algo delicioso nisso, o modo como ele fez minha pequena versão de uma música pop ser tão emocionante, tão real. Saboreei aquilo igual bala que a gente deixa na boca até derreter.

O bar estava fechando, e as luzes se acenderam; o rosto de Joe parecia diferente sob o brilho intenso — havia algo triste e determinado nos seus olhos, brutalmente vivo. Senti um vazio repentino no peito, como se uma porta estivesse sendo escancarada dentro de mim.

Ele foi até a beirada do banco e acenou para alguns caras perto da porta, depois se virou para mim.

— Posso te mostrar uma música em que estou trabalhando?

Então ele era um músico de verdade. Eu passaria os próximos dias processando essa informação, pensando na nossa conversa considerando essa novidade, mas naquele momento a descoberta me deixou atordoada. Sem dizer nada, escrevi meu endereço em um guardanapo e de repente Joe estava de pé, batendo a cabeça na luminária pendente, abotoando um casaco velho azul-marinho. Continuei sentada.

— Com quem você veio? — perguntou.

— Ah, só com algumas pessoas que me toleram. Já foram embora.

— Então vem com a gente.

— Não — respondi, e aí percebi que precisava de um motivo. — Não ando com músicos.

— E por que não? — Ele deu uma risada, caminhando de costas em direção à porta.

Porque músicos me dão uma inveja insuportável.

— Porque eles sempre me decepcionam — respondi, o que também era verdade.

Joe ergueu o guardanapo.

— Desafio aceito!

Fiquei sentada até alguém recolher os copos vazios da mesa e o sentimento de atordoamento começar a se transformar em expectativa. A música dele certamente seria medíocre ou terrível; mesmo assim saboreei as possibilidades: sussurro acústico? Ruídos eletrônicos e distorções elétricas? No caminho para casa, comprei uma fatia de pizza que comi enquanto caminhava, com a gordura escorrendo pelos cantos de um sorriso estranhamente incontrolável.

Alguém disse

Na noite seguinte demos nossa festa idiota. Foi um sábado exaustivo: pegar um carro emprestado, comprar bebida, empurrar os móveis de um lado para o outro na tentativa de deixar nossa sala (que era onde eu dormia) adequada para receber visitas. Megan e eu dividíamos um quarto e sala em um prédio de três andares caindo aos pedaços a quatro quarteirões do campus, embora o nosso contrato de aluguel estivesse no nome do ex da irmã de Megan, que não morava lá desde 1994. Isso significava que nosso aluguel estava bem abaixo do valor de mercado e também que tínhamos medo de atrair a atenção da imobiliária. Portanto, não reclamávamos do forno que não funcionava, da água do chuveiro que demorava vinte minutos para escoar ou do buraco no fundo do armário, por onde um galho grosso de árvore definitivamente estava crescendo. Aquilo ali era um paraíso, comparado aos alojamentos estudantis.

A festa transbordou pela porta da frente e escorreu pela calçada. Passei a noite passeando entre os grupinhos, rindo de coisas que eram engraçadas e de coisas que não eram. Tinha preparado uma playlist perfeita para a festa, mas é claro que as pessoas colocavam o que queriam; à meia-noite não conseguia nem achar meu CD nas pilhas espalhadas. Eu via as festas como um trabalho: simplesmente tinham que ser feitas. No primeiro ano, fiquei com preguiça de socializar — dizia que não quando as pessoas apareciam na minha porta, passava as noites de sábado mergulhada em uma obsessão por Elvis Costello que tomou conta da minha imaginação no pior momento possível e me tornou *persona non grata* entre os meus colegas de dormitório —, mas não gostei da solidão esmagadora que resultou desse comportamento. Desde então, venho lutando para ter uma existência universitária normal e estava orgulhosa do que havia conquistado: um apartamento, uma amizade verdadeira e uma impressionante coleção de CDs herdados.

No dia seguinte à festa, nós, ainda de ressaca, limpamos tudo em pequenos intervalos até a hora de uma das aulas informais de ioga da Megan. Participei por necessidade, já que estava acontecendo no meu "quarto", e tinha começado a inventar uma desculpa para fugir quando ouvi passos na varanda e a tampa de metal da caixa de correio batendo com força. Me desvencilhei daqueles corpos flexíveis.

Na caixa de correio, um CD gravado dizia "sem título, para percy", com um endereço de e-mail de Joe Morrow rabiscado abaixo. A rua estava escura. Tudo o que eu conseguia pensar era: *Ele nos viu pela janela? As outras meninas de leggings pretas e brilhantes, e eu de moletom?*

Quando voltei para a sala, Megan me lançou um olhar curioso enquanto fazia uma saudação ao sol. Murmurei algo sobre um trabalho que precisava entregar. Não tinha contado sobre o Joe; sabia que ela ia reduzir a situação toda a uma crush qualquer. Peguei o notebook e os fones de ouvido, e fui me instalar na cozinha.

A música do Joe era suave, mas com instrumentação completa, bateria programada, muito reverb. Um toque de Elliott Smith no estilo do violão. As letras eram agradavelmente enigmáticas, com os temas fofoca ("A noite se acendeu com conversas sobre sua conversa"), traição ("Vamos ser dois Judas, ver aonde isso leva") e a premonição de um coração partido ("Acordei com a lembrança da possibilidade do pior").

Ouvi de novo. Não era ruim, e reconheci isso como o milagre gigantesco que era. Ele cantava com uma facilidade impressionante, como se abrisse a boca e alguma verdade bonita e destruidora simplesmente escapasse. Mas a música em si parecia pensada demais, com versos arrastados e uma melodia que até que era simpática, mas completamente esquecível.

Depois de ouvir algumas vezes, comecei a compor uma resposta por e-mail. E então a bolinha de status ao lado do nome dele ficou verde. A ioga tinha terminado; as meninas começaram a entrar na nossa minúscula cozinha para encher as garrafinhas de água. Eu me encolhi sobre o notebook, tentando sair do campo de visão delas, e fui em frente. As mensagens instantâneas eram um ambiente novo para mim, mas eu me sentia confiante o suficiente. Sabia que era preciso usar só letras minúsculas e não parecer desesperada.

ileanpercy: ei

joeymorrow: ei!

ileanpercy: é a percy

joeymorrow: você já ouviu?

ileanpercy: sim, é ótima!

joeymorrow: valeu, cara, achei que você ia gostar

ileanpercy: eu queria que tivesse um refrão melhor

joeymorrow: ah, acho que a segunda estrofe é bem maneira, não?

ileanpercy: ah, desculpa, mas de jeito nenhum. A melodia é supergenérica

ileanpercy: e ao mesmo tempo os versos parecem meio rebuscados, sei lá? meio forçado

joeymorrow: nossa

ileanpercy: mas você canta superbem, joe, e a ponte é linda. tão linda

ileanpercy: e estranhamente não soa como uma ponte

ileanpercy: não tem grandes mudanças nem nada, o comprimento dos versos é o mesmo

ileanpercy: é só uma melodia melhor, do nada

joeymorrow: haha, odeio escrever pontes, eu só larguei aquilo lá

ileanpercy: se é isso que acontece quando você "larga" uma melodia, estou com medo do seu talento

joeymorrow: haha obrigado. pena que é só uma ponte, quem se importa com pontes

ileanpercy: bem, pode ser idiota, MAS eu estava pensando... você pode trocar a melodia da segunda estrofe com a da ponte?

ileanpercy: e aí entra o refrão

joeymorrow: e o que eu faria com a segunda estrofe?

ileanpercy: joga no lixo? essa parte tá bem chata.

joeymorrow: caramba, seria uma música totalmente diferente

ileanpercy: você pode manter a letra e só usar a outra melodia

joeymorrow: interessante

joeymorrow: estou cantando

ileanpercy: eu também

ileanpercy: acho que funciona, né?

joeymorrow: sei lá

joeymorrow: vou experimentar

ileanpercy: show

Quase imediatamente depois de deslogar, percebi que tinha sido uma grande babaca. Em vez de dormir naquela noite, repassei na minha cabeça o final da conversa várias vezes, um passatempo vitalício que sempre racionalizei como produtivo, já que as lições poderiam ser aplicadas a interações futuras, embora isso nunca parecesse acontecer. Eu não tinha uma noite tão ruim de sono desde a época do alojamento, quando ficava até tarde otimizando os milhares contatos sociais que era forçada a ter a cada dia caótico.

Por fim, parei de repassar as coisas e comecei a elaborar um discurso de desculpas. Era casual, sincero e profundamente autodepreciativo. Meu plano era falar com ele na terça-feira, quando o encontraria "sem querer" no campus depois da aula de economia que eu sabia que ele fazia com Trent no Haviland Hall.

O encontro casual deu certo: Joe estava saindo do prédio bem na hora em que eu passava. Havia uma expressão sombria em seu rosto, até que ele me viu — e, nesse instante, sua expressão se transformou em uma surpresa radiante. Perguntei se estava tudo bem, e ele fez um gesto dispensando a pergunta.

— Zoe matou a aula de economia. Você quer um café?

Fomos à Free Speech, uma cafeteria moderna que tinha sido inaugurada recentemente ao lado do laboratório de informática e que, conforme o próprio nome sugere, era cheia de placas informativas sobre o movimento pela liberdade de expressão de Berkeley que era ignorado por todo mundo. Nós pedimos o café e levamos para o deck.

— A música ficou tão boa! — comentou ele assim que nos sentamos. — Estou pirando.

Senti meus ombros e pescoço relaxando, os músculos que Megan chamava de trapézios. Desisti de pedir desculpas.

— Ainda estou ajustando a letra. Precisei mexer bastante para encaixar na melodia. — Joe se recostou no banco de concreto e soprou pelo buraquinho da tampa do copo de café. — A Zoe disse que te devo uma cerveja, mas uma só parece pouco. Duas?

— Duas cervejas está ótimo. Só estou feliz por não ter te magoado, sabe?

— Fodam-se meus sentimentos — falou ele em voz alta, espantando-os no ar com a mão.

A menina sentada ao nosso lado parecia irritada. Segurava um marca-texto rosa e estava curvada sobre um livro grosso, que ela afastou de nós o máximo que a mesa compartilhada permitia.

— Foi mal. — Joe sorriu para ela. — Tipo, é a cafeteria da liberdade de expressão, sabe?

Por incrível que pareça, a menina devolveu o sorriso e voltou a ler, visivelmente menos encurvada.

— Ei, posso te perguntar uma coisa? — Quis saber Joe. — Você canta, toca ou compõe alguma coisa?

— Não. — Tomei um gole grande de café e queimei a língua. — Não tenho talento, apenas opiniões sobre as pessoas que têm.

— Como assim? Você já fez aulas de piano?

— Sim. Eu era péssima. E simplesmente não conseguia tocar. É importante demais para mim.

Ele colocou uma mecha de cabelo atrás da orelha.

— Mas você faz inglês, né?

— Só por falta de opção. Comecei no teatro para me aproximar da música, mas não aguentava aqueles musicais cafonas, todo aquele entusiasmo e as coreografias exageradas.

Dei uma olhada no livro da nossa colega de mesa: números suficientes para me tranquilizar de que ela não era uma nerd de teatro.

— Mas com certeza você já escreveu letras.

— Não. — Dava para sentir meus ombros ficando tensos novamente. — Eu fico paralisada. Para ser sincera, estou ficando um pouco assim só de ter essa conversa.

Ele riu e recostou-se.

— Ok, ok. Vamos falar de algo além de música.

Ficamos em silêncio por um segundo, depois rimos de nós mesmos, brincando com essa piada. Por fim, perguntei de onde ele era, embora já soubesse que era de um daqueles subúrbios da Bay Area que não significavam nada para mim. Então, começamos a conversar sobre nossa infância, e Joe mencionou que a mãe havia morrido quando ele era novo. Diagnosticada com melanoma no começo de julho, antes de ele começar o ensino médio, e enterrada dez semanas depois, no início de setembro. Eu precisava ir ao banheiro, mas segurei.

— Você ficou bem? — perguntei. — Você *está* bem?

— Sim e não.

O sol apareceu e abriu caminho por entre as árvores baixas. Ele tirou um par de óculos escuros da mochila.

— Olhos sensíveis — justificou. Eu me lembro disso muito claramente. Os óculos, os cachos, o céu azul e as folhas balançando atrás dele... A imagem ainda me vem à mente em momentos aleatórios. Então suas sobrancelhas se ergueram por cima dos óculos escuros. — Quase esqueci! Você quer escrever uma coluna musical para a nossa zine?

A zine, ele explicou, era organizada por Zoe, com contribuições de um elenco rotativo de cerca de uma dúzia de mulheres. Joe fazia, de vez em quando, entrevistas com bandas. O nome era *Dedo Anelar*.

— Eu não sou exatamente uma escritora.

— Pense nisso como *opinizar*. Você é boa nisso.

— Opinar — corrigi.

— Garotas opinando é basicamente a essência da *Dedo Anelar*.

— Então é algo no estilo Riot grrrl? — perguntei. — Porque a música punk só me interessa até certo ponto, e esse ponto chega rápido.

— Escreva sobre o que quiser. Desde que o *espírito* seja um pouco punk... Eu falei para ela que isso seria moleza para você.

Senti de novo aquela porta se abrindo dentro de mim. Poderia escrever sobre John Cale! John Cage? A libertação de Tina Weymouth! Palavrões à vontade!

Nós tínhamos aula, mas combinamos de nos encontrar depois, no bar do campus, para ele me pagar uma cerveja — e ele pagou, e depois outra, e então compramos burritos e comemos sentados num morrinho gramado no escuro.

No dia seguinte, comprei um exemplar da *Dedo Anelar* na livraria. O logotipo era um desenho de um dedo anelar sem anel, levantado como um dedo médio, com uma unha roída pintada de esmalte preto. Nenhum dos nomes me era familiar, graças a Deus — ninguém que me conhecesse nos meus dias de esquisitice antes da Megan. Zoe Gutierrez escreveu um artigo longo e inteligente sobre sua primeira menstruação, repleto de horrores históricos sobre o tema. Gostei, mas havia um peso na coisa toda, uma falta de humor e leveza. Então decidi começar por aí. Rabisquei ideias nas margens das minhas anotações de aula, nas abas plásticas do fichário, em qualquer lugar onde encontrasse um espaço vazio. Quando não estava rabiscando, estava pensando na música do Joe, cantarolando a melodia da ponte. Tive essa sensação onírica de estar me aproximando de algo que estava esperando — um lugar onde eu pertencesse, escondido em um enorme quebra-cabeça.

Naquela sexta-feira à noite, quando cheguei em casa do meu turno no restaurante, recebi um e-mail de Joe com o assunto "FEITO":

> meus colegas de quarto saíram, então posso tocar a música para você, se quiser vir. É a casa de telhas marrons na Derby, perto da igreja

Calcei as botas que tinha acabado de tirar e fui para lá, uma casa antiga linda em estilo rústico, com uma varanda ampla e tábuas que rangiam.

Ele sorriu quando abriu a porta.

— Você veio!

— Estou morrendo.

Ele esfregou as mãos como se estivesse prestes a me servir um banquete.

A cama dele ficava na sala, um futon em posição de sofá, o que nos colocava no mesmo estrato socioeconômico dos veteranos, embora um quarto em uma casa de verdade exigisse muito mais capital social. Dava para ver uma cozinha espaçosa além da sala e uma grande escadaria decorada com a bagunça típica de universitários: moletons pendurados no corrimão, uma corrente oleosa de bicicleta embolada no primeiro degrau como uma cobra.

Quando olhei para Joe, ele estava mexendo no mouse de um computador.

— Ah — soltei. — Você vai colocar a música para tocar. Achei que ia *tocar* a música para mim.

Ele se virou, surpreso.

— Você quer que eu *toque* a música para você?

— Quero — respondi. — Quer dizer, tanto faz. Mas quero.

Joe deu de ombros, pegou um violão no canto da sala e sentou-se do outro lado do futon.

— Mas você devia ouvir a gravação depois. Cerveja?

Ele parecia nervoso. Neguei com a cabeça, relutando em dar um sorriso.

— Certo. O nome é "Somebody Said".

Ele pigarreou e começou. Tocava bem violão, dedilhando com confiança. De repente me ocorreu que suas mãos deviam ser ásperas ao toque — *ou os calos são macios*, pensei. Os versos soavam exatamente como eu tinha imaginado para aquela melodia, elegantes e corretos, com uma nova letra na parte final, que dava à música um refrão marcante: "*Somebody said you said it was over.*" Ele estremeceu quando cantou, com a voz embargada, e senti com certa convicção que estava observando uma estrela — que a reação que eu estava tendo seria a reação de qualquer pessoa com olhos e ouvidos, de hordas de universitárias e pais jovens e sensíveis por todo o país; eu não era especial. Senti uma onda de vertigem, como se tivesse me inclinado demais na beirada de uma sacada.

A nova ponte me trouxe de volta com uma mudança de acorde previsível, um dístico sem muita força. Bastaria. Uma terceira estrofe perfeita e aquele sorriso com espaço entre os dentes, para finalizar.

— Puta merda — falei.

Ele soltou o ar.

— Ah, graças a Deus.

— Você precisa fazer shows.

— Estou montando uma banda.

— Acho que minhas mãos estão tremendo um pouco...

Estendi uma delas para ele ver, e Joe se lançou sobre ela, apertando meus dedos desajeitadamente nos dele.

— Obrigado — respondeu.

O rei das flores de cenoura, parte um

Passei o fim de semana na biblioteca estudando um pouco, mas principalmente escrevendo para a *Dedo Anelar*. Com uma sacola cheia de barrinhas de cereal, bananas maduras e uma garrafa de Vitaminwater que aparentemente possuía um poder infinito de infundir essência de pitaia na água do bebedouro, eu tinha poucos motivos para sair dali. Eu me divertia, apesar de estar cada vez mais consciente de que não tinha a mínima ideia do que estava fazendo. Cada coluna se concentraria em uma única música, isso eu sabia, mas todo o resto era incerto. Quais músicas? Até que ponto valia ser pessoal? O que eu queria dizer? Iniciava textos e os abandonava assim que encontrava uma nova forma de abordá-los — existiam *tantas maneiras* de mergulhar numa música! —, então começava tudo de novo.

"Surf's Up"

Quando minha mãe me apresentou a música "Surf's Up", dos Beach Boys, eu ainda era Eileen.

Pareço uma Eileen para você? Não parece o nome de uma mulher de cinquenta e sete anos que pesa tudo que come e chama as próprias joias de "pedras preciosas"? É tão rígido e ao mesmo tempo delicado, como uma toalha de renda muito engomada. Juro por Deus que minhas primeiras memórias são de estar deitada em um berço, sendo chamada de Eileen, e pensar: "Você está de sacanagem comigo?"

Uma noite, durante o jantar, quando estava no ensino médio, anunciei à minha família que dali em diante responderia a meu segundo nome, Percy. Definitivamente usei o termo "doravante". Meu pai concordou — o nome era uma referência à sua avó grega, Perséfone, a estrela de todas as histórias de infância dele e a única extrovertida a enfeitar os galhos da minha árvore genealógica, pelo que eu sabia —, mas minha mãe se levantou da mesa e jogou o resto de comida do prato no lixo. Ofender o gosto dela foi o mais perto que cheguei da rebeldia, de ser a punk que eu

"Surf's Up"

Os Beach Boys têm uma verdadeira veia punk. Acompanhem meu raciocínio. Quando escreveu as músicas para o álbum *Smile*, incluindo a minha favorita, "Surf's Up", Brian Wilson não estava nem um pouco preocupado com o que o mundo esperava dele. Estava dando o dedo do meio para a música pop da época.

Minha mãe, que me apresentou à "Surf's Up", tem uma veia parecida. Ela ficou de fora das revoluções musicais de sua geração, com exceção de um interesse passageiro por Stevie Wonder dos anos 1970 e um pouco de Joni. Na infância, ela tocava violino tão impecavelmente, que a deixaram se mudar para Nova York na adolescência para estudar em um conservatório. Mesmo quando o pai dela morreu e o dinheiro da família mingou, minha mãe não voltou para casa imediatamente. Tocou em quartetos e orquestras e chegou a se aventurar como cantora, fazendo covers de sucessos em clubes, até que algo aconteceu, ou não aconteceu. Nunca falava sobre isso, exceto para dizer que conheceu meu pai e "escolheu uma vida mais simples" em Indiana. Mas ela não era como as outras mães de Indiana.

"Surf's Up"

Minha mãe não é como a sua. Ela odeia quase tudo: restaurantes ("Como você sabe o que eles estão colocando na comida?"), museus ("Zoológicos de arte!"), viagens ("Compram o direito de se exibir"), acampamentos ("Sem-teto premium"). A música é nosso único interesse em comum, mas ela também estraga isso por ter o gosto mais nichado do mundo. Mozart, Beethoven, todos aqueles fantasmas de peruca branca.

Então, quando ela resolveu me mostrar uma música numa tarde quente no final do nono ano, fiquei desconfiada. Quando vi a capa do CD, fiquei perplexa. Beach Boys? Eu já tinha deixado de lado os velhos sucessos. *Dookie* zurrava nos fones de ouvido pendurados em meu pescoço.

"Você precisa de uma pausa daquele Green Day", disse ela, enfatizando as duas palavras do nome da banda como se estivesse falando uma língua alienígena. "Estou preocupada com o que isso está fazendo com seu cérebro." Ela colocou a música para tocar e se virou para mim. "De qualquer forma, isso aqui não é o Beach Boys que você está pensando. O título é uma piada, tipo 'o tempo acabou' — eles já tinham largado essa coisa de surf. A letra é estranha, mas, acredite, não precisa de palavras para transmitir a mensagem. Se você não gostar, tudo bem, volte para o seu pop raivoso." Então apertou o play e saiu para o jardim.

Na mesma hora, a música me transportou para um lugar em que *Dookie* nem existia. "*Columnated ruins domino*"! Eu me virei para procurar minha mãe pelo vidro da porta de correr, sentindo-me solitária de repente. Nunca tinha ouvido a palavra *columnated* (ainda não ouvi), mas consegui ver a imagem com toda a clareza: o fim em cascata de uma civilização. Isso fez minha pele, aquecida pelo sol, se arrepiar. A segunda metade da música era totalmente diferente, vinda do nada, como uma ponte infinita. Não ouvi nenhum encerramento, nenhum dos acordes de resolução que esperava, apenas portas se abrindo para portas maiores que se abriam para o céu. Olha, a música sussurrou para mim, naquele dia na minha sala de estar. A vida pode ser tão grande!

Coloquei de novo para tocar e senti lágrimas rolando pelo rosto, nas almofadas macias dos fones de ouvido em volta do pescoço. Por fim, cambaleante, abri a porta de correr. "Mãe, é tão linda!", gritei, com a voz rouca de catarro.

A bunda dela estava empinada, e as mãos enfiadas em uma toca de esquilo no jardim. Ela se virou brevemente para me fazer um joinha.

"Surf's Up"

Minha mãe foi minha professora de piano por um ano estressante quando eu estava no fundamental. Quinto ano? Sexto? Pós-seios, pré-sutiã. Nós sentávamos juntas ao piano da nossa sala de jantar todos os dias depois da escola, durante uma hora e meia. Eu conseguia fazer a mão direita tocar bem, e a esquerda também, mas as duas não pareciam trabalhar juntas da maneira que a natureza pretendia, e o pedal exigia de mim um nível de concentração que parecia causar um alto nível de preocupação em minha mãe, como se eu tivesse sofrido algum dano cerebral não detectado no nascimento. Quando enfim pedi para largar as aulas, ela mal disfarçou seu alívio.

Alguns anos depois, ela me mostrou a versão em piano de "Surf's Up", de Brian Wilson, e eu a odiei por ter me deixado desistir das aulas. Não conseguia parar de me perguntar como aqueles acordes em constante mutação e a melodia assombrosa se desenhariam no mapa do piano — e me perguntava, de verdade, como a música funcionava. Suponho que, como a maioria dos jovens fãs de música, ainda tinha sonhos de que um dia poderia fazer algo assim eu mesma, e desvendar o mistério de "Surf's Up" parecia um primeiro passo importante.

Já não tínhamos mais o piano da nossa sala de jantar, mas havia um tecladinho Casio em cima de uma mesa dobrável no porão; um antigo presente de Natal para meu irmão, no qual ele mal havia tocado. Peguei uma caixa cheia de casacos pesados para usar como cadeira, conectei os fones de ouvido para que ninguém pudesse ouvir e tentei desvendar a música — primeiro os vocais, que eram relativamente fáceis, depois os acordes, que não eram. Passei assim algumas tardes naquele verão, alternando o plugue do fone de ouvido entre meu walkman e o Casio, tentando entender o que ouvia.

No final do verão, desisti. Alguns acordes eram impossíveis de decifrar de ouvido — e o mais frustrante era que eu não conseguia entender por que Brian Wilson os havia escolhido, como ele pensou em passar daquele acorde para o outro e como tudo aquilo podia soar tão bem. Decidi que havia pessoas capazes de fazer algo como "Surf's Up" — gente com talento — e pessoas como eu, que só eram capazes de apreciá-la. Pelo menos eu tinha isso. Conseguia apreciar muito "Surf's Up". Conseguia viver da maneira como a música me fazia sentir, seu infinito desenrolar de emoções e possibilidades, como um tapete mágico só meu no qual poderia andar em direção ao futuro.

Estremeci. "Surf's Up" com certeza tinha sido uma péssima ideia. Se eu ia falar de algo tão pessoal, pelo menos deveria ser compreensível para o meu público. Então recomecei o texto sobre a melhor banda universitária: Neutral Milk Hotel.

"The King of Carrot Flowers, Pt. One"

Descobri *In the Aeroplane Over the Sea* na adolescência, quando um amigo da internet gravou uma cópia do álbum para mim em um CD-R dourado e brilhante e me enviou pelo correio. Ainda consigo ver o rabisco feito com canetinha: "NMH" era tudo o que dizia. A ausência de ilustrações ou encarte tornou a música ainda mais mágica, mais misteriosa, como encontrar um tesouro deslumbrante em uma caixa de papelão sem identificação.

Passei meu último ano no colégio obcecada pelo álbum, desesperada para falar sobre ele com alguém, qualquer pessoa além dos fóruns de internet primitivos que eu só conseguia acessar quando meu irmão não estava ocupando a linha telefônica. O fato de esse desespero ser representado tematicamente pelo álbum — um tratado visceral sobre a necessidade humana de conexão — só intensificou minha experiência com ele. Assim como o ódio incondicional da minha família pelo álbum, uma piada interna que me incomodou mais do que eu deixei transparecer. "Ninguém neste álbum tem ideia de como tocar um instrumento, incluindo o vocalista", minha mãe costumava dizer, e, nossa, como eles riam. (Toda vez que *In the Aeroplane Over the Sea* entra em uma dessas listas de revistas e sites famosos que geralmente inclui os Melhores Álbuns dos Anos 1990 da *Rolling Stone*, ou os Maiores Álbuns de Todos os Tempos da *Pitchfork*, uma pequena idiota dentro de mim solta um grito de vitória.) As letras são pesadas e intensas, inspiradas no *Diário de Anne Frank* e na infância traumática do vocalista Jeff Mangum, mas também repletas de momentos tão ternos e belos, que fazem toda a escuridão valer a pena. Era exatamente de que eu precisava quando era adolescente, mesmo não tendo nenhum trauma além de uma invisibilidade persistente. (Alguém mais tem um irmão que é um astro do esporte? É necessário um esforço familiar absurdo para sustentar esse tipo de talento físico: dirigir até outras cidades para jogos, questioná-lo sobre o guia tático, economizar para comprar equipamentos. Minha especialidade eram os estudos, o que exigia muito pouco dos outros.)

Por livre e espontânea pressão, finalmente consegui que minha única amiga começasse a gostar de *In the Aeroplane Over the Sea*. Sandy era perspicaz, curiosa, e

"The King of Carrot Flowers, Pt. One"

Minha única amiga de infância, Sandy, era uma menina esperta e curiosa, mas tinha pais coreanos rígidos, que mal a deixavam sair de casa. Nossa amizade foi arranjada, tal como um casamento, por professores do ensino fundamental que não sabiam o que fazer com nenhuma de nós, e persistiu ao longo dos anos, enquanto não tínhamos uma alternativa.

Uma das minhas lembranças mais nítidas do ensino médio é da vez em que, pouco antes da formatura, ela me ligou para dizer que gostou de "The King of Carrot Flowers, Pt. One", a primeira faixa de *In the Aeroplane Over the Sea*. Eu estava tentando fazê-la gostar do álbum havia meses. Conversamos sem parar por uma hora. Falei que era a terceira melhor música do álbum, mas ainda assim uma boa escolha. Comentei que a expressão "flores de cenoura" se referia a cenouras de verdade esculpidas em formato de flores, iguais às que minha mãe costumava fazer como decoração comestível em datas comemorativas; *o rei das flores de cenoura* era uma criança que se destacava na arte de fazê-las.

— Humm — respondeu Sandy ao telefone. — Com base no cenário bucólico dos outros versos, achei que ele se referia às verdadeiras flores que crescem no topo das cenouras quando elas estão maduras.

Era óbvio.

— Meu Deus. Sou tão idiota.

— Pessoas idiotas não entram na Berkeley — disse ela. Eu tinha acabado de receber a carta de aceitação.

Me levantei, mas acabei me enrolando no fio do telefone fixo.

— Não estou pronta, Sandy! E se eu falar uma burrice dessas numa festa da faculdade? — Estava meio brincando, ou fingindo estar. — Preciso de mais tempo!

— Essa é, tipo, a nona burrice que te ouço dizer em doze anos de amizade. Ao longo dos próximos quatro anos, é provável que você fale três coisas idiotas na faculdade. Não o suficiente para ser estatisticamente significativo.

Sandy era incrível. Perdemos contato logo depois do ensino médio.

Na faculdade, descobri que festas não eram lugares onde as pessoas discutiam "The King of Carrot Flowers"; eram eventos sonoramente agressivos nos quais o papel essencial da música era forçar as pessoas a gritar para serem ouvidas. Foi só quando comecei a trabalhar em lojas de discos que conheci os fãs da Neutral Milk Hotel. Gostava de contar aos meus colegas de trabalho a história de como eu pensava que as flores de cenoura eram decorações, esperando que rissem disso, esperando que minha anedota nos lançasse em histórias sobre o que a canção significava para nós — como ela aliviava as tensões domésticas que absorvíamos em nossa juventude, projetando-as no drama mais extremo e colorido; como fazia o sexo parecer uma profunda fonte de alegria e propósito que nos esperava na vida adulta. Mas quase invariavelmente as pessoas diziam que nunca tinham pensado nas flores de cenoura e que não tinham opinião formada sobre o assunto.

Àquela altura eu estava envergonhando até a mim mesma. Sabia que, qualquer espaço que eu imaginava ter naquela cena, essa era a maneira errada de abordá-la: muito melosa, muito vulnerável. Salvei o documento com um nome discreto e o escondi em uma pasta qualquer, para o caso de Megan pegar meu notebook emprestado, então escrevi um texto leve e engraçadinho sobre uma música obscura do No Doubt que não tinha nada a ver com a minha vida. Sabia que escrever sobre uma banda popular tinha seus riscos, mas esse era o tipo de rebeldia que combinava comigo.

Já estava ficando tarde; apenas os alunos mais dedicados permaneciam na biblioteca, aqueles que tinham preenchido cada centímetro da mesa com livros e material escolar. Eu me levantei para tirar o notebook da tomada.

Então me sentei novamente. Abri o arquivo que tinha escondido, diminuindo tanto a luminosidade da tela, que mal conseguia ler. Nem me preocupei em mudar os nomes.

"The King of Carrot Flowers, Pt. One"

Neil e eu havíamos trabalhado juntos na Amoeba Music. Recém-formado e trabalhando em horário comercial, ele parecia socialmente preso entre os estudantes de graduação e os frequentadores mais velhos da loja. Um dia, nós ficamos sozinhos na sala de descanso enquanto ele falava sem parar, como sempre, sobre músicas que odiava. Neil adorava falar sobre quanto "Let It Be" era uma baboseira sentimental e pseudorreligiosa — uma opinião expressa com uma frequência que sugeria que ele havia sido a primeira pessoa a tê-la. E então ele teve a coragem de atacar *In the Aeroplane Over the Sea*.

— Superestimado — declarou, depois de abrir a tampa do meu discman e soltá-lo às pressas, decepcionado pelo conteúdo previsível. — O primeiro álbum deles é melhor.

— Parabéns, você tem uma opinião idiota — respondi, nervosamente estalando a tampa de alumínio do meu chá de pêssego. — Mas por quê? Por que nunca falam sobre o *motivo*? Como o primeiro álbum deles faz vocês se *sentirem*?

Sua boca se curvou em um sorriso.

— É você quem gosta de Tracy Chapman?

— O refrão de "Fast Car" é o momento musical mais comovente dos anos 1980. Foi só isso que eu falei sobre Tracy Chapman.

A curva nos lábios dele moveu-se de um lado para o outro.

Neil é apenas alguns anos mais velho que eu, mas tem enraizado dentro de si aquele ódio da Geração X pelo mainstream, uma aversão tanto política quanto estética. Não é que eu não entenda isso. É que a autenticidade me parece apenas uma métrica para julgar a música, e não vejo por que ela deveria engolir todas as outras, incluindo beleza e diversão.

De qualquer forma, Tracy Chapman tem mais autenticidade em seu dedo mindinho do que metade das bobagens que Neil adora. O mesmo acontece com a Neutral Milk Hotel, só que de um jeito diferente. Suas músicas são populares entre um certo subgrupo específico de universitários, e o fato de não serem "desconhecidas de verdade" as torna automaticamente suspeitas para pessoas como Neil.

— Você não me respondeu — desafiei.

Ele pareceu refletir sobre a pergunta por um momento, depois se inclinou por cima da mesa e me beijou. Retribuí o beijo como se minha boca estivesse no piloto automático. Foi meu primeiro beijo, meu primeiro tudo, mas não senti nada até mais tarde naquela noite, quando fui consumida pela aguda satisfação de ter passado de uma fase difícil num videogame. Duas semanas depois, ele me apresentou como sua namorada num show. Uma semana depois, ele me permitiu ouvir Neutral Milk Hotel enquanto tirava minha virgindade — ou tentava, até que o empurrei no meio do ato ("Communist Daughter", segundo verso, dor lancinante). Saí correndo do apartamento dele sem calcinha e nunca mais voltei para a Amoeba em um dia de semana.

Lute contra o poder

Joe gravou para mim um CD com suas outras músicas, em sua maioria ainda não finalizadas, e combinamos de nos encontrar na casa dele numa terça-feira à noite para falar sobre elas. Da varanda dele, ouvi um hip-hop alto; tive que bater à porta usando todo o antebraço.

— Não pensei que você fosse um cara do hip-hop — comentei ao entrar.

Eu me sentei, e Joe foi buscar cervejas para nós, então se sentou no braço do sofá, abaixou o volume o suficiente para conversarmos e, antes que eu percebesse, soltei uma confissão sobre hip-hop: não entendia, precisava de melodia, ficava distraída demais pela culpa liberal para aproveitar as partes que eu curtia. Era algo mais aceitável de dizer naquela época, mas ainda extremamente desagradável. Mas fui até o fim: aqueles garotos brancos da minha escola usando calças largas, chamando suas namoradas líderes de torcida de "vadias" e depois indo para mansões compradas com riqueza herdada de governos que excluíam pessoas negras… tudo isso me dava arrepios.

Joe quase revirou os olhos.

— Você não acha que os artistas de hip-hop preferem ganhar seus doze dólares pelo CD a receber seu julgamento?

Eu não sabia o que dizer. Sim, claro.

A verdade é que eu simplesmente não gostava de hip-hop. Mas não gostava de muita coisa. Preferia hip-hop a techno, ou ambient, ou death metal, ou rock progressivo, ou quase tudo de jazz, ou quase tudo de country. Eu nem gostava de muitos dos grandes artistas — as músicas do Elvis me entediavam; Sinatra parecia o babaca convencido que certamente era, exibindo-se em meio a um monte de metais estridentes e soberbos.

Joe estava sorrindo agora, o que me deixava fora de perigo.

— Eu era um desses garotos do hip-hop no primeiro ano. Mal conseguia segurar minha calça no lugar.

— Mentira.

Ele pegou o violão e o colocou sobre o joelho, como se estivesse em busca de conforto.

— Eu teria cagado para a sua opinião na época. Minha mãe tinha morrido, eu odiava a escola. O hip-hop fazia sentido para mim.

Tentei conciliar essa imagem com o guitarrista de temperamento fleumático que dedilhava um violão na minha frente.

— Como você entrou na Berkeley, se odiava o ensino médio?

— Zoe — respondeu, simplesmente. — Ela queria estudar aqui, e eu queria estar com ela. Fizemos as mesmas aulas no preparatório, e ela me ajudou. Tipo, muito. Ainda me ajuda. É a única razão pela qual entrei na faculdade e definitivamente a única pela qual estou estudando ciências políticas.

Aumentei o volume de novo, quando a próxima música começou. "Fight the Power": eu reconheci do famoso filme de Spike Lee.

— Pelo menos você não teve uma fase Rage Against the Machine — falei em voz alta.

— Ah, definitivamente tive também — retrucou ele.

— Não!

— Não durou muito. Fui pro gótico quando conheci a Zoe. Mas, Percy, isso é Public Enemy. — Ele se virou para o aparelho de som, e uma centelha de irritação surgiu em seu rosto. Até que enfim! Achei que nunca ia conseguir cutucar a ferida. Fiquei quieta e escutei.

A produção era repleta de camadas, samples e ritmos funk misturados, mais uma explosão do que uma música. Nesse volume, dava para sentir estilhaços na pele. Eles ricocheteavam no pé-direito alto e nas molduras escuras e empoeiradas da casa velha, preenchendo cada centímetro do lugar. As famosas últimas estrofes me atingiram com força: Elvis e John Wayne citados como racistas, "Don't Worry, Be Happy" reinterpretada como uma música bajuladora e subserviente. Quando terminou, Joe desligou o aparelho com o pé e um silêncio se instaurou dentro da casa. Ouvi o barulho de um teclado vindo do quarto de um colega dele.

— Incrível — eu disse. — Ouço ecos de...

Ele se levantou de repente e me encarou, segurando o violão.

— Não quero que você analise "Fight the Power". Só quero dizer uma coisa: quando você tem catorze anos e o pior acontece, fica com muita raiva. Quando seu pai começa a beber e você é filho único, fica com medo também. Medo, raiva e pouca gente se importando. Eu estava em erupção, como um ridículo e gigantesco vulcão de emoções. Precisava de uma música que combinasse com isso.

Não consegui pensar na coisa certa para falar.

— Entendo — respondi, por fim. — Essa é uma música vulcânica.

Tentei expressar o resto com o meu rosto: sinto muito que isso tenha acontecido com você, um menino doce e lindo. Mas Joe ficou ali parado, segurando o violão, suspenso paralelo ao corpo. Ele usava uma camisa social larga feita de algum material sintético rígido e naquele momento parecia David Byrne no paletó gigante, tão grande e tão vulnerável.

— Você é estranho — falei, com cuidado —, mas não sinto raiva vinda de você.

— Ela ainda existe — afirmou ele, e sua expressão enfim se suavizou. — Mas, no geral, eu só não me importo com as coisas. A Zoe fica toda preocupada com notas, com o Bush, com a zine. E uma parte de mim sempre pensa: *Sua mãe pode morrer a qualquer minuto. Fica calma, porra.*

Sim, esse era o tipo de calma do Joe. Eu não conseguia definir aquela tranquilidade resistente e intensa. Não era uma tranquilidade ingênua, nem para agradar as pessoas — era uma tranquilidade do tipo "sua mãe pode morrer".

— Se a minha raiva é controlável agora, é por causa da música — comentou ele. — Por causa da boa música que me fez ficar bem, mesmo quando havia um monstro aqui dentro. E desculpe por falar de mim por uma hora, mas quero que você saiba disso. Pensando bem, talvez seja até por esse motivo que eu estava ouvindo uma música da época do colégio no volume máximo quando você apareceu. Meu Deus, será que estou doido? Parece que vou dizer alguma coisa grandiosa?

— Mais ou menos?

— Foi mal. Não vou. — Levou uma das mãos até o cabelo. — Quero que minha música seja boa. — Seu rosto ficou todo vermelho; ele olhou para o chão como se pudesse se esconder. — Não tenho outras opções. Sou péssimo em todo o resto.

Senti o impulso de argumentar — que ele era inteligente, jovem etc. —, mas me contive. Imaginei que Joe talvez não estivesse tirando as melhores notas.

— O problema é que, para mim, nem sempre é fácil saber o que é bom, quando se trata de algo meu. Tudo o que sei é que "Somebody Said" é a melhor coisa que já compus. Tenho certeza disso, e olha que nunca tive tanta certeza de nada. E isso me faz pensar que… preciso da sua ajuda.

— Não sou compositora.

— Você não precisa escrever. Apenas opine. Faça o que fez com "Somebody Said".

Eu me peguei sorrindo.

— Ok.

Trabalhamos a noite toda, regados a café cheio de açúcar. Comecei comentando sobre quais partes eu mais gostava e por quê — tinha aprendido o suficiente nas aulas de piano da minha mãe para falar a linguagem da música, embora com a proficiência de uma criança —, e então abri a torneira das minhas opiniões enquanto ele trabalhava. Joe havia absorvido umas teorias musicais bem confusas a partir de uns calhamaços de três dedos de espessura em sua estante, com títulos tipo *Como a música realmente funciona*, todos estufados e recheados de post-its, e ele usava esse conhecimento para explicar algumas escolhas bonitas e para defender outras extremamente questionáveis.

— Mas eu queria fazer a sexta com o acorde diminuto! — ele dizia.

— Mas isso não bate com o que a música está dizendo aqui.

— Mas o que você está propondo é menos interessante!

— Mas funciona.

Joe tocava do meu jeito, no teclado e na guitarra, e depois no teclado de novo. Por fim, ele abria o programa de edição no computador, só para provar que eu estava errada, enquanto eu fazia alguns alongamentos de ioga no chão ou lia os encartes dos CDs.

— Cacete — dizia ele ao ouvir a música de novo e percebendo que eu estava certa.

(Nem sempre. Às vezes, eu fazia papel de boba com sugestões totalmente sem conhecimento musical; algumas coisas ele se recusava a mudar, confiando mais no próprio instinto do que em mim. Esses momentos me abalavam de início, mas Joe lidava com muita leveza, seguindo em frente antes que eu pudesse pirar — e, além disso, eu me sentia nas nuvens pelas nossas vitórias a cada vez que a música, de repente, com um único deslocamento tectônico, ficava melhor.)

À uma da manhã, um colega de quarto entrou na sala e anunciou, bufando, que ia para a casa da namorada. Joe prometeu compensá-lo, algo sobre donuts de Oakland.

Tínhamos transformado os fragmentos dele em duas músicas quase completas quando percebi que, pela janela, começava a clarear. Ao ver o amanhecer, fui tomada por um cansaço esmagador. Tinha aula sobre Shakespeare às dez e meia.

— Vem comprar donuts comigo — chamou Joe, fechando o notebook. — Depois te levo para casa.

Lá fora, o céu estava arroxeado e extraordinário. As luzes dos postes ainda estavam acesas, para nada. Assim que encontramos o carro do colega de quarto estacionado a quatro quarteirões, eu me sentei no banco do carona e encostei a cabeça no cinto.

— Ah, nem pensar — falou Joe ao virar na Telegraph. — Conversa comigo e me mantém acordado.

— Mas eu estou tão confortável! — murmurei.

— Lembra de doze horas atrás, sei lá, no começo da noite, quando fiz aquele discurso sobre o Public Enemy? Meu Deus, eu estava de pé?

— Estava. O tempo todo. E segurando o violão assim.

Estendi o braço. Ele riu.

— Bem, agora faz o seu. Qual é a sua história do ensino médio?

— Simplesmente existi — respondi, bocejando. — Ninguém morreu. Eu tinha uma amiga, mas os pais dela eram rigorosos, então eu passava muito tempo sozinha. Havia uma tendência de as pessoas se sentirem… — usei as mãos para mostrar a força magnética oposta — … repelidas… por mim.

Ele se inclinou por cima do volante e olhou atentamente pela janela, como se estivesse conversando com a estrada.

— E isso foi em Indiana?

— Sim. Madison. Uma cidadezinha às margens do rio Ohio.

— Uma dessas cidades cheias de racistas e de lojas de departamento?

— Não. Quer dizer, sim, quanto aos racistas, mas também tem um charme histórico. Minha mãe jamais moraria num lugar feio. Ela é esnobe.

— Não é possível.

— É, ela… Ah, você está brincando. Rá.

— Desculpa.

— Tudo bem. Não me considero esnobe, mas entendo o que você quer dizer.

Ele olhou para mim e pareceu ficar mais tranquilo com o que viu.

— O que as pessoas fazem lá?

— Meu pai faz peças de carro em uma fábrica. Ele trabalha muito. — Tentei pensar no que mais as pessoas faziam na minha cidade natal, mas em vez disso meu cérebro trouxe uma imagem da minha mãe esfregando uma mancha no nosso balcão de fórmica com uma esponja e depois usando a unha. — Minha mãe também.

— Você eram pobres?

— Mais ou menos, no contexto da nossa cidade. No quinto ano, meu pai foi promovido a gerente; foi quando ganhei um Keds original.

— Rá. Meu sonho era um Reebok Pump.

Sorri ao me lembrar daquele tipo de garoto na puberdade que se agachava para arrumar o calçado, jogando o cabelo para trás enquanto puxava as linguetas.

— Você ganhou os tênis?

— Não. Mas sempre ganhava fitas e CDs.

— Eu também. Consegui um emprego na sorveteria para sustentar meu vício. O ponto alto do ano eram os jogos do meu irmão em Louisville ou Indianápolis. Meus pais me deixavam numa loja de música, e eu gastava o salário todinho.

— Ok, quero te fazer uma pergunta — anunciou ele. — Por quê? Por que você se interessou tanto por música?

— Não me interessei por música — respondi. — As pessoas que trabalhavam na Amoeba se interessavam por música. Minha mãe se interessava por música. Eu me interessava por canções.

— Hummm. Gostei disso. — Ele dirigiu em silêncio por um minuto e então, com as costas da mão, bateu de leve na minha coxa. — Você não me respondeu. Por quê? Foi por causa da sua mãe esnobe? Seu pai era um babaca?

Eu ri.

— Você acha que pais ruins são a única razão pela qual as pessoas amam canções?

— Bem… — Ele riu também. — Talvez? Tipo, *amar de verdade*. Tem que haver uma força motriz.

Minhas pálpebras eram uma cortina pesada sobre o céu, que agora estava branco com a neblina da manhã. Ainda dava para sentir a mão de Joe por perto; ele deve tê-la apoiado na borda do banco do carona.

— Acho que as canções me deram uma janela para uma vida mágica — respondi. — Algo maior, ou qualquer coisa assim, me esperando lá fora. E sentia que a única maneira de chegar lá era através delas. Tipo, se eu ouvisse com atenção, as canções me ensinariam como acertar.

— Acertar o quê?

Fechei os olhos, sentindo o barulho do carro, o calor da palma da mão dele perto da minha perna.

— Isso.

Ódio total ’95

A primeira vez que ouvi a voz alta e rouca de Zoe foi na minha secretária eletrônica, quando ela me convidou para uma reunião da *Dedo Anelar*. Fui ao apartamento dela na hora marcada, na véspera do feriado de Ação de Graças. Ela morava em um daqueles prédios quadradões dos anos 1970, com portas de correr de vidro e bicicletas na varanda. A ideia era usar o feriado prolongado para trabalhar em nossas contribuições para a próxima edição, mas vim preparada com meu artigo sobre o No Doubt, as folhas impressas ainda quentes na bolsa. Usava sapatilhas de sola grossa porque elas eram o mais próximo que eu tinha de plataformas.

Zoe me cumprimentou calorosamente. “Joey te ama!”, ela disse com aquela voz. Se havia alguma complexidade por trás dessa declaração, algum ressentimento, não ficou evidente. Nós nos abraçamos, e eu senti o cheiro do creme de cabelo que mantinha os dois coques bagunçados no alto da sua cabeça.

Ela se sentou em um sofá preto, e duas garotas brotaram ao lado dela, ambas com cintos pesados de tachinhas em calças de cintura baixa. Outra menina e eu nos sentamos em móveis baratos espalhados pela sala. Joe não estava lá; depois, fiquei sabendo que ele tinha ido a São Francisco para ver a banda de um amigo tocar. Todas falaram sobre os planos para o feriado prolongado, as viagens de uma, duas, seis ou sete horas que fariam. Quando eu disse que ficaria na cidade, houve um silêncio constrangedor, como se estivessem tentando descobrir de que maneira expressar solidariedade sem parecer condescendentes. Naquele momento, pensei que o artigo na minha bolsa talvez fosse terrível.

Quando chegou a minha vez, entreguei o texto para Zoe, esperando que ninguém notasse o nervosismo. As garotas sentadas ao lado dela no futon inclinaram a cabeça para perto, e a terceira se apoiou no encosto, lendo por cima dos ombros.

No Doubt é bom pra cacete

Ah, conta outra. Estou cansada de ficar impressionada com o quanto você odeia o No Doubt. Porque, antes de ser uma celebridade multimilionária, Gwen Stefani era legal pra cacete, com uma voz que parecia uma sirene de ambulância e com a presença de palco de uma fera pré-histórica. É só dar uma olhada em "Total Hate '95", do álbum independente *The Beacon Street Collection*, cuja capa parece mostrar uma foto em preto e branco de Phil Collins engolindo um canário amarelo e, portanto, deve provar meu ponto de vista de que essa banda é foda, certo? PHIL COLLINS ENGOLINDO UM CANÁRIO. Pense nas implicações. (Provavelmente não tem implicação nenhuma.) (Também não tenho certeza de que é Phil Collins.)

"Total Hate '95" tem um clássico trecho de ska cantado por Bradley Nowell, da banda Sublime, antes da overdose de heroína. SIM, EU SEI QUE VOCÊ ODEIA O SUBLIME AINDA MAIS DO QUE O NO DOUBT. E sim, a parte de Nowell inclui o verso "Sublime agitando no estilinho do No Doubt", o que é indefensável. (Não parece impossível que alguém viciado em heroína possa dizer "no estilinho"?) Mas preste atenção nos metais. Ouça Gwen dominando aquela confusão gigante de músicos, o controle na voz, o desprezo precioso. Repare em todas as guitarras no refrão, uma gangorra dos acordes mais pesados que me fazem querer mergulhar em uma rodinha punk, e eu não sou fã dessas merdas, nunca fui; meus peitos são grandes demais.

Ouça algo inesperado, para variar. Algo fora de moda, longe das playlists da faculdade. Ouça só você, sem mais ninguém.

Ouça como aquela confusão toda é DIVERTIDA, LINDA e MALUCA. O ska era o lado divertido do punk, o contrário do grunge, e é claro que a MTV o mastigou até que se tornasse um chicletão velho, mascado e sem gosto, grudado na parte de baixo da mesa do colégio, mas não podemos esquecer de quando ele era novo e cheio de sabor. Por favor. De alguma forma, coloque essa música para tocar bem alto, pulando na cama em que você dormia quando era criança até sua cabeça bater no teto e seu cabelo ficar cheio de teias de aranha, por favor.

A menina atrás do sofá olhou para cima.

— Hum, tá. Mas a gente não é, tipo, mais underground que o No Doubt?

Zoe refletiu.

— Acho que ela abordou isso na primeira frase.

A menina olhou para o papel e revirou os olhos.

— Tá, mas mesmo assim. O tom parece estranhamente... corporativo?

— Eu coloquei três palavrões — falei, tentando manter a leveza na voz.

Ela me olhou de soslaio.

— Olha, não estou tentando ser babaca, viu? Mas só o fato de você ter dito isso já diz tudo. Tipo, quem liga para quantas vezes você escreveu um palavrão?

Ela olhou para as outras meninas no futon, em busca de apoio.

Mas os olhos de Zoe continuavam na folha de papel.

— Mas o texto é um desafio. Gosto da atitude irreverente, dos surtos em letras maiúsculas, da energia. É diferente do que a gente sempre faz.

Zoe teve a palavra final, como, percebi, acontecia com frequência. Ela assentiu e guardou o papel numa pasta.

— Alguma observação para o futuro? — perguntei. — Mais longo, mais curto?

Zoe olhou para as meninas e depois para mim novamente.

— É um pouco leve. Bobo, até. Por enquanto está bom, mas da próxima vez você pode escrever alguma coisa mais densa.

— Adoraria escrever algo mais denso — respondi, e nossos olhares se encontraram por um minuto. *Minha obsessão pelo seu namorado é, em grande parte, platônica*, falei telepaticamente. Juro que ela assentiu de leve.

Era a primeira vez que eu não passava o Dia de Ação de Graças com a minha família, tendo enfim alcançado um nível de estabilidade na faculdade que revelou que pegar um voo para casa era uma perda de tempo e dinheiro, como sempre foi. Contei aos meus pais que Megan tinha me convidado para ficar na casa dela em Sacramento, omitindo o pequeno detalhe de que eu havia recusado a oferta.

Não foi um feriado terrível. Ouvi música alta e comi cereal em tigelas sujas. Li a coleção de revistas de Megan e assisti a seus

DVDs de *Sex and the City*, ao mesmo tempo, dedicando a pequena porção do cérebro necessária para cada um. E trabalhei na coluna seguinte da *Dedo Anelar*. Para me tornar mais "densa" sem cair nas tentativas de introspecção que escondi nos recônditos da pasta Arquivos, tentei incluir mais comentários sociopolíticos — não era minha especialidade, mas tinha absorvido o suficiente em dois anos de faculdade para escrever um artigo sutilmente pró-Nader sobre o Sonic Youth que, em retrospecto, não envelheceu bem.

Minha mãe me ligou no viva-voz durante o intervalo entre o jantar e a sobremesa. Ela e meu pai compararam o peru daquela ceia com os dos anos anteriores, aparentemente para me agradar, e meu irmão detalhou as várias afrontas feitas à casa em nossa ausência: uma mesa de costura na sala! Uma almofada em formato de pato no sofá! Fingi indignação, jogando o antigo jogo de união contra nossos pais em questões insignificantes, só para ter algo para falar. Ele e meu pai estavam se comportando bem, sentados à mesa em vez de no sofá, mas era nítido que estavam prestando atenção em algum jogo importante, porque bem quando eu estava descrevendo o clima incongruentemente quente em Berkeley, eles gritaram em uníssono e arrastaram as cadeiras para longe. Mamãe me tirou do viva-voz.

— Tem alguma fofoca para contar? — perguntei. Estava me referindo ao meu irmão, um monogâmico compulsivo na faculdade do sul onde jogava futebol americano.

— A vendedora da Victoria's Secret já virou passado, mas não perguntei os detalhes — respondeu minha mãe. — Como vai a faculdade? Já recebeu a nota do trabalho sobre Hamlet?

— Sim. Tirei A.

— Ah. — Ela sempre ficava ligeiramente irritada quando eu não tirava um A+, mas a decepção não era comigo, e sim com a incapacidade do professor de reconhecer a genialidade de sua filha. — Quer colocar a mãe da Megan ao telefone, talvez? Para eu agradecer?

Sabia que aquilo não era uma oferta real — só estava esperando que eu dissesse "não precisa" —, mas ainda assim me senti encurralada.

— Acabei não indo.

— Querida!

— Parecia mais constrangedor ir do que ficar aqui sozinha.

Ela fez uma pausa e então falou:

— Entendo.

Eu sabia que ela entenderia.

No dia seguinte, Joe e Zoe me ligaram, exigindo que eu fosse visitar o bairro onde moravam.

— Você não pode recusar! — Zoe disse pelo telefone que Joe segurava.

Anotei o nome da estação de trem e comecei a ziguezaguear pelo meu apartamento, começando a me arrumar antes de lembrar que precisava tomar banho; passando maquiagem e depois tirando tudo... No caminho, coloquei "Total Hate '95" para tocar no discman para me dar um gás, e funcionou: a agitação que eu sentia beirava o absurdo.

Da plataforma da estação, eu os vi no estacionamento, sentados no capô de um sedã velho, fumando. O estacionamento era cercado pelas paredes de vidro azul dos prédios comerciais, com montanhas baixas arroxeadas ao fundo. Imaginei como seria crescer com acesso tão fácil a Oakland e a São Francisco. Senti ao mesmo tempo inveja e desdém. Parecia fácil demais.

Desci correndo os degraus de concreto e acabei tropeçando, mas ninguém viu. A calça jeans preta educadamente absorveu o sangue do meu joelho.

Fizemos um passeio por redes de restaurantes, lojas de donuts e pela loja de conveniência onde passavam os sábados misturando vodca e garrafas de refrigerante pela metade. As ruas eram tão largas, que pareciam rodovias. A conversa sempre voltava à questão de Joe fazer ou não uma apresentação em alguma noite de microfone aberto (ela era contra, não queria encontrar o pessoal do ensino médio que estaria lá; eu era a favor, motivada pela vontade de vê-lo cantar "Somebody Said" para uma plateia). Em um dos restaurantes, Zoe contou a Joe sobre o que escrevi.

— Minha parte favorita foi quando você disse que não podia entrar numa rodinha punk porque seus peitos são grandes demais — comentou ela, enrolando o espaguete no garfo. — Espero que escreva mais desse tipo de coisa. É disso que se trata a cultura das fanzines. — Zoe tinha um jeito de ficar curvada enquanto falava, os ombros se inclinando para dar mais força às palavras, o esterno recuando. — Contar nossas próprias histórias. Coisas que as pessoas não podem saber a menos que estejam na sua vida, no seu corpo.

Joe assentiu.

— Eu definitivamente nunca pensei em como seria entrar numa rodinha tendo peitos.

— Nem eu! — concordou Zoe, rindo.

— Peitos doem — comentei. Estávamos todos conversando alto em meio ao barulho do lugar, lotado de famílias e casais de meia-idade caprichando no visual para o jantar romântico. — Por que ninguém nunca fala sobre isso? Desde que eu tinha uns sete anos, sei como dói quando um homem leva um chute no saco.

Um garçom jovem chegou para nos servir a segunda rodada de drinques da casa, que eram surpreendentemente coloridos, cada um com uma cor primária diferente (o meu era vermelho e tinha gosto de remédio para tosse).

— Exatamente! — respondeu Zoe. Ela apertou os próprios peitos, fazendo o rosto espinhento do garçom que estava limpando nossa primeira rodada de drinques ficar todo vermelho. — Até os meus estão doendo agora, mas é por causa da menstruação.

— Semana gorda? — perguntei, e Zoe assentiu. — Estou na semana magra.

— "Semana gorda"? — indagou Joe.

O garçom fez uma pausa como se esperasse a resposta e depois saiu andando depressa.

— A gente fica inchada, e os peitos aumentam — explicou ela, e então se virou para mim. — Embora eu esteja cada vez mais questionando a maneira como nos referimos ao milagre da ovulação através do olhar masculino. Você sabe que, toda vez que fala do seu corpo desse jeito, está entrando no jogo do capitalismo patriarcal, certo?

Minha cabeça estava girando. Esse tipo de pergunta se tornaria padrão algumas décadas depois, quando o mundo conheceu Zoe Gutierrez, mas era completamente inédita para mim naquela época. Até mesmo a terminologia "semana gorda/semana magra" era nova para mim, aprendida com Megan poucos dias antes; eu estava exibindo meu papo de universitária. A verdade era que raramente pensava sobre meu corpo, muito menos falava sobre ele. Vi os olhos de Joe saltarem do prato para o meu peito — tão rápido, que achou ter passado despercebido.

— Para ser justa — falei, enquanto me endireitava —, por que você acha que nossos seios aumentam durante a ovulação? Toda a fisiologia humana é construída para o olhar masculino.

Zoe fingiu se engasgar com o macarrão.

— Cruzes, do que você está falando?

— Estou falando que gosto de discutir quando bebo.

— Você também segue a linha do originalismo constitucional?

— Sigo a linha do constitucionalismo *mccartneyísta*.

Joe se inclinou por cima da mesa.

— Como assim? Paul em vez de John?

Fiz uma careta.

— Detesto que me peçam para escolher, como se eles fossem o New Kids on the Block ou sei lá. Isso, sim, é cair na lógica capitalista. Essa atitude vende produtos, mas não tem nada a ver com música. Ambos são gênios cuja parceria só deixou os dois melhores, de maneiras que nunca saberemos...

— Mas você acabou de dizer que McCartney está na sua *constituição* — respondeu ele.

— Acho que falei que interpretaria a constituição através das lentes de McCartney.

Nós nos encaramos, curtindo o absurdo dessa ideia.

— Se voltarmos à música — disse Zoe, empurrando o prato para o lado —, preciso dizer que o No Doubt continua sendo uma porcaria. Você vai me desculpar, mas eu ouvi aquela música, "Total Hate", e fiquei com ânsia de vômito.

— Não tem problema — comentei. — Você acha que é porque não tem bom gosto ou...?

Joe deu uma gargalhada.

— Ou talvez porque a música é divertida, e você se leva a sério demais? — prossegui. — Só uma ideia aqui.

Zoe recostou-se, com os olhos semicerrados sob as pálpebras pintadas de preto.

— Você é bem irritante, Percy.

— Eu sei. — Tomei um gole do drinque. — Não se preocupe, eu me odeio.

— Eu não te odeio — retrucou ela.

— Nem eu — falou Joe. — Eu te amo, na verdade.

— Só fico aborrecida com você, às vezes — concluiu Zoe, lançando a Joe um olhar que não consegui decifrar. — Tem diferença.

— Geralmente sou mais irritante quando falo de música — comentei, dando de ombros. Estava mais bêbada do que os dois, que se revezavam no papel de motoristas. — Mas é também quando estou no meu melhor momento, então...

Zoe inclinou a cabeça ao ouvir isso e me surpreendeu com um aceno pensativo.

— É um dilema. — Ela sustentou meu olhar por um longo segundo e depois riu.

Pensei em dizer: "Eu também te amo, Joe." As palavras estavam prontas, esperando, quicando no céu da boca, doidas para saírem. Eu as diria num tom de brincadeira, assim como ele havia feito, nada de mais, mas estava apavorada com a possibilidade de estragar aquilo ali. Não conseguia acreditar que ainda não tinha feito alguma besteira, que os dois ainda estivessem sorrindo para mim, com os rostos calorosos, abertos, querendo mais.

Acabamos indo ao evento de microfone aberto. Era um bar amplo fingindo ares de espelunca, com quadros de veludo emoldurados e pendurados em ângulos propositalmente tortos. Parecia haver um encontro informal de velhos amigos na cidade, por conta do feriado. Joe foi engolido pelos braços de pessoas altas, e Zoe me puxou para um canto perto do banheiro, com uma mesinha redonda e uma cadeira solitária.

Ela se sentou na mesa e apontou para a cadeira.

— Senta comigo.

— Por quê?

Olhei para a multidão. Joe parecia mais confortável perto daquelas pessoas do que na faculdade. Eu queria estar lá, observando-o em seu hábitat. Mas me sentei na cadeira.

— Todo mundo ama o Joey, mas ele não retribui o amor. Só finge. Ultimamente não tenho conseguido suportar isso.

— Ele era popular no ensino médio, né? — falei. — É, tipo, impossível pra mim imaginar isso.

Zoe balançou os pés algumas vezes, as botas batendo a parede atrás de nós, então me olhou com nariz empinado.

— Você pode ficar com ele, se quiser.

Engoli em seco. Uma pontada quente na virilha.

— Estou falando sério — acrescentou ela. — Não agora, mas quando a gente terminar.

Eu não sabia por onde começar. O quê? Por quê? Quando?

— Como você sabe que ele quer ficar comigo? — finalmente perguntei.

Ela revirou os olhos.

— Fala sério. Você é a alma gêmea musical dele e é bonitinha. Homens não são tão complicados assim.

Olhei para o salão, onde o show de alguém estava terminando com aplausos distraídos. Joe estava encostado na parede com seu violão pendurado, esperando. Senti vontade de correr até ele, de aproveitar a oportunidade — como se, depois que todas aquelas pessoas o tivessem visto cantar, já fosse ser tarde demais.

Zoe estava me observando com um olhar cúmplice.

— Não precisa ficar nervosa. O nível de exigência dele está bem baixo depois de passar cinco anos namorando uma sapatão.

Fiquei de pé. O que ela acabou de dizer?

— Senta — falou Zoe. — É por isso que odeio contar para outras garotas. Elas sempre acham que quero ficar com elas. Você quer ficar com todos os caras que conhece?

De repente me bateu uma sede insuportável; minha boca estava pegajosa com os resíduos das bebidas. Joe se aproximava do microfone.

— Por que você não contou a ele?

Zoe suspirou.

— Prometi que nunca o deixaria. Sei que parece loucura, mas... Você vai entender, se ficar por perto tempo suficiente. Vai conhecer o Joey.

— Tenho certeza de que ele não gosta de ser enganado, não?

— Não estou enganando ninguém — comentou ela, com veemência. — Também estou na minha própria jornada, cara. Ano passado contei que era bi, e ele falou: "Legal, tanto faz." Aí, uns meses atrás, eu basicamente disse que o pau dele me dá arrepios, e ele respondeu: "Ok, vamos ficar abraçadinhos."

Uma risada estranha escapou da minha boca.

— Há pouco tempo, finalmente as garotas da *Dedo Anelar* começaram a comentar, e isso chegou até ele, o que foi... esclarecedor, eu acho.

Somebody said you said it was over.

Alguém disse que você disse que tinha terminado.

— Então ele sabe — respondi, entendendo.

— É só uma questão de arrancar o band-aid. Falei que a gente poderia esperar até ele estar pronto. Primeiro, seria depois do feriado, agora combinamos de terminar na volta das férias. Você sabe que o pai dele é um merda, né? Um típico alcoólatra.

O Joey passa os feriados na minha casa, e a maioria dos fins de semana também. Não dá pra continuar com isso depois que a gente terminar. Já deixei bem claro. Mas é difícil. — Ela se encostou na parede, parecendo subitamente cansada. — É como se eu estivesse deixando ele órfão.

Todas essas informações estavam me deixando claustrofóbica.

— Vou pegar uma água — anunciei, e saí.

Joe estava no pequeno palco no canto do salão principal, no meio de uma música maravilhosa que, por um momento surpreendente, pensei que fosse original, até ouvir alguém identificá-la para um amigo como "Strangers", do Kinks. Fiquei perto do bebedouro, observando. Sua voz estava um pouco tímida, mas ainda assim ressoava por todo o ambiente, límpida e tranquila. Ele desistiu de tentar ajustar a altura do microfone e se curvou para cantar. As pessoas estavam prestando mais atenção nele do que no cantor anterior, embora isso não significasse muita coisa.

Zoe chegou perto de mim e colocou meu cabelo atrás da orelha para poder falar direto no meu ouvido:

— Você faz bem para ele — comentou, enquanto Joe começava os acordes de "Somebody Said". — Obrigada.

Isso me incomodou, como se eu fosse um bichinho de pelúcia entregue a uma criança em crise.

— Bom, eu também ajudei ele a escrever essa música — respondi. — Pode me agradecer por isso também.

— Ah, vai se foder, Percy — soltou ela, enchendo meu copo de água.

Voltamos para a garagem dos pais de Zoe carregando um engradado de cervejas e Luke Skinner, um cabeludo com uma camiseta do Metallica. Ele parecia ser só um conhecido, a julgar pelo fato de que o chamavam apenas pelo nome completo, mas impressionou Joe naquela noite, quando se gabou de passar oito horas por dia tocando guitarra, enquanto Joe desperdiçava sua vida na faculdade. Zoe e eu jogamos pingue-pongue, e Joe ficou sentado em um velho sofá, com um cobertor no colo, vendo Luke Skinner fazer o que percebi ser uma audição, dedilhando habilmente uma Telecaster desplugada. Quando ele tocou com perfeição o riff principal de "Here Comes Your Man", do Pixies, mantendo-o por toda a música sem se apressar ou errar, Joe se virou para olhar para mim por cima do encosto do sofá. Eu assenti.

Luke Skinner tentou transformar a noite em uma jam inaugural com seu novo companheiro de banda, mas Zoe não aceitou e o mandou para casa no velho skate de Joe. Nós o observamos pela porta da garagem aberta enquanto ele descia a ladeira, com o vento agitando o cabelo por cima do violão. Os olhos de Joe estavam brilhando.

A essa altura, eu já tinha perdido o último trem, então dormimos juntos no quarto de infância da Zoe. Sem muita conversa, já me acomodei no chão, e os dois dividiram a cama. Mas, quando acordei, vi que tinham me colocado na cama com a Zoe, e Joe estava no meu lugar no chão, aparentemente acometido por um cavalheirismo noturno. Ele estava esticado de costas, usando uma regata furada e uma cueca samba-canção, a boca entreaberta. A cueca era estampada com pequenas árvores de Natal.

Fui até o banheiro e revirei o armário de remédios atrás de um analgésico. Pela porta fina, dava para ouvir o noticiário — recontagem de votos, controvérsia eleitoral — e os pais da Zoe fazendo café. A mãe dela era judia, mas o pai era mexicano, e eu tinha notado um crucifixo decorando a sala de estar. A casa inteira transbordava com camadas de bagunça sem sentido;

por exemplo, numa cesta sobre a pia do banheiro, dava para ver um panfleto sobre parques estaduais, um saquinho com alfinetes de segurança e uma fotografia antiga dobrada. Essa confusão me confortava. Fazia a casa parecer habitada por uma família de verdade, com coisas mais importantes do que limpar.

— Joey agora toma café puro — disse o pai da Zoe do outro lado da porta.

— Desde quando? — Foi a resposta da mãe. — Da última vez, ele tomou com leite. Vou comprar.

Peguei a foto da cesta. Joe e Zoe adolescentes, em frente à lareira, segurando presentes de Natal. Havia bilhetes de loteria e um pôster enrolado na mão de Joe. Ela usava uma camiseta do álbum *Nevermind* e uma calça de pijama xadrez, e ainda não tinha adotado o visual punk; seu cabelo era liso e preto até o meio das costas. Joe sorria com a falta de jeito típica da idade, olhos meio fechados e uma espinha enorme no queixo — dava para sentir a dor só de olhar. Eu começava a montar a linha do tempo: depois da morte da mãe, Joe tinha sobrevivido por um ano enquanto o pai ia de mal a pior; depois, começou a namorar a Zoe e virou, efetivamente, um Gutierrez. Qualquer pessoa, vendo aquela imagem, pensaria que eles eram irmãos.

Coloquei a foto de volta na cesta e lavei o rosto, depois encarei meu reflexo no espelho. Zoe tinha dito que eu era bonitinha. Será que era verdade? Eu não era completamente alienada, igual àquelas garotas dos filmes que, de um jeito inexplicável, se veem como bruxas vivendo no meio da floresta, quando na verdade são interpretadas pela Molly Ringwald. Eu sabia que não era nenhum dos dois, e provavelmente estava mais perto da Molly do que da bruxa. Mas alguns fatores depunham contra mim quando o assunto era garotos: eu era irritante, inexperiente, não fazia joguinhos. E nunca tive um estilo só, como a Zoe fez tão bem ao longo dos anos desde aquela foto, o que me fazia parecer atrasada perto das minhas colegas — invisível. Mas talvez Joe me enxergasse com clareza, do jeito que algumas pessoas conseguem olhar para uma pintura abstrata e identificar o significado de imediato. Talvez fosse mesmo acontecer comigo. Estremeci de felicidade e de dor de cabeça.

Engraçado estranho

O resto do semestre passou lentamente, mas foi uma lentidão boa — era o ritmo como eu suspeitava que o tempo sempre deveria passar. Parando para pensar agora, chegava a parecer um erro no calendário que, desde aquela noite na casa da Zoe até o fim daquele ano, tenham se passado apenas algumas semanas. Na maioria das noites, Zoe e eu nos encontrávamos em uma das poucas cafeterias locais com nome de cidade italiana para estudar, conversar e comer muffins murchos no jantar, enquanto Joe fazia o trabalho pesado de montar uma banda: ensinava suas músicas para Luke Skinner; colocava panfletos para procurar bateristas e baixistas na Amoeba, deixando o número de telefone em tiras de papel destacáveis; fazia testes com todos os desconhecidos que ligavam; garantia um espaço compartilhado para ensaios em Oakland. Por volta das dez ou onze horas, ele encontrava a gente e repassava as últimas novidades: quem estava se saindo bem, quem estava se saindo mal, quando estariam prontos para fazer shows.

Eu trabalhava como garçonete nas noites de sexta-feira e nos brunches de domingo, guardando minhas gorjetas em um envelope debaixo do colchão; geralmente tinha o suficiente para pagar o aluguel no meio do mês. Joe trabalhava em uma loja de frozen yogurt ganhando uma miséria, até que consegui um emprego para ele no restaurante, mentindo para meu chefe sobre sua experiência e, depois que ele começou, encobrindo seus erros. Zoe costumava vir no final do nosso turno, para tomar café e estudar no balcão enquanto fechávamos o caixa. Então, saíamos.

É difícil dizer para onde. Quase não me lembro do contexto, geralmente estava em trânsito ou sentada na frente de casa; ocasionalmente em shows, slams de poesia ou festas cheias de pessoas que ignorávamos. Às vezes, comendo batatas fritas e hambúrgueres vegetarianos (sem alarde, eu tinha aderido ao vegetarianismo) em pubs. Havia outras pessoas por perto — as garotas da *Dedo Anelar*, os colegas de quarto do Joe, Megan —, mas nós nos divertíamos mais e tínhamos momentos mais agradáveis como um trio.

Cada um de nós tinha um papel. Joe era o motor; eu, a do contra; Zoe, a pé no chão — na verdade, a equilibrada, embora fosse propensa a ataques de irritação comigo e com Joe. Ela ficava ansiosa para assumir o papel de moderadora quando a conversa se embrenhava muito no mundo da música, provavelmente para exercer algum controle em uma área onde tinha menos a contribuir, e gostava de nos dar tarefas durante as conversas.

Por exemplo, numa noite de sábado, enquanto esperávamos na fila do banheiro em uma festa da república, Joe e eu estávamos conversando sobre o título do novo álbum do Microphones (*It Was Hot, We Stayed in the Water*) quando de repente Zoe gritou:

— Título de álbum favorito?

— *Genocide and Juice* — respondeu Joe, sério.

Recorri ao humor para equilibrar.

— *CrazySexyCool*, do TLC — falei. — Left Eye era a *crazy*, T-alguma coisa era a *sexy*, Chilli era a *cool*. Além disso, era uma única palavra, gente. Com maiúsculas.

Zoe riu e deu o ponto para Joe, inclinando o polegar na direção dele.

— Chilli era a sexy. Ok, agora o *pior* título de álbum.

Bati palmas com entusiasmo.

— *Songs in the Key of Life*, Stevie Wonder!

— Meu Deus — comentou Joe. — Nunca tinha pensado em como esse nome é idiota.

Zoe fez uma careta.

— É só porque vocês são brancos. Pessoas brancas não conseguem lidar com coisas óbvias.

— Como assim? Nós somos os mais óbvios — retruquei. — Inventamos a música country.

— Será que inventamos?

Fiz uma pausa.

— Provavelmente não.

— Mesmo que tivéssemos inventado, não foram estudantes universitários brancos — disse Zoe, acenando com a cabeça para um círculo de moleques jogando bola no corredor. — Foram brancos pobres. É preciso ter privilégio para achar alguma coisa cafona.

— Lá vamos nós — comentei. — O milionário que disse: "*Imagine no possessions*."

Joe me lançou um olhar que revelava que ele sabia ser uma referência a uma música de Elvis Costello, e que discutiríamos isso mais tarde, mas Zoe ficou irritada.

— Eu não sou milionária!

— Você é a única aqui que tem um quarto com porta.

— Vocês nunca vão parar de me encher o saco por causa daquela porta.

— Calem a boca! — exclamou Joe, puxando o próprio cabelo. — Como vou conseguir pensar com as duas dando contexto cultural para tudo?

— Falando em TLC... — comentei, mudando para táticas de distração. — Vocês sabiam que a ideia de "Waterfalls" foi tirada de um lado B do Paul McCartney?

— Sim — respondeu Joe. — Quer dizer, não, mas para de falar. Certo. Tá bem. Obrigado pela referência. Ringo Starr fez um álbum solo chamado *Time Takes Time.*

Tive que cruzar as pernas para conseguir segurar o xixi.

Eu sei que tudo parece clichê: nerds de loja de discos e seus joguinhos idiotas, medindo conhecimento para passar o tempo. Mas para mim era diferente. O objetivo era improvisar no fluxo de consciência; qualquer evidência de pose ou preparação era um pecado maior do que perder. Perder era tranquilo, na verdade. Referências cafonas eram aceitáveis. Na época, parecia radical para mim que não processássemos a música inteiramente através das lentes do que era considerado descolado.

Um exemplo melhor: em vez de nos parabenizar por odiar "Let It Be", como faziam na Amoeba, tentamos entender de que maneira "Something" conseguia soar tão mágica apesar de ser uma das músicas menos melódicas de *Abbey Road*. Zoe disse que era a honestidade da letra ("Quantas canções de amor admitem que não sabem se o amor vai se desenvolver, que nem sabem o que amam na pessoa? É algo fundamentalmente contra o establishment"); Joe falou que era por causa dos acordes com sétima maior e da tonalidade ambígua, que combinavam com a experiência confusa do amor de Harrison.

Nós dois estávamos sempre trabalhando nas músicas dele, embora nunca mais tenhamos passado a noite acordados; as canções sempre estavam ali entre a gente, como um balão que precisávamos manter no ar. No caminho para o trabalho, eu passava pela casa dele e deixava revisões de letras coladas na porta: "Não troque os tempos verbais no segundo verso, isso distrai/não serve para nada." Ele anexava MP3s a e-mails não relacionados ao assunto: "Meu amigo vai trabalhar no show do Aislers Set amanhã, então podemos entrar de graça. Ei, estou plagiando alguma coisa com essa melodia?" Ele pegava qualquer violão que visse e tocava alguma coisa, em festas ou brechós, e (uma vez, bêbado) já pegou o instrumento das mãos de um músico de rua na avenida Telegraph. Se Zoe estivesse por perto, ela provavelmente sairia andando, embora eu às vezes a visse nos observando com atenção.

Adorava meu papel de assistente musical. Isso me dava grandes poderes, sem riscos nem responsabilidades. Eu expressava minhas opiniões, o que era fácil para mim, e depois me deleitava no brilho da satisfação criativa.

Mas às vezes eu ia longe demais. Talvez tenha subido à minha cabeça. Eu poderia dizer qualquer coisa sobre a música em si — que era sem graça e derivativa, e Joe simplesmente jogava fora e voltava dias depois com algo novo. (Ele foi extremamente prolífico naqueles primeiros meses da nossa amizade; devia escrever uma música por semana.) Só que, em alguns momentos, minha crítica ia além da música e atingia suas inclinações artísticas no geral, e era aí que as coisas ficavam complicadas.

O pior foi quando ele me mostrou pela primeira vez uma música chamada "Funny Strange", uma jam animada sobre o apocalipse que acabaria se tornando a faixa-título do álbum da banda. Estávamos na casa dele, recostados no futon, com os pés na mesa de centro, entre latas de cerveja espalhadas e sacos de salgadinhos pela metade. Zoe tinha ido embora cedo para terminar um trabalho, e Joe tocou para mim uma prévia gravada, no volume máximo. A canção tinha um refrão óbvio e fácil: "*What was funny haha / Became funny stra-a-a-ange.*" E o último verso era meio falado, com o máximo de charme mumblecore: "*How long till we're laughing in our graves?*" Aquele refrão era brilhante, e falei isso para ele. Mas também falei que as outras estrofes, uma lista de horrores ambientais, lembravam "We Didn't Start the Fire" — uma referência que o deixou irritado, com toda razão.

E aí eu insisti:

— Você sempre faz isso quando chega num ótimo refrão. Larga o resto de mão. — Dava para sentir o ímpeto da ideia se formando na minha cabeça e saindo pela boca. — E, quando não tem um refrão bom, faz o oposto: trabalha demais em cima da música, espreme até quase matar. É sempre uma coisa ou outra.

Ele olhou para mim, o rosto ficando vermelho aos poucos, até que soltou:

— E o que *você* faz quando escreve um ótimo refrão?

Joe se levantou e saiu da própria casa batendo a porta.

Foi como uma facada no coração, mas é claro que eu tinha pedido.

— Fodam-se os seus sentimentos! — gritei para a porta.

Recolhi as latas de cerveja só pela sensação de estar fazendo algo certo. Depois de jogá-las no lixo, fiquei um tempo na cozinha e pensei em como seria ser o Joe, andando por aquela casa enorme, cheia de homens. Quando será que os refrões vinham? Enquanto ele estava fazendo café e seguindo sua rotina matinal? Levantei a jarra de vidro da cafeteira, manchada de marrom no fundo, e me imaginei sendo atingida por um raio de inspiração. Ao ouvir uma tábua do assoalho ranger no andar de cima, fui embora.

Não dormi naquela noite, como sempre acontecia quando tínhamos essas brigas. Mas nunca pedi desculpas. No dia seguinte, meu arrependimento sempre vinha misturado a alguma responsabilidade estranha, uma sensação de que estava simplesmente interpretando o papel que Joe queria de mim. Nós nos evitávamos pelo tempo que fosse necessário para que ele terminasse a música — em geral alguns dias; ele matava aula, de acordo com Zoe, e concentrava toda a atenção na composição. Então entregava a música revisada, aparecendo na minha porta com um violão ou, no caso de "Funny Strange", deixando um CD na minha caixa de correio. A nova versão era infinita, inegavelmente superior, os versos mais estranhos e desajeitados, mais Bob Dylan do que Billy Joel. Respondi com elogios efusivos, e nosso trio se reuniu.

Mas seria mentira dizer que esses incidentes não deixaram marcas. Cada um deles parecia aprofundar um poço escuro e turvo que ficava logo abaixo da superfície da nossa amizade. *Talvez isso seja normal*, lembro de pensar. Talvez fosse apenas a complexidade de finalmente conhecer alguém de verdade.

Uma coisa sobre a qual ele nunca me pediu opinião foi o nome da banda. Joe mencionou de passagem, como algo já decidido: o quarteto recém-formado, composto só por homens, se chamaria Caroline. Recuei, confusa.

— *Caroline?* Que tipo de nome de banda é esse? Por que não pode ser Joe Morrow? Eles são só músicos de apoio.

Joe me lançou um olhar, e nunca mais toquei no assunto. Claro que, naquela era do indie rock, fazia parte do zeitgeist esconder-se atrás de uma banda; colocar-se sob os holofotes era coisa de estrelas pop e rappers. E Zoe me contou mais tarde o que eu provavelmente deveria ter imaginado: Caroline era o nome da mãe dele, e esse era um assunto em que a opinião de ninguém, nem mesmo a minha, importava.

Estranha divisão

Nós três planejamos que nossas respectivas visitas familiares de Natal fossem as mais breves possíveis. Eu ficaria na casa dos meus pais por apenas três dias e meio — uma decisão que minha mãe achou tão irracional, que me fez comprar a passagem sozinha. Isso nos deu uma semana inteira, depois das provas finais, para aproveitar o campus da faculdade sem restrições de horários. Passeamos juntos, carregando CDs, revezando entre nossos apartamentos vazios e dormindo em todas as camas. Empilhamos louça nas três pias para serem lavadas no dia 23 de dezembro, antes do meu voo marcado para às dez da noite, que havia se tornado o símbolo do fim do nosso ano. Parecia algo distante, mesmo com o passar dos dias.

Havia um acordo tácito entre nós naquela semana: evitar TV, e-mail e qualquer coisa que parecesse produtivo e normal. Muitas vezes, isso se traduzia em fazer ao ar livre coisas que seriam mais confortáveis em ambientes fechados. O conforto não era a nossa prioridade. Também havia algumas regras explícitas: compartilhar tudo; não ter nenhuma conversa sobre faculdade ou sobre o próximo semestre; nada de compor. A última foi um decreto de Zoe, causando em Joe o efeito de um empresário de férias: inquietude no início e depois um relaxamento cada vez mais profundo.

Uma noite, preparamos um jantar de verdade e não bebemos, o que foi uma novidade emocionante, e planejamos uma caminhada para o dia seguinte no parque Tilden. De manhã, pegamos um ônibus e caminhamos até uma clareira onde as árvores se estendiam em picos e vales no horizonte. Senti como se estivesse nos Alpes. Não existia nada remotamente parecido com isso em Indiana. Quando percebi que Joe e Zoe estavam acostumados a ver paisagens tão impressionantes quanto aquela, ou até mais, contive meu deslumbramento.

Íamos a bares, claro, quase sempre vazios, exceto por estudantes de pós-graduação e, uma vez, minha professora de literatura americana do período 1900-1945, que saiu de uma mesa de mulheres bem-arrumadas para me dizer o quanto tinha gostado do meu trabalho final sobre o livro *Seus olhos viam Deus*. Perguntei como ela sabia que era meu — devia haver umas cem pessoas naquela turma —, e ela respondeu dizendo que tinha pedido ao monitor da classe para mostrar a ela quem eu era. Agradeci de forma meio desajeitada e voltei para Joe e Zoe, que pareciam atônitos com o ocorrido; foram necessárias duas canecas de cerveja e uma rodada no jukebox até conseguirem mudar de assunto.

Mas o dia que mais me lembro começou com sanduíches no quintal da casa de Joe. Levamos um aparelho de som e a grande pilha preta de nossos cases de CD. Não havia móveis do lado de fora, apenas uma mesa de pebolim enferrujada em meio a um matagal de grama alta. Joe colocou o aparelho de som na mesa de pebolim, apertou o play e sentou-se cerimoniosamente de pernas cruzadas na grama. A visão dele com a grama se espalhando ao redor era bizarra — "lilliputiana", falei, e então tive que explicar Jonathan Swift para eles —, mas eu e Zoe o imitamos, é claro, um triângulo de humanos em uma confusão de natureza.

Comemos os sanduíches de geleia com manteiga de amendoim, e dividimos uma caixa de leite. A umidade da terra molhava o meu jeans. Fazia um calor incomum naquele dia. Quando terminei o sanduíche, me reclinei apoiada nas mãos e olhei para a casa de Joe, uma bela construção de telhas marrons que, vista daquele ângulo, parecia prestes a desabar. Adorava essas casas com estilo rústico de Berkeley, em especial as intocadas e meio descuidadas. Elas tinham alma, aconchego e todas as comodidades que deixam as pessoas felizes, como varandas e bancos na janela, além de não ter nenhuma das coisas que acreditávamos que nos fariam felizes, como cozinhas abertas e salas otimizadas para ver o Super Bowl. Foram construídas para leitura e conversas íntimas. Berkeley parecia uma falha na máquina moderna; naquela época, um universo alternativo para poucos escolhidos. Talvez seja assim que todos se sentem em relação às suas faculdades.

— Alguém coloca a música mais alegre possível — disse Zoe.

Consegui me levantar depressa, antes que Joe pudesse me vencer. Eu tinha a música perfeita, vinda de uma coletânea de sunshine pop dos anos 1960 que encontrei na Amoeba, chamada "To Claudia on Thursday", com uma letra meio chapada sobre aproveitar o momento. Joe começou a surtar com o quanto a música era boa. Todos nós tiramos os sapatos e enfiamos os dedos na grama emaranhada. Zoe encontrou uma minhoca se contorcendo em um cinzeiro de barro quebrado.

— Então é uma música sobre diversão — comentou ela em seu buraco na grama, quando a música chegou ao fim. — Estar presente, essas coisas de hippie. Isso é felicidade?

— Na verdade, não — respondeu Joe.

— É — respondi ao mesmo tempo. Pigarreei. — Sinceramente, acho que felicidade e diversão são quase a mesma coisa, neste momento da minha vida.

Joe se sentiu traído.

— Como você pode dizer isso?

— Porque me divertir é algo novo para mim. Vocês não entendem. Têm se divertido a vida inteira.

Foi constrangedor falar isso em voz alta, mas nenhum dos dois reagiu. Não havia contado a eles certas coisas sobre mim, e ambos pareciam ter preenchido esses espaços em branco com pinceladas mais leves. Por exemplo, eles sabiam que eu tinha namorado aquele cara, o Neil, da Amoeba, então presumiram que tínhamos tido uma vida sexual normal; não sabiam que Neil tinha me deixado semivirgem, que o sexo tinha sido tão doloroso, que era provável que houvesse algo anatomicamente errado comigo. Eles sabiam que eu tinha morado nos alojamentos estudantis, mas não sabiam que era totalmente inadequada para a vida em comunidade, que me arrastava por aqueles prédios brutalistas em uma depressão altamente funcional até me tornar amiga de Megan. Sabiam que nós éramos próximas, mas não sabiam que nosso relacionamento sempre foi um pouco rígido, como um jeans que mal podemos esperar para tirar quando chegamos em casa. Eles não sabiam que eram os melhores amigos que já tive. Como dizer isso para pessoas que você conhece há poucos meses, sem parecer patética?

— Paz, talvez — comentou Joe, como se estivesse selando um acordo. — A palavra "diversão" soa tão trivial.

— Discordo — argumentei. — Estamos nos divertindo agora, e isso é profundo.

— Isso porque é felicidade. Não é só diversão.

— É apenas uma questão de semântica — disse Zoe. As garotas da *Dedo Anelar* diziam isso o tempo todo: "Questão de semântica." Eu ficava doida. Ela se levantou e começou a folhear o case de CDs, para escolher uma música. Tentei pensar em momentos da minha vida nos quais fui genuinamente feliz, de uma forma que não envolvesse diversão.

— E quando você entrou na faculdade? — perguntou Joe; não era a primeira vez que ele parecia ler minha mente. — E aquela professora que foi até a nossa mesa no bar e basicamente falou que você era a aluna preferida dela?

— Tá, tudo bem. Esses foram momentos felizes. Mas existe um lado sombrio nesse tipo de felicidade. Uma pressão. Parece que o universo está dizendo: "Ótimo trabalho, agora não estrague tudo!" Não é tão pura quanto a felicidade que você sente quando está se divertindo.

Joe não queria concordar.

— Mas também não é tão significativa, certo?

— Não sei. — Talvez aquela fosse a primeira vez que proferi aquelas palavras na faculdade. Gostei da sensação.

Zoe colocou "I Can See Clearly Now" para tocar, na versão de Jimmy Cliff. Joe e eu soltamos juntos uma exclamação de êxtase assim que ouvimos as primeiras notas do baixo.

— Essa é uma felicidade merecida — afirmou Joe durante a ponte da música. Zoe assentiu.

— E clareza. Dá para sentir o quanto ele trabalhou duro para chegar até aqui. Tipo, *finalmente*, um pouco de clareza.

Olhei para Joe. Ele estava olhando para Zoe. Ela estava olhando para as próprias mãos.

Joe anunciou sua escolha antes de colocar para tocar: "Everyday", de Buddy Holly. Eu perguntei se significava alguma coisa o fato de nós três termos escolhido músicas feitas antes de nascermos, e Zoe disse que a felicidade era melhor antes de Reagan e Thatcher.

Eu não ouvia a música do Buddy Holly desde a rádio de músicas antigas de que meus pais eram fãs, e não conseguia acreditar em como ele era incrível. A produção era surpreendentemente minimalista, revigorante; algum tipo de glockenspiel ecoava pelas caixas de som como se estivesse ali mesmo, no quintal.

— Essa aqui é puro otimismo — falei.

— Exato — respondeu Joe. — A felicidade de saber que a felicidade está a caminho.

Ele me lançou um olhar rápido, depois baixou os olhos para a grama, tentando esconder um sorriso. Senti uma explosão de alegria se espalhando tão depressa pelo peito, que fiquei até tonta.

Ficamos ali a tarde toda, avançando pelas décadas, uma a uma, construindo uma taxonomia da felicidade. A caixa de leite perdeu seu apelo nostálgico durante "Perfect Day", de Lou Reed, quando mudamos para cerveja. Zoe ficou inquieta nos anos 1980 e anunciou que ia para casa tomar banho. Eu me lembro de protestar contra essa separação veementemente, de forma um tanto performática — nós três não nos separávamos havia vários dias —, até que ela prometeu, rindo, que voltaria antes de anoitecer.

Os anos 1990 foram complicados, mas finalmente encontrei "No Diggity" ("a felicidade de saber exatamente o que você quer", comentei); Joe explorou um case pequeno que guardava exclusivamente para a Magnetic Fields, chegando à música synthpop "You and Me and the Moon" ("romance puro, doce e simples").

Nos anos 2000, nossa nova década, tínhamos apenas um punhado de CDs. Estava ficando escuro — Zoe devia ter esquecido que estava anoitecendo cedo — e frio daquele jeito californiano: não sentiria frio se você estivesse usando roupas adequadas, mas sentia, porque você nunca usava. Levamos o aparelho de som para a varanda, onde pelo menos tínhamos luz e uma ampla borda de madeira para nos sentar. Joe trouxe um cobertor de lã áspero e o estendeu sobre nossas pernas.

Depois de pensar muito, coloquei "Last Days of Disco", do novo álbum do Yo La Tengo, uma balada melancólica e retrospectiva. Quando a música começou, Joe estava acendendo um cigarro e se virou, no meio da tragada, para olhar para mim. Acenei com a cabeça, e ele fez o mesmo.

— Felicidade perdida — comentei.

Ele soltou uma longa baforada de fumaça, ainda concordando, e estendeu o cigarro para compartilhar. Peguei pelo gesto de intimidade, pelo momento em que meus dedos tocaram as costas da mão dele. Joe aumentou o volume até parecer que toda a varanda estava mergulhada pela atmosfera da música, oscilando em meio ao som arrastado da bateria e às notas distorcidas da guitarra. A letra falava sobre o poder quase sobrenatural da música de fazer você sentir diversas emoções, mas sempre conforme os caprichos da memória e da experiência: uma música nunca deixava o narrador feliz até que dançasse com ela, e agora, ouvindo muito tempo depois, sentia-se solitário. Tive a sensação de que minha memória estava embalando aquele instante, absorvendo e capturando cada elemento: o ar frio e esfumaçado, a lateral da perna de Joe encostada na minha, a sensação dos nós dos seus dedos sob a ponta dos meus.

Na vez dele, colocou para tocar "Gravity Rides Everything", do Modest Mouse. Fiquei imediatamente confusa, mas tentei ouvir com atenção, determinada a não estragar o momento. Eu fitava o cobertor no nosso colo. Sem dúvida a música tinha uma vibe positiva.

— A felicidade de saber que as coisas vão se encaixar — afirmou ele durante a segunda estrofe. — Certo?

O cigarro compartilhado tinha acabado. Terminei a cerveja. Joe estava me observando, esperando.

— Os anos 2000 são difíceis — respondi.

Ele xingou baixinho e voltou para o início da música, depois se inclinou para a frente com os cotovelos apoiados nos joelhos, prestando atenção.

— Ele está brincando com a gente quando diz que as coisas vão se encaixar — expliquei. — Está falando da gravidade, do tempo. A carne cede. Caímos na terra.

Joe se endireitou abruptamente e deu um tapa nos joelhos.

— Por que você tem que ter tanta *certeza* o tempo todo, Percy?

— Mas ele diz que é melhor do que flutuar para longe! — falei, vendo Zoe chegando pela calçada. — Ele também vê beleza nisso! Tudo passa!

Zoe subiu a escadinha da entrada da casa e sentou-se ao nosso lado, com o cabelo úmido.

— Mas isso não é exatamente felicidade. Está mais para aceitação.

— Meu fracasso neste momento já está estabelecido — declarou Joe, pausando a música.

— Vamos — falou Zoe. — Comida etíope hoje à noite. Ganhei um cupom.

Mais tarde naquela noite, flagrei Joe quebrando as regras. Me levantei para ir ao banheiro e ouvi um violão do lado de fora. Ele estava sentado na beira da varanda, de cueca boxer e jaqueta, sem camiseta. O cobertor de antes estava sobre suas pernas, embora a maior parte tivesse caído, e o caderno com estampa marmorizada estava aberto ao lado. Ele parecia estar trabalhando mais uma vez em "Funny Strange".

— Eu vou contar, hein — falei, da porta.

Joe levantou os olhos.

— Por que você não me disse que a parte nova é igualzinha a "So It Goes", do Nick Lowe?

Fui para o lado de fora e fechei a porta, tremendo de frio sob o pijama, e tentei me lembrar da música.

— Ah, entendi o que quer dizer: esse tipo de melodia lenta, falada e descendente…

— É bem óbvio, Percy.

— Você está bravo comigo?

— Não — respondeu ele, apenas. Olhou fixamente para a folha de papel e se inclinou por cima do violão para anotar algo. — É que me dei conta disso quando estava pegando no sono — murmurou. — Só queria ter descoberto essa parte antes de passar quarenta e sete horas fazendo aquela gravação ficar cem por cento.

— De qualquer forma, Nick Lowe aprendeu muito com "Reelin' in the Years", do Steely Dan — falei. Repassei os versos na minha cabeça e me envolvi com os braços para me aquecer. — E "The Boys Are Back in Town" também não é parecida? — lembrei, triunfante.

Ele bufou, mas percebi que estava pensando nisso.

— Nenhuma dessas pessoas foi processada! Agora volta para dentro, antes que Zoe descubra esse desrespeito absurdo às regras.

Joe me ignorou e começou a cantarolar um verso melódico levemente alterado, subindo o tom lá pela metade.

Fiquei observando por um minuto. Estava muito orgulhosa de mim mesma por essas duas referências perfeitas, mas elas aparentemente não me renderam nenhuma estrelinha dourada.

— Desculpa por ter te decepcionado — soltei, com petulância.

— Para com isso — respondeu com um dedilhado forte e dissonante, e então colocou o violão de lado e pegou o aparelho de som. — Pensei em uma música melhor para os anos 2000.

Eu estremeci, e Joe levantou o cobertor, abrindo um espaço ao seu lado na beirada da varanda. Fiquei sentada apesar do som raivoso que ainda ecoava na minha cabeça. A lateral da perna dele irradiava calor sob a coberta.

— O nome é "Weird Divide" — falou, colocando um CD gravado na bandeja. — Do The Shins. Comprei esse EP no show deles, por cinco dólares.

Uma voz que eu nunca tinha ouvido antes começou a cantar uma melodia doce e lânguida. Parecia um pouco com uma música dos Beach Boys, só que nova, novíssima; nunca tinha ouvido nada tão novo. Mais uma daquelas canções nostálgicas, dessa vez um cara relembrando uma série de passeios noturnos com uma garota na juventude. A letra era difícil de entender por causa do reverb, mas consegui captar o verso que mencionava o título: "*Far below a furry moon, our purposes crossed / The weird divide between our kinds.*"

E então acabou: uma música leve como um sopro, com menos de dois minutos. Joe apertou o botão de pausar. Quase perguntei o que tinha acontecido com o restante, mas fiquei quieta. Ele se encostou em um largo pilar de madeira.

— Zoe me disse que te contou — sussurrou tão baixinho, que quase não ouvi. Eu me virei para fitar Joe, que estava olhando por cima da minha cabeça, para a luz da varanda. — Você acha que estamos sendo ridículos?

— Não — respondi, então percebi que precisava dizer mais, explicar o motivo. Como se eu soubesse de alguma coisa. — Acho que… — Pensei na música que tínhamos acabado de ouvir, depois em todas as músicas do dia, mas o único verso que consegui encontrar foi um de Stevie Nicks, e era tão óbvio, que quase não usei. — Acho que você tem medo de mudar "porque construiu sua vida em torno dela".

Joe voltou a olhar para mim.

— E vice-versa — acrescentei.

De repente, ele fechou os olhos com força, como se estivesse sentindo uma dor aguda. Seus cílios estavam úmidos.

— Vai ficar tudo bem — falei depressa. — Afinal, "o tempo deixa as pessoas mais corajosas".

Ele abriu os olhos, e lá estava: minha estrelinha dourada. Estavam irradiando dele alívio, gratidão, uma onda de admiração — dirigida não apenas a Stevie Nicks por escrever esses versos que tão graciosamente justificavam e normalizavam sua inércia, mas também a mim, por arrancá-las da minha mente e jogá-las a ele como um colete salva-vidas.

— De qualquer forma, "Weird Divide" é perfeita — completei. — A felicidade da conexão, certo?

Joe sorriu.

— Certo.

Ele colocou a música para tocar de novo, e ficamos ouvindo juntos. Durante a segunda estrofe, Joe se inclinou para a frente, e cada parte do nosso corpo se tocou — coxas, quadris, meu cotovelo esquerdo apoiado na curva do antebraço dele. Então a música terminou, e, no mesmo instante, o momento se tornou ilícito, embaraçoso: tínhamos cruzado o abismo mais uma vez. Ele se afastou de forma brusca.

Por isso a música era tão curta, concluí — porque a conexão, assim como as memórias, acontece nos mais breves flashes.

Joe se levantou e pegou o violão. Senti uma vontade estranha de arrancar o instrumento das mãos dele e jogá-lo delicadamente pela beirada da varanda, bem no mato lá embaixo. Mas apenas o segui de volta, em silêncio, para dentro de casa. Ele desapareceu escada acima, em direção ao quarto que estava dividindo com Zoe, e eu me arrastei para a cama do colega de quarto dele, no térreo, para debaixo de uma colcha desfiada que cheirava a naftalina.

Repassei o dia mentalmente enquanto adormecia, a serenidade sonhadora daquela última música correndo pelas veias. Como era estranho o abismo entre mim e Joe — como era espinhoso num momento e pantanoso no outro, e então, *puf*, apenas um lago calmo e cristalino. Eu me perguntava se era isso que nos fazia sentir tão próximos às vezes. Se, quanto mais estranho o abismo, mais doce era atravessá-lo.

Igual a uma mulher

O término enfim aconteceu na primavera: uma ruptura completa, como eles chamaram, o que significou o fim do nosso trio. Exatamente uma semana depois, fomos Zoe e eu que nos beijamos.

Eu estava dando espaço aos dois, sem saber como ajudar e, para ser sincera, obcecada com o que tudo aquilo significaria para mim, quando ela me convidou para estudar em um parque. Fiquei tão aliviada em ouvir isso, que suspirei alto ao telefone. Estendemos cobertores na grama e ficamos de bruços, apoiadas nos cotovelos. Era um dia quente e abelhas zumbiam ao redor dos livros abertos que estávamos ignorando.

Zoe queria informações.

— Ele parece bem? Está fumando durante o dia? Não quero que se torne um fumante de verdade. O que vai fazer no verão? Não deixe ele ir para a casa do pai.

— Não sei. Ele está sempre ensaiando com a banda. — Não mencionei que não tinha tido mais notícias de Joe desde o término. Que todos os dias eu acordava com um mundo de possibilidades, com a sensação de que qualquer dia podia ser o dia, mas ia dormir decepcionada. — Você vai no show semana que vem, certo?

Ela balançou a cabeça.

— Se a gente continuar saindo, vai ser como se nunca tivesse terminado. Era o que fazíamos juntos, de qualquer forma. Era codependente e estranho, e me impedia de me tornar eu mesma. Você sabe disso, já te falei.

— Mas é o primeiro show dele!

Ela balançou a cabeça de novo, num movimento brusco e decisivo.

— E vocês? Já aconteceu alguma coisa?

— Não.

Zoe pareceu aliviada, mas disse:

— Covardes.

Eu queria perguntar o que ela sabia — o que ele comentava sobre mim pelas costas —, mas pela primeira vez fiz a coisa certa e questionei:

— E você, Zo? Como está se sentindo?

A pergunta pareceu surpreendê-la, e então seu queixo tremeu e ela começou a chorar.

— Animada — respondeu —, mas também com medo. Sei que meus pais vão levar numa boa, mas ainda não criei coragem para contar. Meu pai vem de família católica. Além disso, eu simplesmente… não sei como ser gay! Sei como ser Joey-e-Zoe, que gostam do Bowie, e como ser uma boa aluna. Só isso. É só o que sei fazer.

Movi o cotovelo para que tocasse no dela.

— Talvez seja melhor se concentrar em ser uma boa aluna por um tempo. Só até você não sentir mais tanto medo. Podemos ser boas alunas juntas.

Ela concordou com a cabeça, enxugando os olhos manchados de maquiagem. Vê-la me fez pensar, pela primeira vez em anos, em "Just Like a Woman", do Dylan: apesar de toda sua inteligência e autocontrole, lá estava ela, desmoronando como uma garotinha.

— Sei que estou sendo egoísta — falou, com calma —, mas tenho medo de não te ver mais quando você começar a namorar o Joey.

— *Quando?* — repeti, rindo de nervoso. — *Se* isso acontecer, é claro que a gente ainda vai se ver.

— Tá bom. É o que as garotas sempre dizem. E a sua colega de quarto? Vocês não eram próximas antes de ela começar a namorar aquele garoto da fraternidade?

Senti uma pontada de culpa com a menção à Megan, que havia se tornado apenas uma conhecida, com quem eu por acaso ainda morava.

— Vocês dois ficaram mais entre mim e Megan do que o tal sei-lá-o-nome-dele.

Zoe não pareceu convencida.

— Eu conheço o Joey, ele vai mergulhar de cabeça. Foi assim comigo. Não esquece que ele é um garoto com um vazio enorme na vida.

Ela disse isso como se fosse um aviso, mas não me assustou; eu também queria mergulhar de cabeça. Em vez de expressar essa parte, apenas a abracei, o que foi estranho, já que estávamos deitadas de bruços. Acabamos rolando e rindo de nós mesmas, e então ela me beijou. Decidi ir em frente; sabia que não teria nenhum problema nem seria nada sério. Zoe tinha sabor de cravo-da-índia e smoothie. Quase imediatamente, a mão dela estava na minha camiseta, e ela se afastou para perguntar:

— Posso?

Assenti, e a mão dela deslizou por baixo do meu sutiã, passeando pelos meus seios como uma aranha, agarrando e sacolejando um peito e depois passando para o outro. Eu me virei de costas para facilitar.

Uma família jovem ali por perto guardou as coisas do seu piquenique e foi embora. Zoe tinha parado de se preocupar com os beijos e estava apenas olhando para minha blusa, para os movimentos que fazia com a mão.

— De nada — falei, enfim.

Ela olhou para mim.

— Desculpa. São meus primeiros peitos. Posso tirar sua blusa?

— Não, Zoe! Estamos num parque!

— Mas você nunca mais vai me deixar fazer isso!

Eu ri e me virei de bruços, forçando Zoe a tirar a mão. Meus seios, aliviados, se acomodaram de novo no sutiã.

— É verdade — respondi e peguei meu livro. — Mas ainda sou sua garota.

Ainda havia manchas pretas de maquiagem no rosto de Zoe, mas ela abriu um pequeno sorriso, pegou o livro e olhou para mim.

— Ei, posso te perguntar uma coisa? — Sua voz baixou até virar um sussurro. — Do que as meninas gostam?

Eu sorri.

— Você não é uma menina, Zo?

— Sou uma amostra de uma. Com o corpo de um garotinho, sejamos realistas.

Olhei para o parque e tentei pensar. Do que eu gostava? Gostava de falar sobre música em bares. De qualquer contato entre meu corpo e o de Joe. Um casal hippie estava caminhando pelo parque, o braço do rapaz estava em volta dos ombros da garota, os dedos dela entrelaçados na mão dele. A moça estava com uma expressão preguiçosa e usava sandálias que consistiam apenas em uma sola fina de couro e uma alça em volta do dedão do pé. Parecia que ela sabia do que gostava.

— Para ser sincera, não sei bem — confessei. — Você sacudindo meus peitos como uma criança brincando com uma geleca não foi muito empolgante, isso eu posso te garantir.

— Droga. Foi bom para mim.

O cara hippie tinha um violão pendurado nas costas, que balançava com seus longos dreads loiros.

— Do que o Joe gosta?

Zoe também estava observando o casal. Ela deu de ombros.

— Eu também não sei. Acho que todos gostam das mesmas coisas: tocar, chupar, adorar sexo. Qual é aquela palavra que aprendemos na aula, para quando a parte representa o todo?

— Sinédoque?

— Os homens são sinédoques ambulantes. Desculpa por não poder ajudar mais.

Sorri e segurei a mão dela.

— Desculpa também.

Quando cheguei em casa naquela noite, não consegui encontrar meu CD do álbum *Blonde on Blonde*, então procurei a música no Napster e fiquei surpresa ao encontrar uma versão com a Nina Simone. Uma mulher cantando "Just Like a Woman"? Baixei as duas versões e levei meu notebook para a cama. Ouvi Dylan primeiro, depois Nina.

Naquela época, eu sabia pouco sobre feminismo, além do que Zoe inseria em conversas não relacionadas ao assunto. Conheci o conceito quando era adolescente através de apresentadores de talk shows noturnos que não conseguiam dizer a palavra sem revirar os olhos, e, nossa, como eu amava aqueles caras. Não é o ideal para uma jovem descobrir Letterman antes do patriarcado, mas essa foi a ordem das coisas para mim. Dylan também teve grande importância na minha adolescência e me apresentou a certos sistemas de opressão — racismo institucional em "The Lonesome Death of Hattie Carroll", propaganda anticomunista em "I Shall Be Free No. 10" —, mas nunca, é claro, à questão de gênero. Eu não estava particularmente curiosa sobre as mulheres de *Blonde on Blonde*, sobre suas histórias; apenas as via através do filtro de Dylan, olhos tristes e rostos muito magros, usando fitas e chapéus ridículos.

Nina Simone mudou isso. Naquela noite, levei horas para desvendar as camadas de sua música — anos, até; ainda tenho novas percepções sobre isso. A amarga ferocidade da versão de Dylan ficou clara para mim, rápida e definitivamente. E então veio o poder de uma mulher reivindicando aquela música. (O poder de ser uma mulher negra, e aquela em particular — brilhante, bipolar, tão incrivelmente singular.) Mas o que mais me impactou naquela noite foi a profunda gentileza feminina de sua interpretação. Nina Simone passa a maior parte da música observando as falhas e pretensões de outra mulher sem nenhum julgamento, diferentemente da versão de Dylan, e então, mudando para a primeira pessoa no refrão final, ela encontra tudo aquilo dentro de si mesma — o apropriar-se, o destruir. E a aceitação de sua própria fragilidade se torna justamente o que a faz mulher, algo que Dylan não conseguia fazer.

Adorei essa ideia, mas não sabia onde encaixá-la. Não sabia como usá-la. Parecia maior do que uma coluna para a *Dedo Anelar*, mas mesmo assim escrevi naquele arquivo escondido: "A aceitação da própria fragilidade por Simone é o que a torna 'apenas uma mulher'." Enquanto adormecia naquela noite, vislumbrei os rostos de ambas — Nina e Zoe — pairando na escuridão do meu meio-sono. Gostaria que soubéssemos como ajudar umas às outras.

Nunca é uma promessa

Quando finalmente voltei a ver Joe, foi em seu show de estreia, no porão de um bar popular perto do campus. Ele arrasou. É verdade que a plateia estava lotada de amigos da cidade dele, garotas com cabelo alisado e caras superempolgados — Joe era como os Beatles para eles —, além de seus muitos colegas de apartamento e os colegas de faculdade com quem já tinha conversado. Foi o suficiente para encher o espaço com uma energia ótima e vibrante. O baterista e o baixista foram escolhidos mais pela dedicação à causa do que pelas habilidades, mas mantiveram uma batida constante, e a guitarra de Luke Skinner estava ótima, pelo menos até ele aumentar muito o volume do amplificador no meio do show. A voz de Joe também melhorou, embora ainda lhe faltasse a confiança de quando cantava sozinho para mim.

Eu assisti lá dos fundos, como o Mágico de Oz atrás da cortina. Ninguém me conhecia. Ninguém sabia que a letra tinha sido ideia minha. Que sorte ele teve de levar essas músicas ao público, de estar ali no brilho das pessoas.

Joe encerrou com "Funny Strange" em sua nova estrutura, acertando facilmente a frase complicada e fora do ritmo da nova letra. A multidão foi se dispersando com os vários grupos discretos de meninas dançando; os caras ou iam para trás ou começavam a balançar a cabeça vigorosamente, levantando os punhos. Eu mal conseguia vê-lo agora, com tantas mãos no ar.

— Obrigado por terem vindo — disse Joe ao microfone após o final estrondoso da música, e desligou o plugue da guitarra.

Imediatamente ele foi envolvido em abraços. Esperei, meio incerta, por um tempo, segurando meu copo de cerveja. Talvez tenham sido cinco minutos, talvez quinze. Quando o copo ficou vazio, fui para casa sozinha.

Está tudo bem, eu repetia para mim mesma várias vezes. Está tudo bem. Meu amigo fez um show e mandou bem. Abri a porta do apartamento: nada de Megan. Com a roupa do corpo, fui me arrastando até a cama e liguei a TV. Aquilo era normal. Ele era meu amigo; eu tinha ajudado o Joe. Pensei em ligar para Zoe, contar como tinha sido, mas parecia errado. Tudo parecia errado.

Então a campainha tocou, e Joe entrou pela porta num rompante, me puxando para um abraço, nos girando em círculos, gritando agradecimentos com o rosto em meu cabelo.

— Conseguimos, conseguimos, obrigado, obrigado, obrigado!

Eu respondi com risadinhas incontroláveis, todo o meu nervosismo se desfazendo em pequenos suspiros.

Quando paramos de girar, pareceu estranho que ainda estivéssemos no corredor, que não tivéssemos sido transportados para uma dimensão mais colorida. Ele se encostou na parte de trás da porta, ainda me abraçando. Eu queria levantar a camiseta dele e me enfiar ali. Olhei para o rosto de Joe. O sorriso desaparecera; ele estava como eu me sentia agora, sério e energizado. Seus braços repousavam nos meus ombros, relaxados. Vi uma oportunidade para puxar seus quadris até que tocassem os meus. Era um movimento tão fácil, que eu já tinha visto em filmes. Estava bem ali. Invoquei todos os resquícios de coragem de cada célula do meu corpo e então fiz isso: prendi os dedos nos passadores do cinto dele e puxei.

Um gemido sofrido veio do fundo de sua garganta.

— O quê? — indaguei, em pânico.

Muito agressivo. O movimento errado. Meu Deus. A humilhação me consumia por dentro, queimando toda a minha pele. Por que simplesmente não me inclinei para um beijo que nem uma pessoa normal?

— Estão me esperando no bar. Só vim aqui para agradecer.

Estremeci. Parecia um golpe.

— Cedo demais? — perguntei, com uma voz que não parecia a minha.

Ele balançou a cabeça.

— Não é isso.

Estremeci de novo, ainda mais forte.

— Então... nunca?

— Eu consigo ver tudo isso como um filme na minha cabeça. — Parecia que Joe estava tentando recuar, mas não tinha para onde ir, então encostou o corpo na porta. — A gente fica feliz por um mês, ou um ano, e aí a gente termina, e é só... Você é muito... Meu Deus, isso parece terrível, mas você é muito importante, sabe? Tipo o que você disse quando perguntei por que não compõe... Lembra?

— Mas isso sou eu — respondi, sinceramente confusa. — Você não é uma pessoa que tem medo de tentar.

— Talvez eu seja — falou ele, aproximando-se de novo. — Quando se trata da gente, pelo menos. Sexo é estranho e constrangedor, e você é... você é minha crítica musical.

Isso ecoou em meu cérebro, cada vez mais alto. Comecei a me sentir mal. Olhei fixamente para a escuridão da camiseta dele, para a gola desfiada, recusando-me a chorar. Não tinha admitido para mim mesma, percebi, o quanto eu o queria.

— E adoro suas críticas! — completou Joe. — Não posso perder isso. *Não posso.*

Olhei para ele com atenção.

— Cara, você sabe que posso parar de te ajudar com as músicas quando quiser, né?

— Não, não pode. — Uma frieza tomou conta dos olhos dele, e seu corpo pareceu se acalmar, os calcanhares se firmando. — Você ama fazer isso. Nunca se divertiu tanto na vida.

— Você também não.

Ficamos nos encarando por um momento, respirando alto, as narinas de Joe dilatando-se de leve a cada inspiração. Então, ele desviou o olhar.

— Talvez você não seja meu tipo — afirmou, sem muita convicção. Ficou concentrado no próprio braço, ainda apoiado em meu ombro. — Entendo como posso ter insinuado o contrário, no semestre passado. Assim que o álbum começou a sair do papel, coloquei a cabeça no lugar.

Uma imagem chamativa surgiu na minha cabeça, de mim e Zoe em um quadro dividido, como fazem com celebridades na *People*: o corpo dela, reto e musculoso, a maquiagem preta e brilhante, contrastando com minhas curvas, meu cabelo sem graça, meu olhar pesado. A visão era tão dolorosa, que me ouvi soltar um gemido e comecei a apertar a cabeça com as mãos.

— Desculpa — disse Joe.

Tirei as mãos da cabeça e levantei um dedo em sinal de advertência.

— Olha... — comecei. — Quero que saiba que não vou ficar esperando você mudar de ideia. O que está dizendo, agora, é que nunca... você e eu *nunca* vamos acontecer. "E nunca é uma promessa."

Isso era parte de uma música da Fiona Apple, "Never Is a Promise", que eu adorava na época do ensino médio. Minha ideia era que fosse uma tática de negociação para tentar conseguir um encolher de ombros, um pé travando uma porta que se fechava, um "nunca diga nunca". O que recebi foi um olhar de reconhecimento e um aceno lento e sério.

— "E não posso me dar ao luxo de mentir" — disse ele, completando a letra.

Aquilo me deixou furiosa.

— Então por que você ainda está encostando em mim, porra?

Joe pulou para longe e passou por mim no corredor, foi para a cozinha e depois para a sala, e então voltou para a cozinha. Fui atrás dele e o observei vasculhar minha geladeira e pegar duas garrafas de cerveja. Ele as colocou uma de frente para a outra na mesa da cozinha, depois foi para a sala e começou a revirar meus CDs.

Eu me sentei e abri uma das cervejas, ainda tomada por adrenalina.

— Não tenho esse CD — gritei da cozinha, com a porta aberta.

— Já achei. — Persistente, foi até as pilhas de CDs que estavam no assento da janela saliente, onde guardávamos sobras de artigos de festas e CDs emprestados que nunca foram devolvidos, e finalmente o ergueu. O rosto pálido de Fiona Apple balançava na mão dele. Joe colocou para tocar "Never Is a Promise" e voltou para se sentar comigo à mesa.

O problema da Fiona é que ela se dedica totalmente. Não se preocupa em soar piegas; está sempre cem por cento dentro das próprias emoções. Suas músicas às vezes podem ser um pouco desafinadas por causa disso, sobrecarregadas pelo peso de ser Fiona Apple, mas não essa. A melodia acompanha as emoções de Fiona: baixa e contida quando ela está com raiva, subindo em intervalos de notas quando chega o momento de epifania. *Fiona jamais faria o que você está fazendo*, eu queria dizer a

Joe, nós dois sentados naquela mesinha, tirando os rótulos das garrafas. Fiona transaria comigo.

— Bem, isso foi deprimente — falei, quando a música acabou. Não quis dizer isso como uma reclamação. A música tinha cutucado exatamente aquilo que eu queria, elevando minha tristeza ao nível cinematográfico, mesmo que por um breve momento. Mas foi golpe baixo, e aceitei.

Joe parecia infeliz. Senti uma pontada de culpa por estragar a grande noite dele — mas não, ele tinha estragado! Ele tinha estragado! Que noite incrível poderia ter sido. Teríamos ficado acordados até o amanhecer de novo, trabalhando nas músicas dele em surtos de inspiração pós-sexo!

— Por que você ainda está aqui? — perguntei. — *Eles estão te esperando.*

Sua expressão endureceu com o meu tom.

— Olha, não tiro nota alta na faculdade. Não tenho pais orgulhosos. Isso é tudo o que tenho.

— Bem, eles te adoram. — Fiz um gesto para a porta. — Vá aproveitar.

Ele se levantou.

— E você deveria ficar com alguém melhor. Alguém que não rime "amor" com "dor".

Essa fala era parte de um verso que eu havia ridicularizado — na verdade, provocado de leve — na versão original de "Funny Strange".

— É verdade — respondi e me levantei, empurrando a cadeira. — Ou "gelado" com "salgado", já que estamos falando nisso.

Eu o vi estremecer ao se afastar. Esse trecho era da versão final da música, um verso estranho e forçado que nunca tinha mencionado antes porque o resto era tão bom, que senti que já tinha criticado demais.

Fui seguindo Joe até a porta. Ele se virou no último instante, no mesmo lugar onde eu tinha feito minha grande investida, com uma expressão subitamente apaziguadora.

— Percy, isso aqui vai estragar tudo entre a gente mesmo? Porque, se sim, então é melhor a gente simplesmente ir em frente. — Ele apoiou a mão na fivela do cinto. — Sério.

A ideia de perder o que tínhamos juntos, fosse lá o que fosse, fez minha pele formigar de pavor.

— Não — respondi depressa. — Você é um babaca por dizer isso, mas tem razão: estou me divertindo demais.

— Ah, graças a Deus. — Joe suspirou. Ele se recostou na porta de novo e passou a mão pelo cabelo. — É um alívio isso estar fora de cogitação, de verdade.

Assenti, atordoada.

— Riscamos o sexo do cardápio.

— Haha... Pois é! Ainda temos a colaboração, a conversa, né?

Não consegui evitar franzir a testa.

— Então, quem sou eu? Sua colaboradora ou sua crítica?

Ele ignorou a pergunta, mantendo o tom otimista.

— O que quero dizer é que sexo é só uma coisa no cardápio. Nem é a melhor!

Hesitei. Isso tinha sido verdade na minha experiência até então. Mas o sexo que estávamos prestes a fazer, na minha cabeça, era melhor do que qualquer colaboração na história, melhor do que Lennon e McCartney se encarando em Hamburgo. Estendi a mão por trás dele para girar a maçaneta, coloquei a mão em seu peito e o empurrei para fora.

Encontrei Zoe no Café Milano na manhã seguinte, e ela me fez contar a história duas vezes. Pedi um café e um muffin light de cranberry, mas só consegui tomar uns poucos goles. O muffin tinha cheiro de remédio.

Depois de ouvir o que tinha acontecido pela segunda vez, ela ficou curvada, abraçando o próprio corpo. Também não estava bebendo o café que havia pedido.

A primeira coisa que Zoe disse foi:

— Não faz o tipo dele o cacete. Joey não consegue tirar os olhos de você. A gente já conversou várias vezes sobre como você é linda.

Isso me fez sentir melhor, embora não estivesse convencida. Para mim, parecia que a verdade provavelmente estava em algum lugar no meio disso tudo, e esse lugar doía tanto quanto a ideia de ele sentir repulsa por mim.

— Também não engulo a desculpa de proteger a música — continuou Zoe. — "Importante demais"? O Joey é um esquisitão e é muito dedicado à música, mas ainda é um universitário cheio de hormônios.

— Sério — falei. — A gente estava *tão perto* de se beijar no meu apartamento, sozinhos, e ele está pensando nas *músicas* dele?

Mesmo concordando com ela, minha insistência pareceu fazê-la reconsiderar.

— Bem, Joey está sempre pensando nessas malditas músicas.

— Ele também mencionou que zombei das rimas dele.

— O estranho é que ele nunca foi do tipo que se importa com o que os outros pensam… até te conhecer. — Zoe balançou a cabeça de repente, com firmeza. — É este o problema: o ego dele não aguenta você. Criativamente até que sim, mais ou menos, e ele sabe que precisa de você. Mas no quarto? Ele não dá conta. Que moleque covarde.

Vi tudo com clareza, finalmente — um diagrama de Venn se partindo em dois, na minha cabeça. Ele precisava de mim como crítica músical. Mas uma crítica nunca vai ser uma namorada em potencial.

— Por que eu sou assim, Zo? — resmunguei. — Tenho muito respeito pelo jeito como ele escreve. E admiração, e até *inveja*, para ser sincera... Por que simplesmente não consigo dizer isso para ele?

— Para com isso — falou ela, decidida. — Joe implora pelas suas críticas.

Desabei sobre o muffin.

Zoe olhou por cima do meu ombro com tanta atenção, que, por um segundo, pensei que Joe pudesse estar atrás de mim.

— Ele é meio esquisito com promessas, sabe? — Então me contou que, quando a mãe dele foi diagnosticada com câncer, o pai prometeu que ela não morreria. E, quando ela morreu, é claro, o pequeno Joe ficou furioso. — Sentiu que teria passado o verão de forma diferente se soubesse, se tivesse ficado mais tempo com a mãe ou algo assim. Ele tem levado promessas *muuuito* a sério desde então.

Senti vontade de chorar, como sempre acontecia ao imaginar o Joe naquele verão.

— Legal. — Pisquei com força. — Então, tentando encontrar uma brecha, acabei fechando a porta completamente. — Eu me recostei na cadeira bamba da cafeteria, espantada com a minha estupidez. — Por que insisto tanto?

— Não foi isso que eu disse — explicou ela. — Ver o tanto que você continua se culpando me dá ânsia.

Então, um novo pensamento me ocorreu: se a promessa tivesse sido ideia minha, teria menos poder do que Zoe parecia pensar. Eu poderia esperar. Poderia ser menos crítica enquanto isso. Mais paciente.

— Isso é típico do Joey. Ele embaralha tudo até sobrar uma única opção: você se culpar. É um jeito quase republicano de pensar, para falar a verdade. Tipo: o aquecimento global é culpa nossa porque não reciclamos o bastante! — Ela estava perdendo o fôlego, o peito estufado, os dentes trincados. — Meu Deus, isso está me fazendo ficar muito aliviada por Joey Morrow finalmente ter saído da minha vida. Ele pode ser um verdadeiro filho da puta manipulador.

— Não fala isso dele — falei rispidamente. E então redobrei a aposta: — Não fala isso *dela*.

Sustentei o olhar de Zoe enquanto seu rosto demonstrava surpresa, depois mágoa, e então uma irritação engasgada.

— É só modo de dizer, Percy. Fala sério.

Não sabia quem estava defendendo. Talvez Joe, talvez sua falecida mãe, talvez apenas meu direito de me odiar — algo que, aliás, eu vinha fazendo desde muito antes de conhecer os dois. Meu queixo se ergueu por conta própria; um músculo desafiador se contraiu no maxilar. Senti um pequeno e patético alívio por ter saído de uma encruzilhada, por ter escolhido um caminho — não o que eu queria, mas pelo menos Joe estava nele.

— Vai se foder, Percy — disse Zoe, empurrando a cadeira com força.

Depois da corrida do ouro

No dia 11 de setembro, meu pai ligou cedo. “Você tem TV? Sua mãe não sabe se você tem TV”, repetia sem parar, enquanto eu ligava a TV velha e enorme de Megan na escuridão do amanhecer. As torres caíam em câmera lenta, as chamadas na TV se amontoando e gritando. “Ruínas desabam em efeito dominó”, sussurrei para a tela, apavorada, “Surf’s Up” de novo na cabeça. Meu pai desligou o telefone para ligar para o meu irmão, e Megan foi para a casa dos pais dela, então fiquei sozinha com a TV. Quando Joe bateu à minha porta, desabei de alívio em seus braços.

Ele se sentou na minha cama e não saiu. Tentei ir para a aula, mas havia um bilhete de cancelamento colado na porta, e, quando voltei para casa, Joe ainda estava no meu quarto, organizando tudo. Ele tinha tirado todos os CDs do assento perto da janela da sacada e o cobriu com almofadas para que pudéssemos assistir ao noticiário dali, em vez de na cama.

No jantar, dividimos uma garrafa de vinho do mercado e comemos feijão direto da lata com chips de tortilha. Depois nos deitamos juntos na minha cama, num horário absurdamente cedo, oito ou nove da noite. Minha cabeça estava na curva do braço dele, mas encarávamos o teto, não um ao outro. A gente se viu bastante no trabalho durante aquele verão e cultivou uma obsessão compartilhada pelo tão aguardado álbum completo do The Shins, *Oh, Inverted World*, regada a incontáveis cervejas e domingos na varanda dele, mas nós não ficávamos fisicamente tão próximos desde a noite depois do primeiro show dele. A pele quente e os músculos magros de Joe me preenchiam com um desejo que, de algum jeito, parecia confortável; já tinha me acostumado com aquela vontade, acho.

— Você se vê tendo filhos um dia? — perguntou ele, com a voz quase num sussurro.

— Talvez. Obviamente nem tão cedo.

— Sempre pensei que seria pai. Um bom pai, sabe? Fazer direito mesmo. Mas em dias como este...

— É. Moralmente falando, é uma escolha cada vez mais duvidosa.

— Pois é. — Senti seu peito se movimentar lentamente. — Você sabe que eles vão transformar isso em votos. Já tive aulas de ciência política o suficiente para ter certeza disso. Vão transformar isso no pior tipo de voto.

Ninguém dizia coisas assim ainda, pelo menos não que eu tivesse ouvido. Isso me assustou.

— Você se arrepende de ter votado no Nader? Quer dizer, sei que não teria feito diferença, mas...

— Não votei no Nader — declarou Joe.

— Sério?

Um ano antes, em nossos círculos sociais, era senso comum o fato de que aturar quatro anos de Bush seria melhor do que eleger Gore; cumpriríamos nossa penitência, e então o pêndulo voltaria para a esquerda de verdade.

— Não me parecia certo. Nunca contei para a Zoe.

Pensei nisso por um longo tempo. Joe na cabine de votação, com a mão erguida no último minuto, seguindo seu instinto. Eu também tinha um segredo sobre a noite da eleição — fui impedida de votar porque estava registrada com o endereço do meu antigo alojamento —, mas não confessei isso. Estava muito cansada, muito confortável. Adormecemos assim, de costas, com o bíceps dele servindo de travesseiro para mim.

No dia seguinte, recebemos e-mails de cancelamento das aulas, mas lojas e restaurantes iam abrir. Saímos para comprar café e croissants e os levamos para o nosso bunker. Meu pai não parava de ligar; estava falando sobre a topografia do Afeganistão e tinha começado a assistir à Fox News, porque a cobertura parecia mais honesta.

— Acho que meu pai está virando republicano — comentei com Joe no início da tarde, quando decidimos que era hora de começar a beber. Eu tinha feito uma jarra de margaritas com uma mistura pronta.

— Eu avisei — relembrou ele. — Votos.

Joe havia deixado um recado para o pai, pedindo para ele ligar para o meu número, mas não teve resposta. Isso claramente o estava incomodando.

Zoe apareceu rapidinho, toda iluminada com uma energia antiguerra. Tinha ido à casa do Joe para ver como ele estava — os dois mantinham um contato meio distante, como primos em vez de irmãos —, e então imaginou que ele estivesse comigo. Tinha sido a minha interação mais próxima com ela desde a briga no Café Milano; eu estava encaminhando a coluna de música por e-mail. Zoe havia declarado, tomando uma dose de tequila, que a próxima *Dedo Anelar* seria uma edição totalmente pacifista.

— Pode ir com tudo para o folk, eu não tô nem aí. Nível Pete Seeger, de verdade.

Ela queria organizar um protesto na praça, mas ainda não estava claro contra o que protestaríamos; as notícias continuavam prevendo planos diferentes de retaliação. Achei que seria bom reunir nós três de novo, mas havia um tom amargo em tudo o que ela dizia, e Joe a apressou para ir embora.

— Melhor só nós dois — falou baixinho depois que Zoe saiu, e fechou as persianas de metal da janela. Finos feixes de sol forte entravam, iluminando o chão. Ele se sentou no banco da janela e olhou para mim com um sorriso cansado.

Fui me sentar ao lado dele. A TV estava ligada no noticiário, mas no mudo. Estávamos ouvindo Neil Young. Joe tinha tentado me mostrar algumas músicas em que estava trabalhando mais cedo, mas nenhum de nós estava no clima. Desde a nossa noite da "Never Is a Promise", eu tinha me tornado mais cuidadosa com as críticas, mais gentil e mais propensa a engolir reclamações; e ele tinha diminuído sua produção de forma drástica, trazendo novos fragmentos para mim uma vez por mês, em vez dos clipes quase diários que mantinha no ano anterior. Eu não sabia se esses eventos estavam relacionados — se minha abordagem mais gentil havia reduzido sua produtividade, ou se ele estava concentrado nos shows, agora que o álbum estava pronto. Antigamente, eu teria perguntado à Zoe.

— Você sente falta dela?

— É estranho do que eu sinto falta — respondeu Joe. — Sinto falta dos pais dela. Sinto tanta falta dos jantares de domingo na casa dela, que chega a doer.

Peguei a mão dele.

— Obrigado — disse ele com um sorriso envergonhado. — Momentos como este me assustam um pouco. De mudança, sei lá.

Apertei a mão dele.

— E provavelmente vou ser reprovado — contou. — Então também tem esse aspecto de sentir falta dela.

— Do que você está falando?

Ele suspirou.

— Não consigo passar numa prova sem a Zoe. Nas provas de múltipla escolha, ela colocava o cabelo atrás da orelha esquerda para a opção A, orelha direita para a B, cruzava os pés para a esquerda para a C, cruzava os pés para a direita para a D. E basicamente fazia os trabalhos para mim.

Eu devia ter feito uma cara de choque, porque Joe revirou os olhos.

— Fala sério, Percy. Como se eu fosse capaz de compor e gravar todas essas músicas, trabalhar e ensaiar, se estudasse de verdade. De qualquer forma, isso acabou. Ela não me ajuda na aula, só me cumprimenta e depois vai se sentar do outro lado da sala. O que é ótimo, eu entendo. Essa farsa toda era para ela, de todo modo. Mas agora estou me dando conta de que acabou mesmo.

Eu ainda não conseguia acreditar.

— Mas a Zoe é tão... íntegra.

— Ah, mas olha, o sistema está armado contra mim. — Joe ergueu uma sobrancelha com um ar de sabedoria. — Pobre garoto da classe proletária, com a mãe morta e o pai bêbado, a educação não era valorizada na minha casa... Como eu teria sucesso neste mundo? Ela estava corrigindo um desequilíbrio.

Assenti. Dava para ouvir Zoe dizendo isso.

— Mas sou péssimo nos estudos — falou ele. — E serei péssimo em qualquer emprego que essa formação conseguir me arrumar.

— Isso não é verdade.

— Acho que é, sim. Eu aceitei porque a amava, mas agora tudo parece ridículo. Sempre soube o que tinha que fazer. Preciso viver da música.

— Isso é incrivelmente difícil, Joe — comentei, do jeito mais gentil possível. — Cada vez mais difícil.

— Eu sei. — Ele olhou para nossos dedos entrelaçados. — É por isso que temos que fazer isso bem.

A frase carregava muita pressão, responsabilidade, como se as músicas dele também fossem minhas. Mas não eram. Eram? Durante o verão, ele vendeu mil cópias de *Funny Strange* por conta própria, e todas as músicas eram creditadas a ele, "com agradecimentos especiais a Percy Marks". Não gostei dessa frase. Houve alguns momentos difíceis no álbum, dois ou três versos que eram inteiramente meus, uma melodia que cantarolei para ele e que acabou se tornando o refrão de uma música. Joe me perguntou uma vez se eu queria créditos pela coautoria, mas era cedo demais, e hesitei. Mesmo assim, "agradecimentos especiais a Percy Marks" sempre me atingia em cheio.

— Posso editar seus trabalhos — ofereci. — Consertar suas vírgulas.

— Qual é o problema com as minhas vírgulas?

— Exatamente.

— Você ficou julgando minhas vírgulas esse tempo todo, em e-mails e coisas assim?

— Não — respondi, mas Joe desviou o olhar, magoado.

Claro que eu tinha julgado as vírgulas dele: elas eram como mosquitos que rastejavam na tela e pousavam em cantos aleatórios das frases. Mas me surpreendi desde o começo por não me importar. O que toda a minha proficiência com o idioma me trouxe? Joe sabia tocar violão. Sabia *cantar*. Eu trocaria cada gota da minha compreensão nata de pontuação por uma voz como a dele.

"After the Gold Rush" começou a tocar, e de todas as músicas sobre o fim do mundo, aquela era perfeita para o momento, tão imaginativa e perturbadora! Eu sabia que nós dois estávamos pensando nisso: como o título poderia ter sido manchete naquele dia. Tínhamos saqueado a Terra por suas riquezas, incitado a violência pelo petróleo, e agora aquilo. Mas minhas partes favoritas eram as pessoais, a maneira como o narrador ficava deitado em um porão assistindo a um ecossistema inteiro entrar em colapso enquanto tinha pensamentos vagos e cansados da vida cotidiana. Refletindo sobre o que um amigo tinha dito.

— Ei — falei durante o solo de fliscorne. — Lembra aquela noite em que você veio aqui depois do seu primeiro show?

Joe respirou fundo, quase um suspiro.

— Claro que sim. Na noite em que fizemos a promessa.

Desvencilhei minha mão da dele porque ela estava começando a suar.

— A promessa. Que bobeira, né?

— Acho que não — respondeu ele, baixinho.

Uma faixa vermelha na parte inferior da tela da TV dizia: LIGAÇÃO DE AVIÃO SEQUESTRADO: "VOU MORRER." Joe pegou minha mão de novo e aproximou mais o corpo, pressionando nossas coxas. Não era o suficiente. Senti uma sede insaciável por proximidade. A música terminou, e ele a colocou para tocar de novo.

— Então, quais são os parâmetros da promessa? — perguntei. — Quer dizer, estamos de mãos dadas agora, então acho que isso está dentro dos limites. O que exatamente prometemos não fazer?

Ele se virou para mim. Seus olhos percorreram meu rosto.

— Beijar, acho.

— Na boca? Seja específico.

Joe assentiu.

Endireitei a postura e o beijei lentamente na bochecha. A sensação me surpreendeu — pequenos pontos de barba por fazer, seu rosto bem definido. Um homem, não um menino. Quando me afastei, seus olhos estavam fechados.

— Então isso estava dentro dos limites? — questionei.

Ele assentiu.

Eu me levantei. Dei a volta ao redor de suas pernas — elas estavam esticadas para fora do assento, pés descalços cruzados nos calcanhares — e então dei um passo para trás, ficando montada nele.

— Percy. — Joe olhou para mim.

— O quê? Só estou tentando achar um bom ângulo.

Segurei seu rosto e beijei a outra bochecha.

Ele se inclinou de leve em minha direção. Seus lábios se separaram, e respiramos em perfeita harmonia, e então Joe disse:

— Você está estragando a música.

Abaixei as mãos, constrangida. Ele não olhava para mim. Minhas pernas estavam paralisadas, nos prendendo ao momento, recusando-se a admitir que aquilo tinha acontecido.

O telefone tocou uma vez, depois de novo.

— Pode ser meu pai — Joe comentou.

Eu o deixei ir.

Decepcionado

Pela primeira vez em dois anos, fui à Amoeba em um dia de semana. Uma quinta-feira, 13 de setembro de 2001. Neil estava atrás do balcão: tinha sido promovido.

— Percy. — Meu nome pareceu explodir da boca dele. — Uau.

— Eu sei.

— O fim dos tempos te deixou pensativa?

— Acho que sim. Você está comprando agora?

Ele revirou os olhos, talvez maduro o suficiente para perceber que ser negociador na Amoeba não era uma posição de poder inspiradora.

Tentei pensar no que falar. *Vamos acabar com isso*, era o que eu queria dizer. Vamos acabar logo com o que começamos. Aviões estão derrubando prédios, e Joe não me quer. Em vez disso, perguntei:

— Quer tomar um drinque quando sair do trabalho?

Suas pálpebras pesadas se ergueram.

— Tenho planos. Show de hip-hop na cidade. — Ele se encostou no balcão dos fundos para dar passagem a outro funcionário, um dos mais antigos, com cabelo de metaleiro dos anos 1980. A loja estava estranhamente silenciosa, sem música; dava para ouvir os All Star dos funcionários se arrastando pelo chão empoeirado enquanto vagavam, arrumando as prateleiras. — Quer ir comigo?

— Claro — respondi.

Suas costeletas tinham crescido, alargando-se nas cavidades das bochechas. Percebi que não sentia atração por ele. Mas tudo bem. Minha teoria, que veio com tudo naquela manhã, como se tivesse sido implantada no meu cérebro durante o sono, era: para concluir o ansioso capítulo semivirginal da minha vida e me tornar uma adulta completa e com capacidade de encontrar o meu propósito, eu precisava completar o ato com o mesmo cara errado. Não tinha tempo para começar do zero encontrando o cara certo — estava prestes a me formar na faculdade, pelo amor de Deus —, e certamente não podia arriscar uma nova humilhação com um cara errado *diferente*. Pelo menos eu conhecia o Neil. Sabia como evitá-lo. E sabia como o sexo seria, pelo menos até o final.

Passei a tarde me arrumando e me depilando, como da primeira vez, depois montei um look que, em retrospecto, era forçado e quase apropriação cultural: brincos de argola e tudo. Eu nunca soube direito que roupas usar. Ele me buscou no meu apartamento, no mesmo velho Honda Civic bordô. Eu me espremi no banco de trás entre dois caras simpáticos, e atravessamos a ponte até uma casa noturna escura em frente a um supermercado iluminado como o sol.

O show foi bom, com um trio de rappers jovens e cheios de energia circulando por uma pequena área de concreto a poucos metros de nós. Tempos depois, eles adicionariam uma vocalista com barriga de tanquinho e subiriam ao Top 40 com algumas das piores músicas já compostas, mas isso seria no futuro. Neil me trouxe um copo cheio do que presumi ser cerveja até tomar um gole e quase engasgar — era um Long Island.

— Não é desse que você gosta? — gritou Neil no meu ouvido.

Eu tinha esquecido: por um breve período, quando estava aprendendo a socializar, apreciava a eficiência do Long Island. *Um e pronto*, costumava dizer.

— Eu cresci — gritei de volta. As doses dos dois drinques seguintes que ele me trouxe eram menores, mas fortes.

No caminho de volta para casa, estávamos a sós, então parecia que eu tinha enviado os sinais que queria. Neil colocou uma fita cassete do Pavement para tocar, lembrando-se corretamente da banda como nosso único ponto musical em comum. Atravessou a ponte rápido demais, e a excitação se misturou ao nervosismo.

— Sabe a última vez que nos falamos? — perguntei, agarrando a alça acima da porta. — Acho que foi alguma conversa constrangedora sobre camisinha.

As luzes da rua, pela janela, iluminavam o rosto dele em rajadas, uma após a outra. Ele mudou de faixa sem dar seta.

— Não, acho que fui eu gritando da escada atrás de você: "Volta! Que houve?"

— Meu Deus. Desculpa.

Ele deu de ombros.

— Não me importei. Você estava no primeiro ano.

— Segundo.

— Mesmo assim. Você está no último agora?

— Isso.

Ele fez um gesto como se provasse seu argumento, e não dissemos mais nada. Soou estranho o fato de parecer não querer mais informações sobre aquela noite, mas Neil sempre foi estranho. Ele entrou na rodovia e o carro seguiu em direção a Berkeley. Uma placa da IKEA, visível da estrada, balançou e girou; eu estava bêbada, o que notei com satisfação.

Nossos colegas de apartamento estavam com convidados, então transamos no carro. Tinha uma camisinha no porta-luvas, enfiada entre tubinhos de protetor labial de menta, o que explicava muito o cheiro dele, sempre fresco e meio herbal. Neil reclinou o banco do motorista para trás, e eu montei nele. Doeu tanto quanto da primeira vez que tentamos, mas me forcei a aguentar. Imaginei a dor apagando meu passado, cada estocada enviando uma mancha de tinta preta sobre outra memória, outra fantasia de infância. Quando isso acabar, pensei, vou estar mais sábia. Quando isso acabar, vou estar mais forte.

Mas continuou doendo depois que ele parou na minha casa e disse:

— Quem sabe a gente se vê na próxima catástrofe global!

Subi a escada cambaleando, só para imediatamente decidir que não queria estar ali. Tentei dar uma caminhada com meu discman, mas andei apenas dois quarteirões antes de me jogar no gramado inclinado de uma república estudantil, dolorida e enjoada. Virei de lado e abracei os joelhos.

OK Computer era o CD no meu discman, uma cápsula do tempo de um ano antes. Tive uma fase Radiohead, influenciada pela equipe da Rasputin — nessa época eu era tão obcecada pela banda, que era incapaz de discutir qualquer coisa sem desviar a conversa de volta para os álbuns deles. Não tinha mesmo escutado o *OK Computer* nem usado meu discman o ano todo? Percebi que era verdade: quase sempre ouvia música com o Joe agora, ou no aparelho de som enquanto estudava, deixando-o preencher todo o espaço. Era bom ouvir músicas de maneira tão reservada. Eu me deixei envolver pelo álbum. Ninguém ligou quando vomitei um pouco, espalhando um riacho de Long Island pela calçada. Cochilei por uns instantes e tive um sonho nada sutil, em que minha vagina se abria enquanto eu andava, causando um espetáculo sangrento na avenida Telegraph: crianças gritando, homens fugindo.

Acordei com a quinta faixa do álbum, "Let Down", e ela soava tão perfeita, que a toquei de novo. Mais alto dessa vez — tão alto, que doía. Tive a sensação de que a música vinha de dentro de mim, um lamento estranhamente meu. Com certeza, concluí que a música era uma releitura de *A metamorfose*, de Kafka, que tinha acabado de ler para a faculdade — todas aquelas imagens de transformação, insetos no chão, histéricos e inúteis, asas crescendo. Sabia que asas são típicas metáforas da maioridade — significavam liberdade, a capacidade de enfim explorar além de si mesmo. Mas asas também podem ser inúteis. Fazer de você um monstro grotesco.

Ouvi a música de novo, e isso me deu forças para levantar e voltar para casa. Senti a dor diminuindo à medida que mergulhava na música, quanto mais camadas sombrias percebia. Pensei em como devia ser para Thom Yorke ter criado um exorcismo tão perfeito da própria penúria, poder apresentá-lo quando quisesse. Claro, Kafka também tinha feito isso com meras palavras no papel, e, mesmo que o meio tornasse a obra menos poderosa — desculpa, mas era verdade —, ainda era alguma coisa. Abaixei o volume. Poderia colocar palavras no papel. Talvez pudesse aprender a fazer isso melhor. Talvez agora, depois de ter sido aberta por dentro, de ter me tornado mais sábia. Talvez minhas palavras no papel pudessem chegar perto de se tornar música.

NOVA YORK

Moça da bagagem

Eu me apaixonei por "Bag Lady", de Erykah Badu, no outono de 2002, durante uma roda de leitura na Universidade de Columbia, onde alguém tinha escolhido uma variedade de neo-soul para acompanhar os queijos e vinhos em copos de plástico. Era uma quarta-feira à noite, vinte minutos depois do horário anunciado para o início do evento, e ninguém tinha começado a ler ainda. Deveríamos estar socializando, mas eu não ia a esses eventos para socializar; as luzes eram muito fortes. Ia para sair do meu apartamento e talvez ouvir uma ideia, uma pérola de sabedoria ou uma maneira de transformar uma frase que pudesse levar para casa e incorporar ao meu próprio trabalho.

Quando ouvi a voz de Badu, fui até a janela segurando meu vinho e olhei para outro edifício imponente como aquele em que estávamos. Mesmo a alguns centímetros de distância, dava para sentir o frescor da vidraça, um alívio no lugar superaquecido. Meu cabelo, refletido no vidro, parecia bagunçado. Tomei um gole de vinho e o mantive na língua enquanto os backing vocals me aconselhavam a "levar pouca bagagem" — a me livrar da raiva, do ressentimento, de todo o lixo emocional que carregamos.

Será que eu tinha levado pouca bagagem para Nova York? Acreditava que sim. Tinha acabado de sair da faculdade e estava recomeçando, sozinha de novo; por alguns dias, não usei minhas cordas vocais. Mas agora conseguia ver a beleza daquilo.

O sample vigoroso de guitarra se destacou em meio à conversa fiada. Terminei o vinho e peguei outro. Quando voltei para a janela, uma garota do meu workshop de não ficção estava lá, aparentemente me esperando: uma ex-modelo que escrevia sobre moda.

— Ah, oi, Nomi.

Ela sorriu calorosamente.

— Adoro como você está parada aqui, dançando no canto desse evento abafado.

Senti as bochechas esquentarem.

— Não. Eu estava?

— Um balanço perceptível.

Fiz uma careta, mas ela ainda sorria. Nomi escrevia textos sobre roupas com um bom trabalho de pesquisa, mas que eu achava um pouco chatos. Parecia amigável e bem-humorada — estranho para uma escritora, ainda mais para uma modelo —, mas seus comentários nas margens das minhas páginas beiravam a crueldade: "Por que você é tão obcecada com essa estrutura de frase?" "Isso me fez rir, e não no bom sentido." Gostei dela.

— Eu estava simplesmente maravilhada com a *leveza* dessa música — comentei. — O som dela. Sem peso nenhum, sabe?

Nomi ouviu por um minuto e assentiu.

— A música faz você se sentir do jeito como ela gostaria.

— Isso!

Nomi encostou o quadril no batente da janela. Segundo sua própria descrição em um texto do workshop, ela era "negra com avó chinesa"; fora descoberta ainda criança em um shopping com a mãe enquanto comprava roupas para a volta às aulas — uma cena tão clássica dos anos 1980, que pareceria inventada, se não fosse pelo corpo dela. Nomi tinha uma silhueta tipo o sample de guitarra em "Bag Lady": uma linha limpa e elegante que se estendia sem parar. Tentei arrumar meu cabelo no reflexo da janela.

— Já ouviu falar daqueles dois? — perguntou ela, inclinando a cabeça na direção de dois poetas que riam de um jeito conspiratório.

— Já.

— Não esperava que aqui fosse esse abatedouro — confessou. — Não foi para isso que me inscrevi.

— Idem — respondi com uma firmeza que me surpreendeu.

— Ah, é? Por que não? Você é jovem. Está saindo com alguém?

— Não. É que... Sabe como é. Estou carregando pouca bagagem.

Nomi bateu o copo de plástico no meu. As unhas dela não estavam pintadas, mas claramente tinham sido aparadas e lixadas por um profissional. As minhas estavam roídas e com cutículas soltas.

Meu celular vibrou na bolsa, e eu reagi depressa, segurando-o contra a luz para ler o nome em pixels verde-acinzentados: JOE. Atendi num sussurro e disse que ligaria de volta em uma hora.

Nomi estava com uma expressão presunçosa no rosto.

Balancei a cabeça, ri — embora parecesse forçado — e apertei o botão de encerrar a ligação repetidamente.

— Não, é só meu melhor amigo. Parceiro de composição, na verdade.

Ela ergueu as sobrancelhas.

— Quer dizer, colaboração — corrigi. O que eu estava dizendo? As palavras estavam saindo da minha boca sem controle.

— Que legal — comentou Nomi, olhando em seguida para os nossos colegas. — Escritores não são colaboradores natos.

Isso torna as oficinas de escrita uma experiência estranha, não acha? Talvez seja por esse motivo que todo mundo está se pegando. Não sabemos como nos ajudar de outra forma.

Ri de nervoso. A música tinha terminado, mas eu ainda estava pensando nela.

— Às vezes, queria que a escrita tivesse mais oportunidades de colaboração — falei.

— Eu não. A solidão é a minha parte favorita da escrita.

— Na verdade...

— O quê?

Eu estava pensando que minhas tentativas de colaboração estavam todas ligadas à minha bagagem. *Funny Strange* tinha sido contratado por uma gravadora independente respeitável, e eu o comprei ansiosamente na Virgin Megastore, mas as músicas vinham carregadas de tantas memórias, que eu mal conseguia ouvir o álbum. E meus textos antigos da *Dedo Anelar* só me faziam lembrar de Zoe, das vezes que a vi no último ano da faculdade e dos cumprimentos estranhos que trocamos. Quando a zine acabou depois da formatura, coloquei todas as minhas edições em uma pasta sanfonada e as enviei para Indiana.

— Eu estava pensando na música de Erykah Badu — expliquei. — Poderia ser sobre ser um artista solo, de certa forma. Sobre se livrar da bagagem de precisar de outras pessoas.

— Adoro essa ideia. Mas, no fim das contas, ela não está só falando de encontrar um cara?

Tive que confirmar isso mais tarde naquela noite, procurando a música na internet, no meu quarto praticamente vazio. Nomi estava certa. O problema da bagagem, a música parecia dizer, é que nenhum homem vai querer você. Não era culpa da Erykah — isso era normal na época, a mensagem subliminar em toda mensagem de empoderamento do mainstream. Achei profundamente decepcionante, mesmo enquanto reconhecia uma semente horrível de verdade nisso: todas as minhas tentativas de crescer, de encontrar independência criativa e propósito, estavam a serviço de me tornar mais desejável, pelo menos em parte.

Dane-se isso, pensei, fechando meu notebook. Agora eu era uma nova-iorquina.

NYC

Turn On the Bright Lights, do Interpol, era o álbum oficial do Lion's Head Tavern, na esquina da avenida 109 com a Amsterdam. Na metade daquele primeiro semestre, eu passava várias noites lá e já identificava os escritores de ficção como meu grupo preferido de conhecidos. Meus colegas de não ficção eram um grupo mais durão — os memorialistas não eram nada divertidos, os jornalistas estavam ocupados demais —, e apenas alguns frequentavam o Lion's Head: Nomi, embora sempre saísse cedo para voltar para o Brooklyn, e um escritor de gastronomia que ia para o bar com fatias de limão a tiracolo, para tornar a cerveja PBR mais palatável. Gostávamos do Lion's Head porque as PBRs custavam um dólar e cinquenta — dois, com gorjeta. A maioria havia feito empréstimo para pagar o mestrado em escrita criativa, e a ideia de ter dinheiro para coisas boas estava tão irremediavelmente perdida para nós quanto nossa inocência.

Um dos escritores de ficção, um cara chamado Harrison que tinha dezenas de pequenas tatuagens desconexas nos braços, de alguma forma conseguiu colocar para tocar *Turn On the Bright Lights* no jukebox do Lion's Head. O boato era que ele havia conseguido o favor caindo de boca no gerente barbudo no estoque, mas era impossível acreditar em tudo o que aqueles garotos da ficção diziam. Meu Deus, como eu amava aquele álbum! Todo mundo amava, naquele ano. Ou você amava, ou nunca tinha ouvido falar dele. Todos nós tínhamos comprado ingressos para o show, e adivinhar a setlist virou assunto oficial nas conversas.

Certa noite, logo depois que o tempo virou de frio para um frio brutal, eu me sentei a uma longa mesa cheia, com mais ou menos dez escritores de ficção, ouvindo o álbum inteiro, música por música. Quando "NYC" começou a tocar, murmurei algo sobre essa ser a música mais original deles, a mais característica do nosso tempo e lugar, o que foi recebido com concordância, embora me pareça insano agora que qualquer coisa naquele álbum pudesse evocar qualquer tempo ou lugar que não fosse a Nova York de 2002.

— Você é que escreve sobre música — disse alguém, bem quando a canção estava chegando ao fim.

O escritor de ficção à minha esquerda tinha sido substituído por um cara do meu workshop. Esperei até a música terminar e então assenti.

— Você é que escreve sobre gastronomia.

Ele tirou o saquinho de fatias de limão do bolso.

— Culpado.

Afastei meu corpo ligeiramente, mas as pessoas à direita tinham começado a falar sobre Faulkner.

Agora ele estava espalhando um pó vermelho na borda da lata de cerveja.

— Chili — comentou, percebendo que eu o observava. — Era para ser colocado em cerveja mexicana. Mas, do jeito que a cerveja é produzida em massa hoje em dia, há pouquíssima diferença, além da marca, entre uma Pabst e uma Tecate. Até a Singha é mais do mesmo.

— Mas a marca não importa um pouco? — perguntei. — Aposto que teria um gosto melhor se fosse uma Tecate e se você estivesse em um restaurante mexicano.

— Talvez. Mas é melhor do que beber uma PBR pura.

Ele me entregou a lata, ajustando os óculos enquanto esperava. Tomei um gole.

— É, está uma delícia.

— Desculpe por ter dito "culpado" — pediu, enquanto pegava a cerveja de volta. — Nunca disse isso antes e não fá-lo-ei de novo.

Eu ri. Ele falou "não fá-lo-ei" ironicamente, eu tinha quase certeza. Mas seu jeito era tão particular, que era difícil saber com certeza.

— Me diz o seguinte: por que todo mundo ama tanto essa banda? Nunca tinha ouvido falar deles até chegar aqui.

— Ninguém tinha — falei. — É o álbum de estreia deles, e foi lançado bem quando a gente chegou.

— Ah. Isso o torna particularmente significativo para você?

"Significativo": que palavra. A verdade é que, para mim, Nova York e *Turn On the Bright Lights* estavam tão profundamente conectados, que eu não conseguia formar uma opinião sobre um sem fazer que também valesse para o outro. O som do álbum era sombrio, mas também brilhante, igual à Times Square. Morar em Nova York fazia você se sentir pesado e solitário, mas cheio de possibilidades, como ouvir aquelas músicas. Você entendeu. Houve momentos em que me senti totalmente mergulhada na cidade e no álbum, observando o mundo através de camadas magníficas de luz e som; houve momentos em que me senti distante de ambos, uma plateia de dois grandes espetáculos. Será que eu realmente me identificava com o drama torturado daquelas músicas, tão afetadas, tão masculinas? Quando andei por aquelas ruas famosas, será que realmente me encaixava ali ou era apenas uma figurante no curta-metragem de alguém? O 11 de Setembro ainda era recente o bastante para que as pessoas falassem de onde estavam naquele dia, de suas caminhadas de cem quarteirões; quase me senti envergonhada do meu dia aconchegante com o Joe em Berkeley.

— É, supersignificativo — respondi, enfim.

— Então devo comprar o CD?

Olhei para ele. Sempre tinha a mesma expressão franca e relaxada. Senti uma sensação revigorante de não precisar impressioná-lo.

— Viraj, certo?

— Raj. — Deu de ombros. — Ou Viraj. Tentei voltar a usar o nome completo por um tempo, mas tem um quê de preguiça, de não me importar como as pessoas me chamam, então ficou só... Raj. Foi mal.

— De qual tipo de música você gosta, Raj?

— Para ser sincero, principalmente de coisas antigas. Sam Cooke, Carole King. O jeito que meus pais encontraram de ajudar eu e minha irmã a nos encaixar na cultura americana foi comprando discos na seção de descontos.

Eu ri.

— *Tapestry*, da Carole King, é o melhor disco que está sempre na seção de descontos.

— Tínhamos três cópias. Minha mãe sempre esquecia que já tinha comprado.

— Quando eu trabalhava em lojas de discos, tínhamos dezenas em estoque, e eles sempre vendiam bem. Talvez fossem mães imigrantes pensando: *Ah, olha só essa simpática senhora branca. Ela vai nos ensinar o que são os Estados Unidos da América.*

Ele se recostou na cadeira. Percebi primeiro que não haveria uma análise aprofundada das músicas de Carole King e, depois de um momento, que eu tinha sido superficial e rude sobre algo bastante profundo: uma mãe usando a música para ajudar o filho a se sentir em casa.

— Funcionou? — perguntei. — *Tapestry* ajudou você a se encaixar?

Ele riu.

— O que acha?

— Acho que ela deveria ter comprado um single do Run-DMC.

— Provavelmente. Mas aí eu não teria me tornado quem sou: um homem adulto que canta "So Far Away" no chuveiro.

— Bem, já ouvi o suficiente. Não compre o CD do Interpol. Acho que você pode gostar do novo da Neko Case.

Ele tirou um Moleskine do bolso e fez uma anotação. Havia um curativo em um dos dedos indicadores.

— Obrigado — disse, usando o dedo do curativo para coçar a barba aparada.

Senti falta do Joe. A saudade vinha sempre assim, uma punhalada forte, dissipando-se lentamente. Dei uma olhada no celular.

Calhou de a banda de Joe, a Caroline, estar na cidade na noite do show do Interpol. Seria a primeira vez que eu o veria desde que eles saíram de Berkeley na van lotada no início de junho, no meio da semana de provas, nove créditos antes de se formar. Zoe tinha ido embora logo depois, para salvar o mundo na África, e foi sem se despedir; eu nem teria ficado sabendo se não tivesse encontrado uma das garotas da *Dedo Anelar* enquanto vendia algumas roupas usadas num brechó, dias antes de eu ir embora.

Acompanhei a turnê do Joe por meio de sua newsletter, e-mails que mais pareciam um diário de viagem entusiasmado — ele estava sempre se apaixonando por alguma cidadezinha, incentivando todos a fazerem as malas e se mudarem para Austin um dia, Missoula no outro —, e também por meio de seus telefonemas, que tinham um tom bem diferente. Ele ligava quando se sentia sozinho, uma vez a cada uma ou duas semanas, tarde da noite. Começava com reclamações sobre as condições em que dormia e outras realidades da vida em turnê sem dinheiro, e então passávamos a falar dos novos álbuns do Walkmen, do Flaming Lips, da Cat Power. Conversávamos até nossas vozes se transformarem em murmúrios sonolentos, e então caíamos no sono. Ele tinha começado a parecer quase um amigo imaginário; de manhã, eu não conseguia lembrar qual parte da nossa conversa tinha de fato acontecido e qual parte eu tinha sonhado. A ideia de vê-lo pessoalmente num show de rock barulhento parecia empolgante — como se fosse reativar uma parte de mim da qual eu estava começando a sentir falta.

Na noite anterior ao show do Interpol, comprei uma tesoura na farmácia e cortei uma franja no espelho do banheiro. Isso parece o começo de uma história de terror, mas foi, na verdade, uma das microdecisões mais poderosas da minha vida. Pela primeira vez desde a puberdade, senti que meu rosto parecia "certo". Uma felicidade tímida se encaixou dentro de mim enquanto me examinava de todos os ângulos. Gostava de Nova York, lembro de concluir naquele momento. Gostava de trabalhar em casa, depois sair anonimamente para um mundo barulhento e em ebulição. Eram dois sabores diferentes de solidão, mas se complementavam: quando eu esgotava minha cota de isolamento, a cidade me fazia sentir observada — e viva. Assenti com firmeza para o meu reflexo no espelho e fui dormir.

Depois de muitas mensagens, enfim ficou claro que a maioria dos nossos colegas que dissera ter comprado ingressos na verdade só tinha *pensado* em comprar, e os únicos que realmente iriam ao show seríamos eu, Nomi e Harrison. Nós nos encontramos depois da aula e fomos andando para o metrô como se estarmos juntos fizesse todo sentido do mundo. Eu estava usando coturnos com meia-calça preta, sem jaqueta porque não queria carregá-la durante o show, uma lógica californiana que me fez passar muito frio.

Harrison era da região noroeste e dizia ser amigo do pessoal da banda Modest Mouse. Tinha cabelo de galã dos anos 1990, liso e cor de areia, além de um pomo de adão proeminente e um lenço azul-claro que sempre ficava pendurado no bolso traseiro. Eu sabia que fazia sucesso com as mulheres, mas não fazia o meu tipo — ou, para ser mais específica, eu achava excepcionalmente repulsivo seu tique nervoso de toda hora puxar a gola da camisa —, e Nomi era muita areia para o caminhãozinho dele, o que dava um ar de inutilidade ao nosso trio. Os dois eram mais velhos do que eu, como quase todo mundo no curso, já bem perto dos trinta anos. Ninguém tinha me avisado que era para fazer pós-graduação só aos trinta.

— Meu amigo Joe vai tocar no show de abertura no Webster Hall hoje à noite — comentei. Estávamos segurando a mesma barra no trem, a mão elegante da Nomi em cima, a minha mão atarracada embaixo, os nós dos dedos tatuados de Harrison no meio (um sinal de pontuação em cada dedo). — Ele vai para o Bowery assim que puder.

— Esse é o cara com quem você compõe? — perguntou Nomi.

Eu estava torcendo para ela ter esquecido.

— Bem, sim, eu ajudo — falei, o que soou terrivelmente sem graça. — Às vezes. — Como se isso melhorasse as coisas.

— Você não quer ver o show dele?

— Ele vai tocar no Brooklyn amanhã, vou ver esse.

Achei que Harrison estava nos ignorando até que disse, abaixando-se para me olhar nos olhos:

— Ele é bom?

— Incrível — afirmei, e o encarei. — Sua ficção é boa?

Nomi riu.

— Sério mesmo. Você parece o rei dos escritores de ficção, mas estou me baseando, tipo, nos frequentadores do Lion's Head. Nossa perspectiva aqui da não ficção não é das melhores.

Nomi assentiu vigorosamente.

— Qual é a sua vibe? Bukowski? Denis Johnson?

Ele sorriu e enfiou dois dedos na gola da camiseta, dando um puxão rápido.

— Geração beat — chutei. — Não Kerouac, seria óbvio demais, mas...

— Richard Brautigan — concluiu Nomi.

— Claro — concordei. — Isso. Nunca li Richard Brautigan, mas posso dizer, pela sua confiança, Nomi, que você acertou em cheio.

O trem parou e um grupo grande saiu arrastando os pés, abrindo espaço para Harrison sair da nossa barra do vagão. Ele se inclinou para perto das portas, cruzando os braços e nos observando. Como não dissemos mais nada, ele fingiu surpresa.

— Terminaram?

Nomi gemeu.

— Ah, não! Ele vai contar que escreve true crime ou algo assim.

As sobrancelhas dele se movimentaram para cima e para baixo. O trem parou de novo, e Harrison se afastou para deixar mais gente sair. Então se inclinou em nossa direção:

— Histórias de amor.

Nomi olhou para mim.

— Bukowski.

* * *

Era a minha primeira vez no Bowery Ballroom. Usamos o tempo da banda de abertura para beber uísque com Coca e ir ao banheiro, depois o Interpol subiu ao palco, e foi perfeito. Quase decepcionantemente perfeito, no sentido de que era tudo o que eu esperava: as luzes, o volume ensurdecedor, as interpretações estendidas, mas fiéis, de quase todas as músicas do álbum. Perdemos a Nomi depois de algumas músicas; ela preferia ficar no fundo porque sua altura bloqueava a visão das outras pessoas, embora não fosse muito mais alta que Harrison. Joe não apareceu na plateia nem na tela do meu celular.

— As bandas de abertura não costumam terminar no mesmo horário? — gritei para o Harrison entre as músicas, na metade do show. Estávamos tão perto do palco agora, que dava para ver o suor escorrendo do queixo do guitarrista.

— O quê?

— Só queria saber do meu amigo. Os shows não costumam ter, tipo, uma programação parecida?

Ele tirou o cabelo dos olhos.

— Assim que você me contou esse plano, pensei que esse cara não viria de jeito nenhum.

Os acordes iniciais de guitarra de "NYC" começaram baixinhos, a princípio, depois momentaneamente abafados pelos aplausos. A decepção tomou conta de mim — eu queria tanto compartilhar isso com o Joe —, mas me forcei a esquecer. Talvez fizesse mais sentido curtir essa música com outro nova-iorquino. Lancei um olhar de expectativa para Harrison, e ele percebeu e retribuiu. Naquele momento entendi o que as garotas viam em Harrison. Ainda não conseguia articular; era algo que sabia apenas com o corpo. Meu ombro pareceu ser atraído magneticamente em direção ao braço dele enquanto balançávamos ao som da música, até por fim ficar preso ali, meu suéter contra sua jaqueta de couro. Uma densa nuvem de fumaça de maconha passou por nós, e ambos a inalamos.

O *crescendo* final ficou mais longo e mais alto do que no álbum, até parecer que estávamos eternamente suspensos dentro da música. Todos no palco cantavam. Todos na plateia cantavam. Os corpos de todos ali estavam se tocando agora, um único organismo gigante, avançando em direção ao palco. Fechei os olhos.

Uma das vozes cantando era baixa, um murmúrio na minha orelha: Harrison. Ele estava atrás de mim agora. Meus olhos se abriram quando percebi que a pressão que eu sentira na parte inferior das costas nos últimos segundos era ele, e agora não apenas uma pressão, mas uma cutucada repetida, no ritmo da música. Um braço serpenteou e envolveu minhas clavículas. Tentei me afastar, mas outro braço se agarrou à minha pélvis, prendendo-me como uma daquelas barras de metal em um carrinho de montanha-russa.

O cantor repetia o mesmo verso várias vezes, a frase que dá título ao álbum, "*turn on the bright lights*". A investida desceu mais, por baixo da minha saia. Era evidente que Harrison tinha colocado para fora da calça jeans. Seus joelhos pressionavam a parte de trás das minhas pernas. Um holofote brilhante nos iluminou e olhei ao redor freneticamente, como se alguém pudesse ver o que estava acontecendo, mas é claro que ninguém estava reparando na gente — todo mundo estava olhando para a banda. Agarrei o cós da meia-calça caso Harrison tentasse puxá-la para baixo, mas ele não fez isso. Simplesmente continuou por cima do tecido, cada vez mais depressa, sem acompanhar o ritmo da música. Afastei um pouco as pernas para criar espaço e então pensei que talvez não devesse, o atrito faria tudo aquilo terminar mais rápido, mas então ele colocou as mãos nas laterais das minhas coxas e uniu minhas pernas para que eu não precisasse tomar essa decisão, e então parou.

A música terminou, um acorde final prolongado. Harrison mordeu minha orelha de leve, lambeu o lóbulo.

— Você é incrível. Sério, eu te amo pra caralho — disse algo assim. E então: — Do jeito que você estava se mexendo, eu fiquei tipo, tá bom, uau, por que não?

Uma risada.

A banda começou a tocar o single mais famoso, e as pessoas ao redor surtaram, mas ele continuou me abraçando por trás, como um namorado num jogo do colégio. De que forma eu estava me mexendo, exatamente? Naquele evento da roda de leitura, Nomi falou que eu estava dançando quando pensei que estivesse parada.

— Cadê a… coisa? — gritei.

Não conseguia pensar em como chamar aquilo no jargão atual. Fiquei pensando em um verso do Neutral Milk Hotel sobre picos de montanhas cobertos de sêmen.

— Ah, gata, não faria isso com você.

Eu me virei para olhar para ele e senti um estranho reconhecimento ao ver seu rosto, como se outra pessoa estivesse ali antes. Olhei para os nossos pés, mas estava escuro demais, e, de qualquer forma, o chão estava molhado por causa de todas as bebidas derramadas. Toquei a parte interna das coxas: a meia-calça estava seca.

Seus olhos brilharam.

— Não se preocupe.

Harrison estendeu o braço, um convite. Aí me lembrei do lenço no bolso de trás dele e pensei que fosse vomitar.

— Banheiro — falei, e comecei a abrir caminho por entre os corpos, separando membros emaranhados. Enfim a densidade diminuiu, e vi a cabeça de Nomi acima das outras.

— Aí está você — disse ela com um sorriso aliviado. — Está um festival de machos aqui.

Um cara magro parado ao lado dela se esgueirou para longe. Tomei o lugar dele e virei para o show, esperando que acabasse.

Depois a Nomi pegou um trem para o Brooklyn, e eu tinha acabado de começar a atravessar a cidade em direção à linha 1/9, quando o Joe ligou.

— Foi mal. Acabamos sendo a segunda banda de abertura, e tudo começou atrasado. O show do Interpol já acabou?

— Já.

Eu estava andando rápido, para me manter aquecida. Ele estava a apenas algumas dezenas de quarteirões de distância, mas sua voz parecia tão distante.

— Desculpa. Eu vi o show na Filadélfia. Incrível, né?

— Aham.

— Certo, e onde você está?

— Andando até o metrô. Coloquei na cabeça que prefiro fazer uma longa caminhada a fazer baldeação na Union Square, mas estou meio arrependida agora.

— O quê? Como te encontro? Estou no Village.

Suspirei.

— Aqui não é Berkeley, Joe. Vai levar um tempo para você chegar aqui, e eu não vou ficar sentada num bar esperando por você. Estou vestida que nem uma adolescente.

Ouvi uma buzina ao telefone, barulho de rua.

— Você está dizendo que não quer me encontrar?

— Te vejo amanhã, beleza?

— Percy, eu... Meu plano era dormir na sua casa. Pensei errado? Só por uma noite... Vamos para Boston depois do show de amanhã. Tenho uma música para te mostrar, e os hotéis aqui são absurdamente caros.

Minha cabeça doía. O acorde final de "NYC" era como uma lâmina afiada cravada no meu cérebro.

— Quer dizer, tanto faz — continuou ele. — Os caras estão ficando no Brooklyn com alguém que eu meio que conheço, eu poderia ficar lá...

— Joe, tudo bem. Vou te dar meu endereço, tá bom? É só me encontrar lá. Pegue a linha 1 ou 9 na direção norte até a estação da 116.

Ao chegar em casa, meus pés estavam dormentes de frio. Coloquei um pijama e estava fazendo um escalda-pés, quando a campainha tocou. Atendi com a calça de moletom enrolada acima dos joelhos.

Ver Joe foi um alívio instantâneo.

— Percy.

Ele se inclinou para me abraçar. O mesmo velho casaco de lã e a calça Levi's surrada e macia, os mesmos braços fortes e quentes. Mas ele tinha o rosto cansado e a barba por fazer, e, com base no cheiro, tomar banho parecia ser coisa rara.

Joe se afastou.

— Nossa, você está linda — elogiou. — Tem algo diferente. O que é?

— Ah, valeu — respondi. — Franja. Meu quarto é por aqui.

Ele arregalou os olhos quando viu o quarto.

— Eficiente.

— Totalmente mobiliado pela Columbia. Uso a cozinha para fazer café e sanduíches, mas fora isso fico sempre ali.

Apontei para a mesa de madeira onde meu notebook aguardava.

— Mas tem um sofá em algum lugar, né?

Neguei com a cabeça.

— A sala tem uma porta, então sublocamos para uma estudante de medicina. Ela deve estar dormindo.

Joe começou a rir.

— Ah, cara, foi mal. Vou dormir no chão.

Concordei.

— Tá. Obrigada. É difícil explicar, mas sinto uma forte necessidade de, tipo, ter espaço ao redor do meu corpo esta noite.

Tentei rir, mas foi levar a atuação longe demais: soou comicamente falso.

Ele largou a mochila e ficou em silêncio por um minuto, transferindo o peso do corpo de um lado para o outro.

— Aconteceu alguma coisa?

Balancei a cabeça, mas senti o queixo tremer. Sabia que não podia contar. Odiava como aquilo me fazia parecer e odiava saber o que ele diria.

— Percy, o que aconteceu?

Meu rosto ficou quente. Eu estava prestes a chorar, e a única saída era a raiva.

— Com licença, isso é mais uma daquelas promessas que você arrancou de mim? Sou obrigada a te contar tudo da minha vida?

Ele deu um passo para trás, tropeçando na mochila.

— Não... Desculpa.

Respirei fundo, depois de novo, tentando me recompor.

— Tudo bem.

Joe empurrou a mochila para o lado e me olhou.

— Aquele negócio todo de promessa, eu sei que foi só... o quê, dois anos atrás? Mas hoje em dia parece tão infantil.

Pressionei a lâmina afiada dentro da minha testa com a ponta dos dedos. *Pelo amor de Deus*, pensei. *Logo hoje?*

— Já superei.

A frieza na minha voz me surpreendeu, como se a rejeição dele tivesse sido só um detalhe menor da minha vida, e deu para ver que o surpreendeu também, porque Joe ficou paralisado, como se não soubesse mais se devia dizer o que estava prestes a dizer.

— Deixa eu pegar um cobertor para você não dormir direto no chão de madeira — falei secamente e saí.

No banheiro, tranquei a porta e me permiti chorar. Isso me fez sentir melhor. Não era grande coisa, percebi. Tive sorte. Nada tinha acontecido de verdade, nada com grandes repercussões, nada como outras histórias que ouvi. Só eu e minha tendência a incitar experiências sexuais terríveis. Pelo menos estava confiante de que não provocaria outra ali, naquela noite, no meu apartamento deprimente. Engoli quatro comprimidos de Advil e duas melatoninas, lavei o rosto e voltei com duas toalhas. Joe estava olhando minhas pilhas de CDs.

— Suas músicas são tipo uma antiga amiga — comentou ele, abrindo a caixa de um deles.

— Você tem um discman, né? — Eu me acomodei na cama e abracei um travesseiro. — Precisa de mais alguma coisa? Desculpa, estou feliz em te ver, só estou com dor de cabeça. A gente se fala amanhã?

Eu me virei sem esperar resposta. Ouvi Joe sair do quarto, vagando pelo apartamento. Uma conversa abafada vinda da cozinha, encontrando um dos meus colegas de apartamento. Eu não tinha certeza de qual. Não importava. Eram estranhos para mim. Não conseguia relaxar os músculos do rosto, ao redor da testa e da boca. Tentei imaginar meu rosto inteiro derretendo, o que funcionou por um tempo, mas minutos depois pude sentir os músculos migrando para uma posição de briga de novo, tensos e doloridos.

Devo ter cochilado em algum momento, porque acordei de repente com o som de "Let Down". Estava tão alto, que me sentei na cama, pronta para gritar com alguém. Mas não havia música nenhuma. Joe estava dormindo, completamente vestido, esparramado nas minhas toalhas de banho brancas como o contorno de uma cena de crime. Adorei vê-lo ali, mas também fiquei com ódio dele.

Janela da sacada

A manhã seguinte trouxe uma neve leve e contínua. Passei por cima de Joe sem acordá-lo e tomei um longo banho quente que restaurou minha energia de um jeito que o sono não conseguiu. Quando ele finalmente acordou, correu para a janela como um menino no Natal.

— Vamos lá fora! — pediu, olhando para mim com um sorriso largo.

Entreguei a toalha sobre a qual ele tinha acabado de dormir.

— Achei que tinha um animal sarnento empoleirado na sua cabeça e depois percebi que era o seu cabelo, Joe. Toma um banho.

Ele pegou a toalha.

— E ela está de volta.

Foi a coisa perfeita a se dizer. Joe reconheceu minha estranheza na noite anterior e ao mesmo tempo encerrou o assunto, desistindo da discussão. Sorri agradecida quando ele saiu do quarto para o banheiro, com a toalha no ombro.

Lá fora, ele ficou eufórico, pegando flocos de neve com a língua, tirando fotos com uma câmera digital. Comemos sanduíches de ovo com queijo em uma delicatéssen na Broadway.

— Gravei alguns trechos para você — comentou, enquanto mastigava. — Me conta o que acha?

— Claro.

Ele tomou um gole de café, parando para apreciar o design grego clássico do copo de papel. Tinha se barbeado no meu banheiro, então consegui ver suas maçãs do rosto de novo, mas havia algo diferente na maneira como trincava os dentes. O tempo que passamos separados, enquanto ele viajava, desbravando os Estados Unidos sem mim, parecia estar entre nós à mesa. No último ano de faculdade, a gente se via quase todos os dias — ele abria minha geladeira e eu a dele —, e agora já fazia seis meses que a gente não estava nem na mesma cidade.

Suas sobrancelhas se arquearam, e Joe estendeu a mão, apoiando-a no meu antebraço.

— Já sei o que a gente pode fazer. Vamos a um Guitar Center ou coisa do tipo, qualquer lugar onde eu possa tocar piano.

— Por quê?

— Quero te mostrar um negócio. Em primeira mão, uma música no piano. Não tenho muita coisa, mas acho que você pode ajudar. Tinha um piano de cauda incrível no último lugar onde tocamos.

Ele enfiou a embalagem do sanduíche no saco de papel e olhou para a porta.

Eu conhecia o lugar perfeito, uma loja de pianos antigos no centro da cidade, por onde eu tinha passado recentemente em uma peregrinação para admirar o Carnegie Hall.

— Tenho aula às duas — avisei.

Ele olhou para o relógio.

— Dá e sobra.

Eu já sabia que não iria à aula. A noite anterior estava se tornando um sonho, um daqueles pesadelos que fazem você se sentir energizado depois, alimentado pela lembrança do terror e por uma gratidão ofuscante pela vida real. Era um barato tão intenso, que já dava para sentir o colapso à minha frente, a tempestade no vento de um dia ensolarado. Ou talvez eu nunca fosse colapsar. Talvez esta fosse a minha nova versão, para sempre revigorada à beira da mania. Amassei o papel-alumínio e o segui porta afora, rumo à rua ensolarada.

Acontece que um showroom de pianos de luxo não é o melhor lugar para tocar um piano de graça. É tudo muito quieto. Joe e eu nos sentamos silenciosamente em um banco antigo esculpido, e ele sussurrou:

— A que distância fica o Guitar Center?

Um vendedor que parecia ser tão velho quanto o próprio prédio se aproximou. Joe explicou que era um músico em turnê na cidade.

O vendedor assentiu, com paciência.

— Tem contrato?

— Tenho. — Joe olhou para mim e depois para o vendedor, que parecia estar esperando por mais. — É uma gravadora independente. Estávamos só querendo experimentar seus pianos.

— Ele quer tocar uma coisa para mim — expliquei. — Podemos usar o seu pior piano, sem problemas. Só nos fale qual.

Ele assentiu, solícito, e nos levou a um piano vertical preto e brilhante em um nicho nos fundos, onde teríamos mais privacidade.

— Fico feliz em ajudar um jovem músico, desde que seja agradável e breve — declarou o vendedor.

— Poderia pegar um pouco de água? — perguntou Joe. — Por favor?

O vendedor o ignorou e foi embora.

Joe e eu rimos um pouco.

— Certo — começou ele, e tocou uma escala rápida de fá, seus dedos longos deslizando facilmente sobre o si bemol. — O nome é "Bay Window".

Quando Joe começou a tocar, achei que o pior piano deles tinha um som maravilhoso, forte e bem definido. Então, ele cantou:

From the woman I love's ba-a-a-ay window...

Da janela da saca-a-a-da da mulher que eu amo...

Ele fez um melisma deslumbrante em "bay".

I watch the world begin to end.

Eu vejo o mundo começar a acabar.

Ergueu as mãos, só voltando às teclas no próximo "bay", desta vez num acorde menor:

In the woman I love's ba-a-ay window...
I see the good give up again.

Da janela da saca-a-a-da da mulher que amo...
Vejo os bons desistirem de novo.

E um acorde maior. Joe olhou para mim.

— Esse é o refrão.

Dez pensamentos cruzaram minha mente ao mesmo tempo, todos correndo, acotovelando-se para abrir espaço. Eu me concentrei no menos emotivo.

— É sobre o 11 de Setembro?

— É. É tosco?

— Não. Quer dizer, imagino que você não vá ser muito direto sobre isso.

— Certo. E não precisa ser *necessariamente* sobre aquele dia. Pode ser sobre a noite em que Bush venceu, qualquer uma daquelas tragédias culturais nas quais você se sente devastado, desconectado e ao mesmo tempo meio que: "Será que tenho permissão para ser uma pessoa agora?"

Eu assenti.

— É ótimo. É diferente das suas coisas de sempre, tão melancólica e direta! É aquela faixa cinco ou oito que você pula no primeiro mês porque é muito grandiosa e triste, e depois se torna sua favorita. Tem outras estrofes?

— Uma, mas preciso trabalhar na letra. — Ele voltou para o piano e cantou lentamente, com sílabas longas e arrastadas:

It's a movie, but it's happening...
Eating black beans and avocado.
É um filme, mas está acontecendo...
Comendo feijão preto e abacate.

Ele fez uma careta nessa parte.

You said, "I know that I want children... It makes me feel like a monster".
Você disse: "Eu sei que quero filhos... Isso me faz sentir um monstro".

Fiquei sem fôlego. Olhei para o meu braço, onde os pelos estavam eriçados. Joe seguiu meu olhar e conteve o sorriso.

— Que parte? — perguntou.

Respirei fundo.

— "*It makes me feel like a monster.*"

— Letra ou melodia?

— Ambos. Funciona mesmo, Joe.

Ele fez um punho cerrado em sinal de vitória.

— Mas por que a garota fica com essa fala? — questionei. — Por que não pode ser você quem disse isso? Nós dois conversamos sobre filhos naquele dia. Na verdade, foi você que tocou no assunto.

Ele inclinou a cabeça, pensando.

— Você só escreveu assim porque absorveu um monte de besteira a vida toda sobre…

Ele levantou a mão e cantou novamente:

I know that I want children… It makes me feel like a monster.

Eu sei que quero filhos… Isso me faz sentir um monstro.

— Isso. Melhor.

— Certo. O que mais comemos naquele dia? Quero dar aquela sensação de estar quase que num bunker.

— Batata frita, mas soa muito mal.

— *Eating black beans… And tortillas* — cantou ele.

— *Eating black beans… Margaritas* — tentei. — Parece uma festa.

— *Eating black beans… From the ca-a-an.*

— *Eating black beans… Hours passing* — cantei. — Isso ficaria bom com "*but it's happening*".

Concordamos. Então escrevemos outro verso, e depois mais outro. Ele tirou um gravador portátil e seu caderno da mochila. O tempo todo parecia que estávamos a poucos momentos de levantar e ir embora ou ser expulsos; não tiramos o casaco, mesmo eu sentindo o suor escorrendo pelas costelas por baixo do sutiã.

— Rapidinho — ficamos dizendo. — Só mais um verso, rapidinho.

Quando tínhamos uma segunda estrofe completa, ele disse:

— Deixa só eu tocar tudo junto. — E tocou, e estava ótimo, parecia uma música de verdade, eu não conseguia acreditar. Joe parecia triunfante. — Pronto!

— E a ponte?

Ele suspirou.

— Estou com sede.

— E eu preciso fazer xixi. Mas tem um problema maior aqui, que é que você sempre quer pular a ponte.

— Você e suas pontes.

— Elas são importantes, Joe! São a catarse. O núcleo emocional. O clímax.

Ele pareceu achar graça.

— É catarse, núcleo ou clímax? Você tem que se decidir.

— Não importa! "Creep", do Radiohead: catarse. — Eu sentei na beirada do banco do piano e me inclinei sobre as teclas como se fosse tocar alguma coisa, o que, é claro, eu não sabia fazer, não sem passar vergonha. Desejei tanto poder começar a tocar a ponte de "Creep". Em vez disso, continuei falando. — "Dock of the Bay": núcleo emocional. "Just My Imagination": essa ponte é tão devastadora, que deveria ter sido um sinal de que Paul Williams estava prestes a se matar. É *intensidade pura*, Joe. Sem ponte, sua música nem tenta enfrentar o próprio conflito.

— E o Magnetic Fields? — perguntou ele. — As músicas do Stephin Merritt nunca têm pontes.

— Ele é um gênio em compor músicas pela metade. Mantém distância emocional, o que é ótimo, porque esse é o estilo dele e ninguém faz como ele, mas você não é Stephin Merritt. Você é um compositor emocionado, só te falta coragem.

Joe se encolheu, mas foi tão depressa, que podia ter sido coisa da minha cabeça. Em seguida, ele lançou, em tom de desafio:

— Você acha mesmo que "My Only Friend" é emocionalmente distante?

Fiz uma pausa. "My Only Friend" era uma música de partir o coração do Magnetic Fields, uma elegia a Billie Holiday que me fez chorar na primeira vez que a ouvi.

Ele soltou uma risada irônica e balançou a cabeça.

— Percy Marks percebe que pode estar errada sobre alguma coisa. Alguém chama a imprensa.

— "My Only Friend" poderia ser melhor se tivesse uma ponte — afirmei sem convicção, mas Joe ainda estava dando aquela risadinha besta. Isso me fez querer vingança, e, com o combustível do pesadelo ainda queimando em minhas veias, eu sabia exatamente como consegui-la. Escreveria uma maldita ponte sozinha.

Olhei para o piano. Sabia que estávamos em fá. Estendi a mão esquerda sobre um acorde em ré, então me lembrei de como transformá-lo em ré menor. O vendedor chegou no nosso canto e abriu um arquivo de metal. Com a mão direita, comecei a dedilhar uma melodia nas teclas, corrigindo conforme avançava, meus dedos visivelmente trêmulos. Joe observou. O vendedor saiu, demorando-se tempo suficiente na porta para fazer minhas mãos paralisarem. Recomecei quando ele saiu, sussurrando por cima das notas enquanto tocava:

Zoe comes over in the afternoon.
Zoe vem aqui à tarde.

Joe colocou a mão sobre a minha e tocou de forma ligeiramente diferente, tornando a nota mais grave ainda mais baixa e muito mais bonita. Trabalhei em um segundo verso, em um sol menor. Novamente, ele mudou a nota um pouquinho. Então sussurrei:

Zoe comes over in the afternoon...
sucks the air right out of the room.
She's planning protests with the bitter grin...
of a pacifist who knows she won't win.
Zoe chega à tarde...
suga o ar da sala.
Ela planeja protestos com o sorriso amargo...
de uma pacifista que sabe que não vai vencer.

— Anota — disse ele rapidamente, em voz alta.

Joe trabalhou mais nos acordes enquanto eu escrevia no caderno, depois tocou a música inteira para o gravador.

Naquele momento, Joe começou a parecer triunfante, e isso deixou meu estômago embrulhado. A música era boa? *A ponte poderia funcionar melhor*, pensei, *principalmente considerando minhas declarações pretensiosas de antes*; não gostava muito de como a música retratava Zoe, e o último verso estava uma bagunça. Se Joe tivesse escrito aquela ponte, eu provavelmente diria que era horrível. Mas a energia que o pesadelo havia me dado estava se esgotando, e o acorde final de "NYC" estava começando a zumbir na minha cabeça de novo.

Percebi que precisava de uma cerveja. Saímos da loja e caminhamos até encontrarmos um bar com um velho piano vertical no fundo, de teclas lascadas e uma afinação questionável. O lugar estava quase vazio, apenas alguns operários no balcão, provavelmente porque o aquecedor parecia estar com problemas; até o barman esfregava as mãos para se aquecer enquanto anotava nosso pedido. Joe levou a cerveja para o piano, e eu me sentei em um banco bambo e alto demais, de onde meus pés eram forçados a balançar como os de uma criança. A cerveja era clara e leve, e cumpriu seu propósito brilhantemente ao me trazer de volta a essa experiência emocionante, à obra inacabada que era aquela música. Em dois guardanapos de papel, escrevi a letra completa de novo. Senti uma breve sensação de estar em casa naquela ilha, onde eu parecia capaz de encontrar tudo de que precisava — pianos, cerveja, uma nova página em branco — pelo simples custo de me inserir em ambientes hostis.

Na metade da segunda cerveja, risquei a ponte e escrevi outra do zero. Ela veio depressa, antes que minha crítica interior despertasse (*olhe só para mim escrevendo letras em um guardanapo, quem eu acho que sou a Joni Mitchell* etc.). Pensei que talvez fosse riscá-la também e escrever uma terceira versão, algo melhor e mais inteligente que a segunda, mas ela ficou lá, me encarando do guardanapo como uma criança que se recusa a ir para a cama.

Levei para o Joe no piano.

— Em vez de "*Zoe comes over in the afternoon*"...

— Eu tinha gostado dessa parte, mas tudo bem. — Ele apoiou o guardanapo na borda do piano e tocou o primeiro acorde da ponte. — "*She tries to...*" — Sua voz se dissolveu em um grunhido, e ele me lançou um olhar irritado. — Acho que não estamos mais falando da Zoe.

— Por que inventar uma terceira personagem? — perguntei, e me afastei para que ele não precisasse olhar para mim enquanto cantava.

Joe encarou o guardanapo novamente e recomeçou.

She tries to kiss me as the sun goes down...
I only give her my cheek.
I promise friendship and we face the screen again...
what a day to be so weak.
Ela tenta me beijar enquanto o sol se põe...
Eu só lhe dou a bochecha.
Prometo amizade, e encaramos a tela de novo.
Que dia para ser tão fraco.

Ele engoliu o "weak"; eu mal o ouvi. Seu pé estava pesado no pedal de sustentação. Finalmente Joe virou a cabeça para que eu pudesse ver seu rosto de perfil.

— Eu chamaria isso de força — afirmou por cima do ombro. — Controle.

— Usa "*Zoe comes over in the afternoon*", então. A música é sua.

Voltei para o banco do bar e comecei a dobrar os guardanapos. Ele tinha acertado na frase, encaixado as sílabas extras do "again" exatamente como eu tinha ouvido na minha cabeça: murmurando, derrotado. Até a entrega frouxa do "weak" funcionou. Era uma ponte linda, e eu estava orgulhosa de tê-la criado, mas já tinha cumprido meu papel.

Joe se arrastou até meu banco, caneca de cerveja vazia na mão. Ele me observava com atenção, de lado. Achei que fosse fazer um discurso, mas só murmurou algo sobre chegar a tempo no Brooklyn para a passagem de som.

Fechei o zíper do casaco acolchoado preto.

— Quando você volta pra Nova York?

— Daqui a duas semanas. Boston, depois algumas paradas em Vermont, aí de volta para cá. Só uma festa num galpão, mas vão bancar a estadia.

— Posso deixar pra próxima, então? — perguntei. — Preciso descansar, e meu apartamento e seu show ficam em extremos opostos da cidade.

Ele assentiu. Ainda me olhava de lado, o corpo virado na direção do piano.

— Vocês devem estar ficando profissionais — comentei.

— É. Temos um cara novo na bateria, ele é melhor.

— Legal.

— E como estão as coisas por aqui? Eu já não perguntei isso?

Ri educadamente.

— Estou bem. Não sei bem o que estou fazendo como escritora. Todos os outros alunos da pós são mais velhos e parecem já ter encontrado a própria voz. Mas sabe como é. Estou descobrindo.

Ele zombou.

— Se alguém neste planeta conhece a própria voz, esse alguém é você.

— Não. É complicado o que estou escrevendo. Não é bem crítica musical, também não é ensaio pessoal. Você não entende.

— Ah.

— Não foi isso que eu quis dizer.

— Vem cá.

Joe se virou completamente para mim e me puxou para um abraço longo e apertado. Tentei apoiar a cabeça no peito dele, mas não encontrei meu cantinho de sempre. E, quanto mais tempo ele me abraçava, mais eu sentia o corpo enrijecer. *Deve ser por causa das camadas de roupa*, pensei, abafando o efeito do abraço — esses casacos acolchoados deixam todo mundo tão padronizado, como hordas de marshmallows queimados marchando pela selva de pedra. Mas sabia que não eram os casacos. Meu corpo estava petrificado. Tinha cometido erros em excesso; não era confiável.

E então, do nada, comecei a rir. De repente, foi demais: que Joe tivesse me nomeado como a mulher que ele ama em uma música, que eu o tivesse ajudado a terminar a música sem nunca mencionar esse fato, que tivesse reagido a isso chamando-o de covarde por nunca consumar esse amor — e que, depois de tudo, estivéssemos em um bar, nos abraçando sem jeito e falando de amenidades. Ele se afastou e olhou para mim.

— Aconteceu alguma coisa engraçada?

— Engraçada estranha, sim — eu disse, fazendo referência a "Funny Strange". — Quer dizer, seu refrão... aquele verso...

Ele me poupou de ter que dizer.

— "A mulher"?

Assenti.

Joe arrastou os pés.

— É, haha. — Ele me olhou nos olhos por um instante, depois virou o rosto. — Me desculpa por isso. Funcionava na música.

— Certo — respondi. Era um alívio, na verdade. Funcionava mesmo, da mesma forma que "batata frita" e "margaritas" não funcionavam; o importante era escolher o que ficava bom na música. Eu me despedi e me arrastei, cansada, até uma estação de metrô.

Um engradado de você

Prepare-se para sangrar

Não me lembro de ter ouvido a música "Chelsea Hotel #2", de Leonard Cohen, sem saber que era sobre Janis Joplin. Imagino como me sentiria se pudesse, ao menos uma vez, me esquecer dessa informação. Cohen expressou arrependimento mais tarde — não pela música em si, mas pela indiscrição de nomear Janis como sua inspiração. Mas suspeito de que não importaria quem inspirou a música, Janis ou apenas alguma garota desconhecida: eu ainda desprezaria essa música.

Eu a amava tanto quanto todo mundo. Aquela dolorosa mistura de bravata e vulnerabilidade que sempre é atribuída a Janis, trazida à vida em detalhes tão vívidos. Imagino-a ajeitando o vestido na cintura, por algum motivo, enquanto Cohen a observa da cama. Sacudindo o cabelo por cima do ombro, talvez. Que vida.

Mas, ouvindo a música recentemente, a última estrofe, em que Cohen descarta Janis como um dos inúmeros pássaros caídos em sua vida, me atingiu como um soco no estômago. *Parece um pouco desnecessário*, pensei. Até cruel. Eu me lembrei do conceito de ironia dramática, mas não acreditei — ele parecia estar falando sério. Então, voltei para o início da música e ouvi tudo de novo. *Meu Deus*, pensei. É isso que os homens querem. Que uma mulher faça um boquete neles sem se importar que não sejam bonitos, que ela esteja atrasada para o próprio show, que eles não pensem nisso depois, nem mesmo após a morte espetacular dela. "Chelsea Hotel #2" é o que os homens querem.

O único elogio real que Cohen faz a Janis na música é que ela não o incomoda com suas emoções. Ela não reclama sobre precisar dele ou não, uma tendência presumivelmente feminina que ele chama de "jivin' around", algo como "fazer drama". O fato de a música ser sobre uma mulher genial, de um talento único em sua geração, que conseguia cantar a porra de duas notas ao mesmo tempo, torna a situação um pouco mais dolorosa, mas nenhuma mulher merece isso como o maior elogio. Porque todas nós já "fizemos drama": aquele jogo interminável de tentar ser ouvida sem acidentalmente falar demais, de ousar expressar uma emoção que pode estar sujeita a mudanças, para um homem que só quer que você dê conta das necessidades dele.

O segundo verso me dá náuseas. Cohen e seus amigos estão passando as noites em Nova York em busca de dinheiro e prazer, uma prévia daquela energia de corretor da bolsa de valores viciado em cocaína bem típico dos anos 1980. Então, ele ignora tudo isso com um verso verdadeiramente desconcertante: "*That was called love for the workers in song / Probably still is for those of them left.*" [Aquilo foi chamado de amor pelos trabalhadores da canção / Provavelmente ainda é para aqueles que sobraram.] Primeiro, há o problema de um poeta-músico rotular a si mesmo e aos amigos como "trabalhadores" enquanto seus motoristas de limusine atrapalham o trânsito na rua 23, suando nos uniformes de poliéster. E a frase "para aqueles que sobraram" é simplesmente bizarra, considerando que essa música foi escrita nos anos 1970, uma era de ouro para a indústria dos cantores-compositores. Será que Leonard Cohen previu a era atual, em que ninguém lucra com a música, exceto a Ticketmaster e os fabricantes de camisetas? Duvido. É mais provável que ele se considerasse um espécime raro: o verdadeiro artista sempre à beira da extinção. Eca.

Janis não escreveu uma música sobre Cohen, até onde sabemos. Mas ela fez a seguinte confissão, reveladora e deprimente, com a qual qualquer mulher pode se identificar, publicada muito mais tarde no livro de Richard Avedon e Doon Arbus, *The Sixties*: "Às vezes, sabe como é, você está com alguém e está convencida de que essa pessoa tem algo a lhe dizer... Talvez nada esteja acontecendo, mas você continua dizendo a si mesma que *algo* está acontecendo. Sabe, um instinto. O cara simplesmente não diz nada. Está mal-humorado ou algo assim. Aí você continua ali, presente, se doando, tentando, sabe? Então, de repente, por volta das quatro da manhã, você percebe que, na caradura, o filho da puta está simplesmente deitado ali. Ele não está nem me comendo. Quer dizer, isso aconteceu comigo de verdade. Foi pesado, tipo um tapa na cara. Duas vezes. Jim Morrison e Leonard Cohen."

Então era assim que o quarto de Cohen no Chelsea Hotel era para Janis. Ela não estava *dizendo* que precisava dele — talvez não soubesse como; talvez ninguém jamais lhe tivesse ensinado a arte refinada e cansativa de "fazer drama" —, mas ela precisava. Precisava de algo dele, algum tipo de conexão. E ele estava simplesmente deitado ali.

Janis pode não ter escrito sobre Cohen, mas Joni sim: em "A Case of You", ela o descreve como um veneno ao qual desenvolveu tamanha tolerância, que pode facilmente consumir quantidades letais. A própria mãe de Cohen alerta Joni sobre ele, no verso final: "*She said, 'Go to him, stay with him if you can / But be prepared to bleed'.*" ["Ela disse: 'Vá até ele, fique com ele se puder / Mas esteja preparada para sangrar.'"] ("Todas as mães me alertam sobre seus filhos", disse Joni ao seu biógrafo.)

Décadas depois, quando eu era adolescente, em uma revista velha que comprei em um bazar, Tori Amos declarava que daria um braço para ter escrito "A Case of You". Essa imagem sempre me impressiona. Qualquer compositora que já tenha sido alertada sobre um homem gostaria de ter escrito "A Case of You". Mas o que inspira esse elogio em particular, esse sentimento de não apenas amar uma música, ou qualquer obra de arte, mas desejar tê-la criado? Acontece quando você se identifica tão intensamente com a obra, que parece, de alguma forma, errado — quase triste — que ela não tenha vindo do próprio cérebro. Como se, caso você tivesse chegado a essa expressão sozinha, as emoções que a fizeram amar tanto a música tivessem se espalhado dentro de si com mais intensidade. *Veja no que eu transformei essa experiência*, você poderia pensar se tivesse escrito "A Case of You". Sua dor teria tornado o mundo mais bonito, teria feito gerações de mulheres chorarem as lágrimas mais purificadoras, do tipo que abrem as comportas de endorfina quando o choro termina. Você estaria para sempre conectada a essas mulheres: sua comunidade. E sua ferida seria curada.

Claro, músicas também foram escritas sobre Joni. A mais famosa é "Our House", de Graham Nash, que ilustra o fato de que os "trabalhadores da música" de Cohen não estavam todos enfurnados em pocilgas; alguns deles colhiam flores e brincavam com gatos. Joni aparece como uma deusa radiante do lar, fazendo tudo parecer fácil. Mas, mesmo através das lentes cor-de-rosa de Nash, percebo certa exaustão conjugal em Joni — principalmente quando ele a chama para se sentar, convidando-a a descansar por "apenas cinco minutos". Cinco minutos? Ela tem direito a apenas cinco minutos?

Poucas semanas depois de "Our House" ter sido escrita, Joni recusou um pedido de casamento de Nash, alegando que ele só queria que ela "cozinhasse e limpasse para ele". Jogou uma tigela de cereal na cabeça dele no meio de uma discussão. A descrição do próprio Nash sobre uma dessas brigas está registrada: "Então coloquei Joni no colo e dei umas belas palmadas nela. Com todo respeito, ela reagiu muito bem."

"Our House" permaneceu congelada no imaginário popular como uma ode à felicidade doméstica. Mas a ingenuidade quase cômica da canção — a "casa muito, muito, muito charmosa", a ponte de lá-lá-lás, as duas batidas de bateria que imitam os gatos no quintal — sussurra a verdade: tudo aquilo é um conto de fadas. A música é um retrato de um momento passageiro em que a vida de um homem era fácil. Todos nós temos esses momentos, se tivermos sorte, e ficamos neles enquanto der. Mas é preciso estar pronto para sangrar.

É como se Nash soubesse, ao escrever a canção, que sua maior fantasia tinha se realizado — e ainda assim continuava sendo apenas isso: uma fantasia. Pior, era muito mais a fantasia *dele* do que a dela. Porque "Our House" não é sobre Joni Mitchell. E "A Case of You" não é sobre Leonard Cohen, e "Chelsea Hotel #2" também não é sobre Janis Joplin. Estamos todos simplesmente escrevendo sobre nós mesmos.

— É interessante — disse uma das jornalistas, batendo a borracha do lápis nas minhas folhas. — Sempre que leio o material da Percy, nunca me sinto entediada, *per se*. Mas, assim como em seus textos anteriores, me pego pensando qual é o sentido. Parece um pouco disperso. Nem conseguimos manter o foco em uma música só desta vez.

— Eu achei sombrio pra cacete — disse uma das meninas mais novas, ou seja, da minha idade, que estava escrevendo um livro de memórias sobre a mãe. — Não conheço nenhuma dessas músicas, não curto música velha de gente branca, mas gostei do uso das três, como um tríptico literário ou um triângulo amoroso *a posteriori*.

A professora, Tracy, assentiu. Ela escrevia longos artigos para revistas e havia publicado um romance épico sobre a Underground Railroad que levou vinte anos para escrever e pesquisar.

— Eu conheço essas músicas e não tenho certeza se algum dia as ouvirei da mesma forma — disse ela. — O que definitivamente significa alguma coisa.

Tracy tinha dreads grisalhos perfeitos que emolduravam seu rosto e que nunca se moviam. "Definitivamente significa alguma coisa" — um elogio pesado, quase uma indireta. Ficou pairando no ar.

— Concordo com essa sensação de, tipo, qual é o sentido? — continuou a menina mais nova. — Sobre o que ela está escrevendo? Sobre a música ou sobre si mesma? Porque, se está escrevendo sobre si mesma, precisamos ver mais dela. E, se está escrevendo sobre a música, precisamos ver menos.

Todo mundo ao redor da mesa começou a concordar com a cabeça, como peças de dominó caindo cada vez mais depressa. Apenas Raj, o escritor de culinária, permaneceu parado.

Nomi estava me olhando.

— Eu concordo, no geral — comentou, cruzando os dedos longos pensativamente à frente do queixo. — Mas também reconheço que talvez você esteja tateando um território inédito aqui, e é por isso que estamos meio desconfortáveis.

Os acenos pararam, substituídos por aquelas inclinadas de cabeça de quem finge estar refletindo sobre algo com atenção. Nomi estava sendo uma boa amiga. Tive a sensação, como sempre tinha quando meus escritos eram criticados no workshop, de que todo o meu organismo estava congelado — cérebro, órgãos, todas as engrenagens simplesmente paralisadas de repente. Anotei tudo no meu caderno, palavra por palavra, com o punho já doendo. Processaria tudo mais tarde.

— Raj? — chamou Tracy. — Você parece ter uma perspectiva diferente.

— Ah — respondeu ele, e se inclinou para a frente, pigarreando. — É. Acho que sim. Na verdade, me parece muito óbvio sobre o que ela está escrevendo, porque está declarado na última linha: está escrevendo sobre si mesma. Então, eu votaria por inserir mais sobre ela, não menos. Ela está escrevendo sobre pessoas; na verdade, sobre como as pessoas usam a música para ter uma visão clara a respeito de si mesmas. Está evidente para mim que o tema de Percy não é a música; esse é apenas seu canal para chegar às pessoas. "Canal" não é a palavra certa. O "meio". Não "meio"... — Ele arregalou os olhos, irritado consigo mesmo. — Enfim. Achei devastador.

— Vou te pagar uma cerveja — falei para Raj depois, no Lion's Head. Estávamos esperando para fazer o pedido no bar. — Você está com seu chili ou sei lá o quê?

Ele deu um tapinha no bolso.

Minhas engrenagens tinham começado a girar novamente, rangendo, ávidas por lubrificação. Todos nós nos sentamos à grande mesa comprida no fundo. O Lion's Head tinha tentado fazer decorações natalinas, pendurando guirlandas verdadeiras que já estavam quebradiças, deixando cair agulhas de pinheiro na mesa. Metade da turma tinha vindo, mas ninguém mencionou o que eu tinha escrito; conversamos sobre nossos planos para o recesso de fim de ano. A maioria ia viajar. Até a Nomi tinha sublocado seu apartamento por um mês e ia ficar com a mãe na Filadélfia. Eu não tinha dinheiro para ir para a casa dos meus pais, já que meu empréstimo para cobrir os custos de vida tinha acabado — um cheque de cinco mil dólares que chegava em setembro e janeiro —, então consegui um emprego como garçonete em um restaurante turístico perto do Museu de História Natural.

Concordei com a cabeça durante a conversa e pensei em Joe, que tinha ligado na noite anterior para me contar que não viria para o Brooklyn, afinal. Um blog de música em Londres tinha dado cinco estrelas ao álbum da Caroline, o que levou a um convite para abrir uma turnê pelo Reino Unido. Eu estava animada por ele. Nenhum de nós conhecia a Europa.

Raj fez um comentário bobo, do "o gato comeu sua língua?", então comentei sobre Joe.

— Ele é meio que meu melhor amigo — afirmei, numa tentativa de evitar o erro de chamá-lo de meu colaborador, embora isso fosse mais verdadeiro agora, depois de "Bay Window".

— E você estava ansiosa para vê-lo?

— Estava. Quer dizer, não é grande coisa, ele vai voltar para Nova York em outro momento. Só estou arrependida de não ter ido ao show na semana passada.

— Sempre acho curioso quando um homem e uma mulher conseguem ser melhores amigos. Já passei por isso uma vez, na faculdade, e estava desesperada e pateticamente apaixonado pela garota.

— Ah, essa sou eu — soltei, rindo como se não fosse uma grande confissão. — *Era* eu, diria. Estou superando isso agora, até que enfim.

Ele cruzou os braços.

— Se não se importa que eu pergunte, alguma coisa já aconteceu entre vocês?

— Não.

— Nada?

— Nós conversamos sobre o assunto. Ficamos de mãos dadas, de conchinha. Mas não, nada aconteceu.

Senti minhas bochechas esquentarem, reagindo à conversa.

Raj assentiu com firmeza.

— Ótimo, então não tem problema.

— Ah, é? Por quê?

— Porque você não sabe qual é o gosto dele. Quando não há nada concreto para perder, fica mais fácil superar, na minha experiência.

Fazia sentido — tinha um toque de verdade, embora não fosse exatamente. Eu sorri.

— "O gosto dele." Você é tão *foodie*.

Ele estremeceu.

— Foi mal — falei. Aquele termo tinha ganhado popularidade recentemente; era a primeira vez que o usava. — Cheira a elitismo, não é?

— Sem dúvida. E a restaurante como passatempo. A se apropriar da comida como hobby quando você descobre, aos trinta anos, que não tem nenhum.

Eu ri.

— É tão ruim assim?

— Não. Só não sou assim.

Ele virou a lata de cerveja o máximo que pôde, mesmo depois de perceber que estava vazia. Eu não sabia o que dizer, então olhei de volta para o restante do grupo.

— Estou gostando do álbum da Neko Case — disse Raj, e foi aí que eu soube: ele tinha mesmo ido comprar o CD da Neko Case. Assim que o pensamento me ocorreu, guardei para mim. Lidaria com isso mais tarde, junto com meu feedback do workshop. — Acho que preciso te dar uma recomendação gastronômica em troca.

— Claro. Ei, qual é a daqueles restaurantes indianos no East Village que têm aquelas luzinhas em formato de pimenta? São bons? Porque parecem divertidos, de um jeito brega.

Ele fez uma careta.

— Me dói ouvir você dizer isso. Que horas são? Está com fome?

Eu respondi que sim, e então Raj levantou da cadeira e me levou pela avenida Amsterdam até uma plataforma de metrô. Ele teve que consultar o mapa; íamos para o Queens.

O vagão estava barulhento e lotado. Observei Raj agarrado à alça do metrô, os olhos percorrendo tudo, tão novo na cidade quanto eu, e tive um impulso de abraçá-lo. Em vez disso, falei, em meio ao barulho da hora do rush:

— De novo: obrigada por hoje.

Ele deu de ombros.

— Foi um feedback sincero.

Não sei por que acreditei nele, dada a minha nova suspeita de que ele estava a fim de mim, mas acreditei. Raj parecia estranhamente incapaz de mentir.

— Só que a ideia de inserir mais de mim no que escrevo não me atrai. Infelizmente.

— Só um pouquinho. Uma linha aqui, uma linha ali. Os leitores não precisam de muito.

— Acho que não consigo fazer "um pouquinho" de nada. Tentei escrever sobre mim mesma uma vez, e foi vergonhoso perceber o quanto ficou pessoal. — Estremeci ao me lembrar dos textos que nunca tinha enviado para a *Dedo Anelar*. — Eu acabaria contando toda uma história.

Alguém com um aparelho de som chegou ao nosso vagão.

— O quê?

— Eu falaria demais — disse em voz alta, no ouvido dele. — Seria um livro inteiro.

— Então escreva um livro inteiro — gritou Raj.

O trem deu um solavanco. Olhei para os meus pés, as botas pretas no chão cinza salpicado, tentando me estabilizar. Trechos da pasta enterrada nos Arquivos — "'Communist daughter', segundo verso, dor lancinante"; "A bunda dela estava empinada e as mãos em uma toca de esquilo" — surgiram na minha mente, cruzando-se como projéteis no ar. *De jeito nenhum*, pensei. Eu nunca escreveria aquele livro.

Chegamos ao Queens, a um restaurante paquistanês grande e comum, ao lado de uma loja fechada que vendia sáris. A comida era boa, mas curry é sempre bom. Raj explicou em detalhes o que deixava o naan tão macio, enquanto eu lutava contra a minha profunda falta de interesse. Perguntei de onde ele era, e ele disse Los Angeles, o que me surpreendeu.

— Por que todo mundo fica tão chocado com isso? — questionou. — Eu deveria ficar ofendido? Não pareço ter vindo de um lugar com celebridades, é isso? — Ergueu uma faca e olhou para o próprio reflexo. — Tenho uma cara boa. Eu fiz uma análise detalhada do meu rosto e tenho quase certeza de que ele é, na pior das hipóteses, inofensivo. É porque não sou muito alto? E o Tom Cruise?

Eu ri. Era verdade: ele tinha um rosto bonito.

— Estou falando sério! Desculpe, se você fosse a primeira pessoa em Nova York a ficar boquiaberta ao saber de onde eu sou, não seria um problema. Mas não é. É a terceira.

— Os nova-iorquinos odeiam Los Angeles — respondi. — Encare isso como um elogio.

— É, mas não estou saindo com nova-iorquinos de verdade, né? Não estou saindo com rappers que defendem o território deles. Metade da nossa turma é de algum lugar da Califórnia, inclusive você.

— Eu sou de Indiana.

— Bem, isso é aleatório. E não mude de assunto.

Pensei por um minuto enquanto ele lançava aquele olhar de expectativa para mim. Eu sabia a minha resposta, só precisava descobrir como dizê-la. Raj ainda segurava a faca como um maestro interrompendo a música.

— Você não tem uma vibe superficial — finalmente falei. — Tipo, nem um pouco. Acho que é por isso.

Ele pareceu gostar o suficiente da explicação para voltar a usar a faca para se alimentar. Mastigou por um minuto e depois afirmou:

— Eu vivo no reino dos sentidos.

Que coisa curiosa de se dizer. Mais tarde naquela noite, em casa, na cama, refleti sobre o significado daquelas palavras.

Os sentidos são pura experiência, concluí; não há sentido para a *aparência* das coisas, que é o que importa para o que é superficial.

Deitei de costas e tentei sintonizar meus sentidos. A leve pressão circular de uma mola do colchão contra minha escápula. O cheiro de gesso e poeira do pré-guerra, notas de roupa suja. A visão das quatro paredes vazias inclinadas em direção ao teto, o tilintar de um aquecedor antigo, Colgate se misturando aos resquícios amargos de cerveja e cominho. Então pensei em como minha vida *parecia* naquele momento — uma jovem escritora em sua fase nova-iorquinha espartana, estudando onde Allen Ginsberg havia estudado — e me senti muito melhor, na verdade. Raj e eu provavelmente não éramos um bom par.

Traga-o para mim

No Natal já estávamos namorando. Eu teria ficado envergonhada com a rapidez daquilo se tivesse alguém por perto para ver. Upper Manhattan era como nosso globo de neve particular.

Raj também morava em um prédio da universidade, a poucos quarteirões do meu, mas ele e o colega de quarto tinham comprado tapetes, uma panela elétrica de arroz e várias luminárias com dimmer. Eu ficava constantemente maravilhada com a iluminação. Na primeira noite em que dormi lá, ele colocou velas de LED ao longo de uma moldura de sanca perto do teto — uma pequena chama a cada meio metro, no corredor, ao redor da sala de estar e do quarto dele, até no banheiro. A luz tingia tudo de um tom sépia suave e bruxuleante.

Levei uma escova de dentes naquela noite. Estava muito consciente dela na mochila enquanto comíamos o jantar que ele tinha preparado: um frango assado com limão e alecrim. Fora isso, não tinha tomado nenhuma medida especial para a noite. Estava usando a camiseta preta lisa e a calça jeans skinny que começara a usar todos os dias e que em alguma versão usaria pelos próximos anos, tendo decidido que minha franja poderia fazer o trabalho pesado de sinalizar a existência de uma personalidade.

Nós nos beijamos em sépia naquela noite por um longo tempo, de joelhos no meio da cama dele. Gostei de como Raj me beijou. Beijos doces e curtos, entremeados por elogios e piadas autodepreciativas. Ele tinha um sorriso de George Harrison, tímido, com seus dentes grandes e tortos. Várias vezes me beijou sorrindo assim.

— Eu fico imaginando você colocando essas luzes — provoquei, entre beijos. — Usou uma escada?

Raj olhou para baixo, escondendo o sorriso. Seu nariz roçou nos meus lábios.

— Escadinha — sussurrou.

— Hummm. Que adulto.

— Hummm.

Uma playlist tocava no notebook e atravessava caixas de som de verdade instaladas acima da cama dele, muita música de Cat Stevens e Carly Simon, como o programa mais tranquilo de uma rádio de rock clássico. Eu não me importava. Era impossível se importar com qualquer coisa naquela iluminação. Então uma música de Sam Cooke começou a tocar, "Bring It on Home to Me", a música exata que você quer ouvir quando está com um homem, ajoelhada em uma superfície macia, em um quarto iluminado por velas.

Eu desabei sobre Raj, esperando que ele entendesse que era melhor não dizer uma palavra até a música terminar. Ele me abraçou em silêncio durante o primeiro trecho de pergunta e resposta com Lou Rawls. Senti seu peito se contrair, prestes a falar, mas o fiz calar a tempo. As pessoas pensam em Sam Cooke mais como uma voz do que como um compositor, mas ele compôs essa música. Sam Cooke era um milagre.

Começamos a balançar de leve na segunda e terceira estrofes, conforme os arranjos de cordas ficavam mais altos, acompanhando o anseio quase gospel na voz do cantor. A batida da bateria ganhava um balanço cada vez mais soul. Notei a ausência de uma ponte, mas aquilo era soul: não precisava de ponte. Para uma música sobre rejeição brutal e desilusão amorosa, é estranho que ela me faça sentir tão profundamente feliz, sempre, simplesmente me afogando na alegria de estar viva neste mundo.

Quando terminou, tinha decidido que nunca mais queria sair daquele apartamento. Pelo menos não antes da primavera. Na primavera, poderíamos passear pelo Central Park.

Não conversamos sobre a música. Fiquei meio aliviada por não ter que ouvir meu próprio blá-blá-blá. Retomamos nossos beijos, que foram ficando mais longos.

— O que você quer fazer? — perguntou Raj finalmente. — Quer dizer, eu ficaria feliz em passar a noite toda beijando você, mas...

— Certo — falei. Eu tinha abusado da generosidade dele.

— Só para saber.

Eu me sentei sobre os calcanhares.

— Desculpa.

— Não precisa se desculpar.

— Não quis me desculpar. Eu só... só não sou... superexperiente.

— Sei. Bem, você é jovem.

— Sou? Me sinto velha demais para ter transado apenas uma vez e meia.

Ele se sentou encostado nos travesseiros.

— Obrigado por me contar. Sou mais experiente, mas tenho vinte e nove anos. Na sua idade, só tinha dormido com uma pessoa, acho. Enfim, imaginei que houvesse alguma coisa, com base no seu último texto do workshop... Imaginei que algo tivesse acontecido.

— Meu Deus. — Revivi o texto sob uma luz terrível e constrangedora. — Será que pareci completamente traumatizada?

Raj tentou parecer gentil.

— Era bastante rancor para o Leonard Cohen.

Suspirei.

— De verdade, nada aconteceu comigo. Esse é o problema da minha vida, provavelmente mais do que qualquer outra coisa: não aconteceu porra nenhuma. Não mereço escrever um artigo como aquele. Não tive um namorado ou pai horrível, nem nada assim, se é isso que você está pensando. Meu pai nem me abraçou mais depois que meus peitos cresceram.

Esse não era um pensamento que eu já tivesse tido antes, pelo menos não tão claramente. Mas percebi que era verdade. Uma lembrança veio, fresca, do fundo da minha mente, do meu pai me abraçando enquanto caminhávamos para casa depois do jardim de infância. Pisei em falso, caí e ralei o joelho. O peito do meu pai era quente e tão largo, que eu mal conseguia abraçá-lo.

Raj esperava pacientemente.

— Claro, algo aconteceu com todo mundo.

— Quer dizer, lógico. Rolaram algumas coisas desagradáveis com alguns homens.

Ele não disse nada.

— E a uma vez e meia em que transei foi terrível, absolutamente terrível. Mas, no geral, foi só o Joe, ou a fantasia do Joe, e isso durou tanto tempo, que estou preocupada de ter chegado a um ponto no qual Joe tenha se tornado...

Não conseguia dizer o resto em voz alta. Era previsível demais.

Raj puxou um travesseiro para o colo e pegou os óculos na mesa lateral.

— Tá, então vamos falar sobre isso. Primeiro, tem esse Joe babaca, em turnê pela Europa com a banda dele. Ele parece bem escroto. Você vai esquecê-lo logo.

Sorri.

— Depois tem o sexo horrível. Posso perguntar que parte foi horrível?

— Tudo.

— Especificamente, eu presumo, a relação sexual em si? — Ele torceu o nariz. — Desculpa pela expressão.

Assenti.

— É. Isso.

— Tudo bem. Não faremos isso.

E não fizemos. Fiquei ali até o verão.

Ei, você!

O verão de 2003 em Nova York foi de um calor escaldante, como sempre, embora possa jurar que as pessoas tenham dito que foi especialmente ruim naquele ano. Trabalhava como garçonete e tentava escrever, quando não estava acampando para comprar ingressos para *Shakespeare no parque* ou sentada, ao ar livre, a mesas de restaurantes, bebendo margaritas baratas com o Raj. Ele trabalhava como redator de palavras-chave para o banco de dados pesquisável das charges da *New Yorker*. Acho que nenhum de nós conseguiu escrever nada de bom durante todo o verão.

Eu me lembro daquele como sendo o primeiro grande verão da minha vida, como uma versão urbana de uma música dos Beach Boys, embora recentemente tenha encontrado um diário que mantivemos juntos e que revelava uma história mais realista. Tinha me esquecido dele até ver a capa vermelha e gasta: começamos como um diariozinho brincalhão do que parecia ser um verão que valeria a pena lembrar, mas rapidamente se tornou um caderno multiúso, cheio de números de telefone, rabiscos, piadas internas e bilhetes deixados um para o outro que não arrancaríamos, mas simplesmente deixaríamos ali, no caderno, aberto.

19 de junho: hoje fomos à rua 125 para uma feira, mas já tinha acabado, então Raj comprou uma camisa na Old Navy. Eu perguntei: "Este dia chato deveria entrar?", e Raj disse que não escondemos nada do diário.

1. Cancelar a assinatura do NY Times
2. Conseguir um emprego

Coisas em que a Percy acha que sou ruim: usar short, cozinhar sem fazer bagunça, cobrir os dedos dos pés em público, falar sobre música, assumir minhas escolhas de palavras, comer para matar a fome, comunicar planos com o mínimo de antecedência, ler mapas do metrô, ter boas maneiras ao telefone. Coisas em que Percy acha que sou bom: iluminação.

Minha busca por emprego terminou em sucesso; para mais detalhes, veja "Heaven Knows I'm Miserable Now", dos Smiths.

16, 17 ou 18 de julho: hoje foi como todos os dias. Trabalhamos em nossos respectivos empregos, mas aí Percy teve a ideia de pegar o metrô até o Chumley's para uma saideira, na esquina de onde ouvimos um homem na bateria "fazendo omeletes", como ele chamava aquele jeito de tocar, e cantando "Who'll Stop the Rain". Ele tinha uma postura perfeita e era um careca cabeludo.

Rajie! Sei que disse que ficaria em casa escrevendo, mas meus talentos parecem ter se ressequido. Saí para dar uma volta ou algo assim. Te encontro no Nacho Mama's às 18h?

17 de julho: apesar de já ter um emprego, acordei de manhã apavorada com minha situação financeira e não consegui me livrar desse sentimento. Passei o dia todo assim, aterrorizada pelo dinheiro que estou pegando emprestado do meu futuro para participar dessa pós de escrita ridícula. Mas aí, no ônibus do caminho de volta do trabalho, encontrei uma mulher que tinha acabado de remover um tumor cerebral. Eles inclinaram a cabeça dela para o lado, drenaram todo o líquido, mas o cérebro dela bateu com força na lateral do crânio, e então o preencheram novamente. Só metade do rosto dela me revelava isso. A outra metade era apenas o de uma mulher durona e fria me encarando.

Neste momento, Percy está lendo Joan Didion na cama sem camisa (sexy). Embora eu esteja ansioso pelo retorno do meu colega de apartamento para ele poder ajudar com o aluguel, os desdobramentos na área da descamisação me preocupam.

O rosto do Raj é agradável da mesma forma que a sensação de seu ar-condicionado praticamente inútil soprando na minha pele suada: é elementar.

Percy! Fui para o campus (tá quente aqui). Me liga se quiser tomar um café, uma bebida, ou só uma companhia. Desculpa por te chamar de dramática. Você é, mas a vida também é.

10 de agosto: hoje conversamos sobre como não temos amigos na cidade neste verão, só um ao outro, e o que isso significa para cada um de nós. Eu tinha bons

amigos em Los Angeles e sinto muita falta deles, e da minha família, enquanto a Percy não sente falta de ninguém, exceto do Joe, que é um babaca, então dane-se. Mas aí compramos comida no supermercado, eu cozinhei, e comemos na cama enquanto líamos. Depois, bebemos um rosé bem seco e montamos uma playlist de músicas de verão. Passamos momentos muito agradáveis juntos, e é isso que importa.

Raj me fazia sentir tão bem. Ele me chupava depois do jantar com frequência. Uma vez se enfiou debaixo da mesa da cozinha, subindo entre as minhas pernas enquanto eu terminava uma taça de vinho. Também aprendi do que ele gostava e fiz o melhor que pude. De vez em quando, ele perguntava se eu o queria dentro de mim, e eu sempre dizia a verdade: não. Carregava um fardo de culpa por isso, mas nunca disse nada. A gente dava muito espaço um ao outro, emocionalmente.

O apagão de agosto não está no nosso caderno, mas é um marco na minha memória. Eu tinha acabado de voltar para o apartamento do Raj depois de trabalhar no turno do almoço e estava sentada em frente ao ar-condicionado de janela, secando o suor, quando o aparelho parou de funcionar. Aos poucos, percebi que tudo tinha parado de funcionar. As pessoas estavam indo para a rua. Dez minutos depois, o telefone fixo tocou: Raj sairia do trabalho e nos encontraríamos na Broadway com a 113. Esperei lá por horas, conversando com estranhos, assistindo à confusão e comendo um pote de sorvete que um funcionário da mercearia enfiou na minha mão junto com uma colher de plástico. Um homem mais velho que reconheci do campus, talvez um professor, estava orientando o trânsito no meio do cruzamento, rindo de si mesmo. As pessoas estavam em pé na caçamba de caminhões de entrega, pegando carona como lixeiros. Raj finalmente chegou, e nos abraçamos, em êxtase. Em um mercadinho na Broadway, nos deixaram levar qualquer coisa congelada, junto com garrafas de água pingando condensação. Pegamos nossas coisas todas e voltamos a pé para o campus, onde nos sentamos nos degraus da Biblioteca Low, no breu total, comendo sorvete derretido e presunto. Ouvi uma mulher dizer a uma amiga que passava pela College Walk: "É tipo o 11 de Setembro, mas divertido". Isso parecia algo que nunca, jamais seria dito novamente. Também me fez querer escrever uma música, uma versão inversa de "Bay Window", sobre a camaradagem específica dos nova-iorquinos em momentos de anarquia.

As torres de celular voltaram a funcionar enquanto estávamos sentados no campus, e nossos pais ligaram com todas as histórias que tinham visto no noticiário: passageiros presos no metrô, velhinhos passando mal com o calor dali até Pittsburgh. Naquele momento, não havia como a gente saber de nada daquilo. Senti um medo retroativo. "Foi causado por folhagens caídas", relatou meu pai pelo telefone. "Eles acham", acrescentou minha mãe, na extensão. "Também pode ter sido uma falha no sistema de alarme."

Olhei para Raj com os olhos arregalados. Eu não estava com o viva-voz ligado, mas era claro que ele conseguia ouvir meus pais; tudo parecia mais alto na escuridão completa. "Salvos pela graça da folhagem caída e uma falha no sistema de alarme", sussurrou Raj. Minha mãe perguntou quem era, e eu falei que não era ninguém.

Eu estava viciada em R&B naquele verão, um fato que parecia geograficamente determinado. "Crazy in Love", da Beyoncé, tocava como se viesse direto dos postes de luz a alguns quarteirões de distância, onde o limite brilhante ao redor da Universidade de Columbia dava lugar ao Harlem, e eu nunca me cansava. Estava ouvindo havia semanas o álbum do N.E.R.D. que a Nomi tinha gravado para mim — uma versão pirata com samples e batidas eletrônicas em vez da instrumentação de rap-metal da versão de estúdio (tragicamente, esse tesouro desapareceria dentro de um ou dois anos, no mesmo buraco negro que engoliu a maior parte da minha coleção de CDs).

Então, poucos dias após o apagão, o OutKast lançou dois singles simultâneos: "Hey Ya!" e "The Way You Move". Instantaneamente se tornaram as músicas do verão, tanto que as associo a memórias que remontam a junho, mesmo sabendo que isso não é possível. Eu disse ao Raj que deveríamos dar uma festa; queria uma desculpa para dançar "Hey Ya!" sem parar. Ele concordou, porque o verão estava acabando, as pessoas estavam voltando para a cidade, e ele queria fazer aperitivos.

Na manhã da festa, recebi minha primeira mensagem de texto do Joe: uns hipsters do Brooklyn vão pagar 5k pra gente tocar no casamento deles!! início de set, vai comigo? Saudade.

Eu não falava com Joe desde que ele tinha ido para a Europa. Ainda recebia newsletters que ele mandava por e-mail com atualizações, segundo as quais estava física e mentalmente exausto, mas se divertindo, conhecendo pessoas, grato pela oportunidade, blá-blá-blá. Em cada e-mail parecia se segurar para não reclamar do fato de que a popularidade da banda dele no exterior não estava se refletindo nos Estados Unidos. Havia menos fotos e relatos de viagem do que em sua turnê por aqui.

Naqueles tempos eu andava pensado um bocado nele, no contexto da colaboração entre os dois membros do OutKast no novo álbum *Speakerboxxx/The Love Below*, que me fascinou a ponto de eu ler todas as revistas em que eles apareciam — muitas vezes em pé na banca de jornal da estação de metrô, perdendo o trem para poder chegar ao fim da matéria. Melhores amigos e parceiros desde o ensino médio, André 3000 e Big Boi estavam se distanciando musicalmente, e aquele último lançamento foi o exemplo mais marcante dessa separação: um álbum duplo que era basicamente dois álbuns solo, cada um com seu próprio título e single principal. André e Big Boi não estavam no estúdio ao mesmo tempo; eles nem sequer cantaram nas músicas um do outro. Mas a gravadora insistiu que ambos os álbuns fossem creditados ao OutKast. E, em entrevistas, não importava o quanto reclamassem um do outro, ficava claro que ainda se viam como uma equipe. Uma união enlouquecedora e dialética. Eles precisavam um do outro, mesmo que apenas como ouvintes dos próprios trabalhos solo — aquele primeiro ouvido crucial.

Eu adorava essa ideia. Fiquei tagarelando sobre isso com o pobre Raj por dias. Quantos outros álbuns dos Beatles poderiam ter existido se eles tivessem adotado essa abordagem — se tivessem se libertado, mas continuassem se ouvindo? John teria forçado Paul a melhorar o primeiro álbum solo; Paul teria amenizado a seriedade de John em meados dos anos 1970. *Speakerboxxx/The Love Below* me pareceu, dessa maneira, silenciosamente revolucionário, uma nova solução para o antigo problema do ego na colaboração artística.

Eu vinha pensando em Joe nesse contexto apenas de forma abstrata, da mesma forma que sempre pensava nele quando pensava em compor. Mas, quando a mensagem chegou, a conexão se aguçou na minha mente em um instante: eu nunca havia reagido ao CD de trechos que Joe havia me entregado. Ouvira uma vez e tinha muito a dizer, mas então conheci Raj e enfiei o CD em uma gaveta. Eu me recusei a emprestar meus ouvidos a Joe.

Decidi lidar mais tarde com a mensagem e com essa revelação. Eu estava ocupada comprando bebidas e espetando quadradinhos de comida em palitos de dente.

Convidamos para a festa apenas escritores de não ficção e alguns poetas. Não foi apenas uma tentativa de excluir Harrison, a quem Raj odiava mesmo sem saber da história, mas um desejo genuíno de ocupar o apartamento com nossa família da não ficção. Eu tinha desenvolvido uma afeição maior por eles à medida que percebia que não ficção era para pessoas que sentiam por alguma coisa, *qualquer coisa*, o que eu sentia pela música. Mas os escritores de ficção apareceram mesmo assim, esperando até a festa estar animada e chegando aos poucos, em duplas — Harrison foi dos últimos a chegar. Àquela altura, era fácil evitá-lo, uma dança que eu já havia aperfeiçoado, mesmo que ele sempre fingisse (ou acreditasse) que nada minimamente impróprio tinha acontecido entre nós.

"Hey Ya!" era pedida de novo por cada pessoa que chegava, então a gente deve ter tocado essa uma dúzia de vezes. Que música! Em poucas semanas, ela estaria tão saturada, que soaria como nada, mas, naquele verão, sempre que começava, eu sentia como se alguém tivesse batido na minha espinha com um martelo e ativado um sistema sensorial inteiramente novo do meu corpo. Adorava como ela começava com tudo, sem tempo a perder. Adorava que a letra, para quem realmente prestava atenção, falava sobre a impossibilidade do amor, a inevitabilidade da decepção amorosa — mas, mesmo assim, dançando pra cacete na cara de tudo isso. Adorava aquele compasso extra de dois por quatro que mantinha a gente sempre em movimento. "Hey Ya!" foi a primeira vez que percebi que gostava de dançar; eu não tinha certeza se era boa nisso, mas gostava da sensação. O único passo de Raj era um andar mais elaborado, pequenos passos com ritmo, mãos erguidas em posição de luta. Achei meu namorado indescritivelmente fofo naquela noite. Ele ziguezagueou entre os corpos suados dos nossos colegas, servindo bebidas, compartilhando petiscos.

As pessoas estavam começando a ir embora quando Joe ligou para o meu celular, que eu tinha guardado no bolso da calça jeans para o caso de alguém ter problemas com a campainha do prédio. Fui até o banheiro e atendi no que devia ser o último toque.

— Joe! Oi! Estou dando uma festa! — Eu me vi no espelho, o rosto vermelho de vodca saborizada e OutKast.

— Ah, desculpa. — A ligação estava ruim. — É por isso que você não respondeu à minha mensagem?

— O quê?

— Eu te mandei mensagem.

— Ah, sim, desculpe, ia responder. Odeio mensagens!

— Não acredito que já faz tanto tempo que... um método de comunicação totalmente novo.

— Haha, é.

— ... em uma semana.

— Oi? Você vai chegar em uma semana?

— Sim... vai?

— Sim, posso ir ao casamento.

— ... você?

— Não consigo te ouvir direito.

— *Posso ficar na sua casa?*

Observei minha boca abrir e fechar no espelho do banheiro. "The Way You Move" estava começando do lado de fora. A ligação ficou melhor.

— Percy?

Lá estava ele. Agora parecia quase perto demais.

— Preciso te contar uma coisa — falei. Pensei em como uma mulher diria isso em um filme, uma mulher de verdade, com uma carreira e de salto alto. — Estou saindo com alguém.

— Ah. — Longa pausa. — Eu imaginei, quando você não respondeu a mensagem. É sério?

— Não — respondi. Olhei para mim mesma no espelho. — Talvez.

— Então você vai ao casamento, mas eu não posso ficar na sua casa. É isso?

— É. Acho que sim.

— Ok. O casamento é num hotel, e eles estão pagando pelos quartos, então posso dormir lá na primeira noite pelo menos. Não sei quanto tempo vou ficar em Nova York, mas posso dar um jeito.

— Beleza.

— Percy, estou com saudade — disse Joe, de repente de um jeito intenso. — A gente se vê em uma semana, tá bom?

Voltei para a sala e me sentei ao lado de Nomi no sofá. Raj estava na cozinha com os escritores de ficção, incluindo Harrison. Contei a ela sobre o telefonema.

— Uuuh, casamento na cidade! Você tem roupa?

— Não. Doei todos os meus vestidos. Mas sou apenas a acompanhante do cantor do casamento. A minha roupa importa?

— Claro que importa — respondeu ela, ofendida. — Se vestir para um casamento é uma das grandes alegrias da vida. Sorte sua que meu apartamento é basicamente um closet gigante com uma cama no meio. Levanta.

Eu me levantei.

Nomi colocou a mão no meu quadril e me virou devagar.

— Tenho o vestido perfeito. Um Prada preto, curto demais para mim.

— Dá para usar com sutiã?

— Por incrível que pareça, dá.

— Não sei o que Prada significa, só sei que é chique. E se eu derramar alguma coisa nele?

— Não me importo nem se você jogar o vestido no rio. Foi um presente que não me serve.

Eu me sentei de novo e me aconcheguei no sofá. "Estou com saudade", Joe disse. Duas vezes.

— Raj não vai gostar que eu vá.

— Mas, tipo, não jogue o vestido no rio — pediu Nomi. — É Prada.

— Ele não vai fazer um escarcéu, mas vai ficar sutilmente estranho.

Ela suspirou.

— Vocês, casais, são tão chatos! Era para você ser minha amiga solteira. Lembra da Erykah Badu?

— É, desculpa.

Nomi olhou para Raj, que havia saído da cozinha e distribuía latas de água com gás.

— É tipo pessoas que se vestem para se sentirem confortáveis. Eu não entendo, mas respeito.

— Você é linda demais para entender — comentei. Raj ofereceu água a um poeta bêbado e jogou a cabeça para trás, rindo, quando a água foi rejeitada. — Nós, mortais, precisamos de alguém por perto para verificar nossa existência. Para nos sentirmos dignos de estar aqui.

Nomi se afundou no sofá, apoiando a nuca ao lado da minha.

— Pode-se dizer que nós, modelos, sentimos isso ainda mais, tendo sido validadas apenas por nossa aparência a vida toda.

— Corta essa — soltei, e ela riu.

Peguei a mão de Nomi. Imediatamente fiquei em dúvida — Zoe e eu costumávamos ficar de mãos dadas assim o tempo todo, em especial nesses momentos de festa, mas talvez isso não fosse normal.

Nomi olhou para as nossas mãos, deixou-as ali por um minuto, e então tirou a dela e a dobrou entre as pernas. Senti uma pequena onda de constrangimento.

— Prada significa intelectual — afirmou ela, e a onda passou. — Simplicidade minimalista e intelectual. Faz você se sentir feminina e poderosa ao mesmo tempo, e combina perfeitamente com sua franja. Eu recomendaria um batom marcante.

— Vou precisar pegar emprestado também.

Você disse algo

No fim de semana do Dia do Trabalho, no início de setembro, voltei para o meu apartamento pela primeira vez em semanas. Raj tinha decidido visitar um amigo em Boston no feriado prolongado, e seu colega de apartamento estava de volta: o verão tinha oficialmente acabado. Como previsto, sua reação quando eu disse que iria ao casamento foi uma indiferença constrangedora, e evitei mencionar o vestido e o batom emprestados.

No domingo, peguei o metrô e fiz uma baldeação até chegar a um hotel nos arredores do Brooklyn. O saguão tinha sofás capitonê e muitas daquelas lâmpadas com filamentos visíveis. Ninguém me barrou, então peguei o elevador até o quarto do Joe, 601. Senti que alguém ia me acusar de usar um vestido roubado. Dava para contar nos dedos de uma só mão o número de vezes que já tinha me hospedado em um hotel, e sempre nos mais baratos.

Quando Joe abriu a porta todo arrumado, não consegui esconder o choque de perceber como ele estava bonito. Até me engasguei. Já fazia tanto tempo assim? Ele sempre tinha sido tão alto? Eu já o tinha visto de terno?

— Percy — falou Joe, encostando a cabeça no batente da porta. Havia algum produto em seu cabelo, fazendo os cachos ficarem mais altos. As sobrancelhas em alerta, dois arco-íris pretos.

— Oi.

— Você está tão linda! — comentou, prendendo a respiração ao pronunciar a última palavra.

— O nome disso é Prada — respondi, estendendo o tecido para que ele pudesse ver sua textura chique. — Faz você se sentir feminina e poderosa, de acordo com a garota que me emprestou. Moda é a música dela.

Joe levantou a ponta da gravata preta fina.

— H&M.

Sorri. Ele colocou a mão no meu ombro, e pensei que seria o início de um abraço, mas não teve abraço nenhum. Eu ainda estava parada no corredor. O casamento começaria em minutos, no terraço do hotel; Joe tinha deixado claro, em um e-mail logístico que enviara no dia anterior, que deveríamos estar presentes durante todo o evento.

— Vamos?

Joe assentiu, mas sua mão se moveu do meu ombro para a nuca, debaixo do meu cabelo. As sobrancelhas dele se juntavam de um jeito que não me lembrava de ter visto antes. Ele me puxou para dentro do quarto, e a porta se fechou atrás de nós.

— Estou pronto.

Eu estava desorientada, a ponto de ficar tonta. Ele se abaixou até nossos rostos se tocarem, o nariz encostado no meu. Tinha cheiro de creme de barbear e pasta de dente.

— Tenho namorado.

— Foda-se ele — disse Joe. — Eu sou seu namorado.

Inclinei a boca para beijá-lo. Não consegui me conter, algo havia me dominado por completo. O beijo foi tão bom, que logo se tornou insuficiente, uma escalada instantânea para um nível totalmente novo de desejo. Tirei sua gravata, depois a camisa. Ele abriu o zíper do vestido, que caiu aos meus pés, e quase me fez gozar ali mesmo, com o dedo, embora tenha sido principalmente a visão do seu ombro se curvando enquanto ele se movia — os tendões do pescoço se esticando, uma pequena pinta na ponta saliente da clavícula, a visão totalmente nova do seu corpo — que me excitou tão rápido. Tudo o que eu queria era mais, tudo, e talvez tenha sido assim que me tornei uma pessoa que tem um caso em um quarto de hotel — talvez tenha sido o puro alívio de saber que eu queria aquilo.

Caímos em uma cama larga e quadrada, fazendo um chocolate com menta voar de um travesseiro. Ele disse que me amava, o que não foi nenhuma surpresa; claro que Joe me amava, claro que eu o amava. Mas ouvi-lo falar isso enquanto me penetrava me deixou histericamente feliz.

Então estava acontecendo. Nos primeiros segundos, ele ficou imóvel. A dor da qual me lembrava quase não existia mais — quase.

— Está bom assim? — perguntou Joe baixinho. Seus olhos estavam tão próximos, que quase preenchiam todo o meu campo de visão. Um de seus cachos se soltou e roçou minha testa como um pincel envernizado.

— É você — respondi.

Era tudo em que conseguia pensar: era o Joe, aquilo era real. Ele levantou a cabeça, e vi um sorrisinho. E então a dor desapareceu, atropelada por um prazer que parecia nada menos que o segredo de todo aquele universo insano.

Depois nos deitamos de costas na cama, rindo um pouco, olhando um para o outro e para o teto. Eu me sentia esgotada, explodida por dentro, como se pudesse ver pedaços do meu cérebro espalhados nas paredes.

Ele se levantou para olhar o relógio na mesa de cabeceira — observei seu abdômen trabalhando, os músculos sob as dobrinhas da pele surpreendentemente bronzeada — e então se deitou de novo.

— Perdemos a cerimônia e metade da recepção. Quer vir comigo agora? Ou jantar comigo mais tarde?

Entrei em pânico com a ideia de ficar sozinha com meus pensamentos, pois sabia que se voltariam para Raj. Com as pernas bambas, eu me levantei e coloquei o vestido, retoquei o batom da Nomi. O ambiente, percebi, era frio e moderno, todo em ângulos retos e cinza-chumbo. Assim que vestiu o terno, Joe tirou um CD do bolso e me entregou.

— O último que gravei para você está desatualizado.

Estremeci.

— Foi mal — falei, com uma expressão que esperava ser um pedido de desculpas genuíno. O CD não caberia na bolsinha da Nomi, então o deixei na mesa.

Chegamos ao terraço a tempo para os coquetéis. O ar úmido e as luzinhas penduradas restauraram meu humor, como se eu estivesse voltando para um bom sonho depois de acordar brevemente. Socializei com surpreendente facilidade tanto com o Joe quanto sem ele. Ajudou o fato de não conhecer ninguém; eu era apenas a acompanhante do cantor do casamento em um vestido deslumbrante, anônima e intrigante. Um sistema de som de qualidade tocava no talo uma playlist excelente, noventa por cento indie contemporâneo e dez por cento "You Can Call Me Al", do Paul Simon. Descobri que os noivos eram nova-iorquinos que adoravam festivais de música e trabalhavam na área de tecnologia, o que lhes permitia fazer o que precisavam de qualquer lugar. Tinham passado o verão viajando pela Europa e estavam "obcecados" pela Caroline. Eu os odiei por princípio, mas aproveitei alegremente o open bar.

Depois de um tempo me encostei perto da grade, observando a noite cair sobre o Brooklyn, sorrindo por trás do meu exagerado ramo de hortelã do drinque. Eu me lembro de decidir que ficaria feliz em permanecer ali a noite toda, ficaria feliz em permanecer ali para sempre, no terraço do quarto 601. Fiquei pensando em como o mesmo ato poderia ser diferente, dependendo dos caprichos do desejo: uma revelação que parecia óbvia, constrangedora de admitir na minha idade. Mas ninguém nunca tinha me dito isso, nem sequer insinuou. Quando o sexo era apresentado de forma positiva, era sempre uma decisão racional — "você saberá quando estiver pronta", "espere pelo terceiro encontro, o quarto é tarde demais" —, todas aquelas cenas na TV, de depilação e esfoliação de pernas. Não havia nada de racional nisso. Não se você quisesse que fosse bom.

Joe se aproximou por trás de mim e beijou minha nuca. Eu me inclinei para a frente, para melhorar seu acesso, e um arrepio percorreu meu corpo. O novo single do Spoon ecoava por cima da conversa e das risadas. Do outro lado do terraço, em meio a um grupo de pessoas reunidas ao redor do balcão do bar com toalhas de mesa pretas, notei uma loira de chapéu fedora nos observando. Ela disse algo para outra garota, que se virou e olhou para nós, depois respondeu à de chapéu fedora.

— Joe.

— Tá, parei.

Ele ficou ao meu lado no parapeito, e demos as costas para a festa. O sol havia se posto, restando apenas uma densa faixa laranja atrás dos prédios baixos.

— Parabéns por tudo isso — falei, gesticulando por cima do ombro.

— Obrigado. — Ele sorriu. — Mas, na maioria das vezes, ainda estamos ralando, fazendo shows em horários meio ruins. Felizmente terminamos a turnê da Europa. Vamos rodar os Estados Unidos no outono, agora que temos um pouco mais de público, e depois vamos fazer uma pausa para gravar o segundo álbum. Acho que vamos procurar apartamentos aqui. Os caras querem ser uma banda de Nova York.

Assenti casualmente, como se isso não fosse algo importantíssimo. As novidades estavam se acumulando.

— Claro que, antes de gravar o álbum, preciso *escrever* as músicas.

Essa era uma referência, eu sabia, ao CD lá no quarto.

— Vou te mandar meus comentários logo. Prometo.

— Obrigado. O Luke também está compondo agora e, quanto mais eu demoro, mais ele aparece com coisas.

— Eita. — Luke Skinner tinha me cumprimentado mais cedo com um tapinha efusivo nas costas. Olhei por cima do ombro; ele estava com o resto da banda, o cabelo antes comprido havia sido cortado num mullet, os traços de galã em uma leve expressão de desdém. — Ele está usando delineador?

— Ele quer que todo mundo use. Acha um grande problema o fato de eu me recusar.

— As músicas dele são ruins?

— Péssimas — respondeu Joe, e eu acreditei; mesmo do outro lado do terraço, com seus gestos dramáticos e sacudidas de cabelo calculadas, Luke Skinner irradiava estilo em vez de conteúdo. — Estaria disposto a ajudá-lo a melhorar, se ele não fosse tão babaca.

Decidi mudar de assunto.

— Então, qual é o seu repertório hoje à noite?

Ele limpou um pouco de uísque do lábio superior com um guardanapo.

— Praticamos algumas músicas clássicas de casamento, sabe, para ganhar nossos cinco mil. Fora isso, são todas originais. Ah, e para a primeira dança pediram "You Said Something", da PJ Harvey.

— Sério? Amo essa música!

Ele lançou um sorriso melancólico para o horizonte.

— Eu sei.

A música, lembrei, se passava em um terraço do Brooklyn.

— Nem me importo com o quanto ela é óbvia.

— Fiquei me perguntando se você se importaria.

— Sempre adorei aquele verso sobre os cheiros da nossa terra natal.

— Eu também. — Joe passou o braço em volta dos meus ombros, relaxando novamente. — Quais são os cheiros de Indiana?

Eu me encostei nele e pensei.

— Grama úmida recém-cortada na primavera. Terra do jardim da minha mãe. O uniforme de futebol do meu irmão na traseira da van. — A nostalgia me atingiu, colocando a cabeça para fora depois de uma longa hibernação. Imaginei como seria levar Joe à casa dos meus pais. — E você?

Depois de um minuto, ele respondeu:

— Asfalto recém-pavimentado, queimando no calor.

Eu o vi sentado na calçada em um verão ensolarado, os olhos sensíveis semicerrados na claridade, esperando a mãe melhorar.

Um garçom se aproximou com uma bandeja de copos baixos.

— Johnnie Walker Black?

Peguei automaticamente porque era de graça; Joe balançou a cabeça. Eu estava prestes a zombar de mim mesma por segurar duas bebidas, quando ele disse, de um jeito um pouco ansioso:

— Fazer cover da PJ Harvey é bem difícil mesmo.

— É só um casamento! — Pousei uma das minhas bebidas em uma mesa próxima e coloquei a mão em seu peito, sentindo os batimentos cardíacos. — Você está nervoso? — Meus dedos deslizaram entre os botões da camisa branca dele.

— Só porque você está aqui.

— Não fala isso. Você vai arrasar.

Ele se inclinou até nossos rostos se tocarem e falou baixinho, no meu ouvido:

— Eu arrasei lá no quarto?

A pergunta me deixou envergonhada, mas murmurei concordando. Senti o gosto do suor leve em sua bochecha recém-barbeada.

Fomos chamados para o jantar. Sentados à nossa mesa, estavam Luke e os outros rapazes da Caroline (todos sem acompanhante), e dois fotógrafos de casamento que devoraram a refeição e desapareceram. Conheci os companheiros de banda apenas superficialmente em Berkeley, e um deles era novo, um substituto para o baterista original, que tinha começado a usar heroína na estrada. Mas eles sabiam muito sobre mim. Eu me encaixei confortavelmente no papel que queriam que eu desempenhasse, falando sobre música e sondando histórias da turnê. Era fácil conversar com aquele grupo, embora houvesse uma tênue linha de tensão entre Joe e Luke, como um elástico que todos os rapazes aprenderam a evitar. Tropecei nela sem querer em alguns momentos: uma vez quando perguntei sobre o próximo álbum — "Estamos com dificuldades para encontrar o nosso *som*", disse Luke, e Joe revirou os olhos — e uma vez quando Luke me convidou para vê-lo como DJ no Don Hill's, e Joe pareceu que ia me matar se eu aceitasse. Foi um alívio quando os quatro saíram para arrumar os equipamentos no restaurante do último andar do hotel, onde o bolo seria cortado e a dança aconteceria em seguida.

Já estava escuro àquela altura, mas ainda quente. Fiquei sentada sozinha à mesa e encarei as mãos, meus dedos grossos e minhas unhas roídas parecendo ridículos, em contraste com o tecido chique do vestido. Fiquei grata pelo silêncio; essa situação toda com Joe não saía da minha cabeça, despertando todos os tipos de sentimentos, um por um. Eu estava prestes a ir ao banheiro quando a garota de chapéu apareceu, com os ombros erguidos até perto das orelhas, no que parecia ser uma expressão de entusiasmo em me ver.

— Oi! Sou a Raina! Conheci o Joe no ATP!

ATP, eu já tinha descoberto, era o All Tomorrow's Parties, um festival de rock indie na Inglaterra. Essas pessoas tinham sua própria língua.

— Minha melhor amiga e eu fomos juntas. Rebecca? Conhecemos a Leanne e o Greg no festival Primavera.

— Legal.

Ela fez uma pausa.

— Enfim, só queria me apresentar. Achamos o Joe um gênio. — Raina olhou por cima do ombro rapidamente, como se fosse dizer algo controverso. — Quer dizer, obviamente eles são uma banda, mas é quase um show de um homem só, certo? Essas *músicas*!

Ela chegou tão perto, que consegui ver a linha torta do lápis labial e uma crosta de base na parte externa da narina. A única conversa que eu queria ter com essa pessoa era um quiz extremamente imaturo sobre as músicas da Caroline — qual era a letra favorita dela? Já tinha notado a mudança no beat da bateria na terceira estrofe de "Somebody Said"? —, só para vê-la fracassar.

— Preciso fazer xixi — falei, e fui embora. Culpei a Prada por esse comportamento. Dava para fazer o que quisesse com um vestido daqueles.

A parte coberta do ambiente tinha uma vibe diferente, escura e com ar-condicionado, um jazz de fundo. A banda subiu em um palquinho preto enquanto o bolo era cortado, os caras fingindo estar invisíveis porque todos deveriam estar olhando para os noivos, e acho que estavam mesmo. Então Joe começou a dedilhar sua guitarra enquanto os recém-casados caminhavam para a pista de dança de tacos de madeira sob os holofotes. Eu reconhecia esses rituais de filmes, é claro, mas na vida real pareciam completamente absurdos. Os bonequinhos de brinquedo no bolo! O vestido branco! Não éramos todos adultos ali?

"*On a rooftop in Brooklyn*", Joe cantou, e alguns convidados vibraram. Minha respiração ficou presa ao tom de sua voz, que melhorara drasticamente, mais controlada e expressiva.

Mas ele estava certo: era um cover difícil. Ocorreu-me pela primeira vez que "You Said Something" é uma gravação perfeita, mais do que uma música perfeita. Não há muito nela, musicalmente; a magia está toda na interpretação de PJ, na sabedoria e na emoção que transbordam de sua voz. A solução de Joe foi imitar a entonação, o que só me fez sentir falta da verdadeira Polly Jean. E o baterista novo manteve no segundo refrão uma batida genérica de rock que parecia completamente errada. Fiquei um pouco envergonhada por Joe. Será que ele se sentia meio vendido ali em cima, tocando por dinheiro, destroçando esse clássico para um bando de hipsters e seus parentes? Na sequência final, em que ele repetia "*you said something*" com intensidade decrescente, senti uma estranha onda de raiva. *Deixem a PJ em paz*, pensei irracionalmente, como se cada verso fosse um insulto lançado na cara dela.

Deu para sentir o alívio dele quando chegou ao fim. Todos aplaudiram, e Joe disse "Parabéns, Leanne e Greg!", com o charme artificial de um apresentador de programas de auditório. Então a banda começou a tocar "Funny Strange", e Leanne, Greg e seus amigos foram à loucura.

Por um breve momento, eu me diverti de novo. Tinha ajudado a trazer essa música ao mundo e agora estava em uma sala cheia de gente rica agindo como se ela fosse "Hey Ya!". Eu teria me juntado a eles, se não fosse pelo meu comportamento com a moça do chapéu, que agora reinava no meio da pista de dança.

Assistir à apresentação de Joe era como observar uma espécie diferente. Como alguém que eu conhecia tão bem, alguém que tinha acabado de estar dentro de mim, podia estar tão confortável lá em cima? Tão natural com sua guitarra, com sua voz, com o seu corpo? Ele dominava o microfone de todos os ângulos, ria de si mesmo, sacudia os ombros de modo enfático antes de ficar totalmente imóvel para dizer algo. Eu nem conseguiria falar naquele microfone, mesmo com o vestido Prada; minha voz falharia e se dissolveria com um "olá" solitário e fraco. Eu me perguntava se ver Joe ao vivo algum dia deixaria de me fazer sentir inferior, se eu algum dia conseguiria simplesmente apreciar seu talento ou se isso exigiria uma força de caráter que me faltava.

Perto da ponte, a música trazia à tona as memórias de sempre: o ar frio da noite naquela varanda que rangia em Berkeley, o jeito irritado como pegou o violão; a dureza em seus olhos quando perguntou: "E o que *você* faz quando escreve um ótimo refrão?" Estranho como parecia recente, como ainda ardia intensamente. O que seria dessa música se eu não o tivesse forçado a reescrevê-la, quase do zero? De que adianta um refrão incrível se ele está no meio de um lixo de música? "Essas *músicas*!", a garota do chapéu grasnou. Seu pequeno gênio de estimação. É provável que ela tenha pensado que "Funny Strange" tinha brotado direto do coração dele, perfeitamente formada, como uma linda flor.

Sentei-me à mesa com duas avós e uma menininha fazendo origami com guardanapos. *Raj gostaria desta mesa*, pensei. Ele ajudaria com o origami. Resgataria todos os enfeites de hortelã largados, espremeria os óleos no meu pulso e colocaria um raminho na lapela dele.

Joe não tocou "Bay Window", talvez porque o tema seria muito inapropriado para um casamento, mas mesmo assim fiquei decepcionada. Ele fez um cover só voz e violão de "The Book of Love", do Magnetic Fields, e, depois, como encerramento, eu mal conseguia acreditar: "Our House", do Graham Nash. A banda deu um toque quase new wave à música, e Joe estava ótimo, intensificando a doçura com mais paixão. Mas algo amargou na minha boca enquanto ele cantava aquela letra que eu tinha acabado de analisar tão profundamente. Não consegui evitar. A performance romântica dele parecia engolir a minha própria interpretação da música. Enquanto isso, a garota do chapéu e sua amiga estavam à beira da pista de dança, balançando em sincronia, olhando para ele. Os movimentos dele ficaram ainda mais soltos sob o olhar das duas; Joe pendurou o microfone pelo fio algumas vezes, girou, piscou. Eu odiava o quanto ele se tornara objetivamente desejável — aquela beleza torta, agora reescrita como um fato simples, deixava de ser meu pequeno segredo —, mas, claro, esse é o velho clichê sobre por que os caras aprendem a tocar guitarra, né? Para pegar garotas mais fácil.

Esperei por ele no terraço. Lá embaixo, a noiva bancava a DJ com seu iPod e se exibia para uma meia dúzia de inimigos do fim enquanto Joe arrumava as coisas.

Depois de séculos, ele apareceu na luz branca da porta da escada, com a postura curvada.

— O jet lag bateu por volta de "You Said Something" — comentou, arrastando uma cadeira até onde eu estava encostada no parapeito e se jogando nela.

— Você mandou muito bem.

Ele me puxou para o seu colo.

— Minha coisa favorita no momento é que nosso quarto é neste prédio.

— Posso te perguntar uma coisa? — Eu me virei para encará-lo, mas estávamos muito perto, então me levantei. — Por que agora? Você disse que estava pronto, mas o que quis dizer com isso? Pronto como?

Joe suspirou e esfregou os olhos com a palma das mãos.

— Não sei. Mais confiante, acho. Sempre tive muito medo de estragar tudo com você.

Olhei para o Brooklyn novamente. Mais confiante como? Eu me lembrei dele perguntando se tinha arrasado lá no quarto e me virei em sua direção mais uma vez.

— Joe, quem são Raina e Rebecca?

Ele manteve o olhar firme, apesar do cansaço.

— Vamos lembrar que você tem namorado.

— É, mas fui sincera sobre isso.

— E preciso ser sincero sobre o fato de que dormi com outras pessoas no ano passado? Tá legal. Raina é amiga da Rebecca, e Rebecca não é ninguém. A gente ficou algumas vezes na Inglaterra.

— Como assim "não é ninguém"? É uma pessoa. Rebecca é aquela com o chapéu fedora?

— Fedora é um chapéu?

— É.

— Não. Essa é a Raina.

— A Raina foi irritante.

— Ela estava agindo de forma estranha esta noite. Ofendida por causa da amiga, ou algo assim. A Becca parecia tranquila. — Ele bocejou.

— A outra provavelmente também gosta de você. Mais, aposto.

Joe fez uma careta como se fosse loucura.

— Nunca tive nada com a Raina. — Então, abanou as mãos no ar, encerrando o assunto. — Desculpa por não ter te avisado.

— Quero te perguntar uma coisa que pode parecer não ser da minha conta.

— Tudo bem.

— Quantas Rebeccas já existiram?

Ele suspirou outra vez, um suspiro mais pesado. Levantou-se da cadeira e apoiou-se no parapeito.

— Menos de dez? Mais de dez? Mais de cem? — insisti.

Joe inclinou a cabeça para bem longe do parapeito e soltou um rosnado de frustração. Então se endireitou e respondeu:

— Mais de dez.

Calculei que isso significava aproximadamente noventa e nove. Um vazio se abriu em meu estômago.

— Era isso que você estava pensando naquela noite no meu corredor, depois do seu primeiro show? *Estou bombando agora, te ligo depois que comer um monte de groupies rapidinho?* Era, não era?

— Eu tinha vinte e um anos e só tinha dormido com uma lésbica que odiava meu corpo! — ele retrucou rápido e alto, na defensiva.

— Eu também não sabia nada sobre sexo! A gente devia ter descoberto tudo isso juntos desde aquela época!

Joe esfregou a testa.

— Eu não estava pronto.

— Para com isso. — Peguei a bolsa idiota da Nomi. — Isso me dá nojo, Joe. Você usando outras mulheres para praticar.

Seu rosto ficou sério.

— Eu não disse que era para praticar. Não se iluda.

— Nossa. Você é só um homem mesmo, né? Seguindo seu pau por aí como se fosse a sua única cabeça. Se você colocar essa coisa perto de mim de novo, vou *vomitar* em cima dela.

Eu estava prestes a ir embora, furiosa, mas a expressão no rosto dele me impediu — o mais absoluto choque —, e então Joe começou a rir. De leve no início, depois com mais força. Minha boca se contraiu contra a minha vontade. Desabei na cadeira que ele havia puxado.

— Coloca essa frase em "Os Maiores Sucessos de Percy Marks" — lançou ele, enquanto seu riso morria em um sorriso.

Depois de um momento, o sorriso também desapareceu. Joe deslizou encostado na parede do parapeito e sentou-se no chão de frente para a minha cadeira, com os cotovelos apoiados nos joelhos.

— Sei que esperei demais. Estou em pânico desde que você me disse que estava saindo com alguém. Tentei, na minha última visita, mas você estava estranha naquela noite, e então ficamos escrevendo "Bay Window", e eu não queria estragar isso. *Da próxima vez*, pensei. Não sabia que estava prestes a ser mandado para fora do continente.

Nosso dia de neve em Manhattan passou brevemente pela minha cabeça, como um filme caseiro, filmado de outro ângulo, em que você está irreconhecível para si mesmo. Mas já era tarde demais. Eu já tinha vomitado no gramado de uma fraternidade ouvindo Radiohead; já tinha encostado meu ombro no de Harrison. Quem eu seria agora se estivesse com Joe esse tempo todo? Olhei para o rosto triste e exausto dele, e tentei perdoar de alguma forma. Quando não consegui, tentei resgatar a empolgação que tinha sentido mais cedo naquele dia, mas a lembrança só me trouxe uma pontada vergonhosa de desejo pelo Raj.

Joe deve ter visto isso na minha cara.

— É por causa daquele cara?

Desviei o olhar.

— Se você está se sentindo culpada, preciso dizer: não acho que deva contar como traição quando é com a pessoa com quem você sempre deveria ter ficado.

Isso me irritou — a ideia de que eu e Joe éramos a resposta um do outro, não importava o caminho até ali; que ele pôde viajar pelo mundo, tocar suas músicas e se fartar num bufê de groupies, enquanto eu esperava pacientemente nosso destino inevitável. E o que eu tinha feito? Fui uma boneca inflável para um escritor de ficção num show. Arrastei palavras de lá para cá por uma tela num quarto claustrofóbico. Passei um verão com Raj.

Lágrimas inundaram meus olhos. Eu tinha encontrado a felicidade naquele verão. Não foi tão emocionante quanto as aventuras de Joe, mas pelo menos foi minha.

— Quero ir para casa — falei, minha voz subindo uma oitava. — Quero ir para casa e ver o Raj.

Por um segundo, Joe pareceu confuso.

— O quê? Quem?

Eu não tinha planejado dizer aquelas palavras. Mas lá estavam elas, pairando no ar: o jogo mudou. Enxuguei os olhos antes que as lágrimas escorressem.

— É o nome dele.

Agora sua boca e seus olhos estavam bem abertos, o rosto todo relaxado.

— Você disse que não era nada sério.

— Eu disse que não sabia. — Contive outra lágrima bem a tempo. — Estamos juntos desde o Natal.

Joe ficou pálido.

— O quê?

— Eu estava pronta para terminar com ele. — Estava com o rosto quente de vergonha. — Esse era o meu plano a noite toda, mas…

Não terminei. Uma confusão barulhenta de refrões de três músicas se chocavam na minha mente: "Turn on the Bright Lights", "Bring It on Home to Me" e "Our House".

— Cacete — soltou Joe, baixinho. — Nunca vou ser bom o suficiente para você, vou?

Balancei a cabeça — aquilo não estava certo, não deveria ser a conclusão dele —, mas eu estava chorando de verdade agora, lutando para respirar.

— Ele me faz sentir bem — consegui dizer. — Você me faz sentir pequena e amarga.

Joe ainda estava com o rosto abatido, sem reação. Finalmente, devagar, apoiou a mão no chão e se levantou. Sua longa figura se desdobrou até ficar em pé. Ele pegou um copo de uísque abandonado em uma mesa e virou goela abaixo, depois encontrou outro e fez o mesmo, e então atravessou o terraço até a escada. Seus passos ecoaram até sumirem.

Fiquei sentada naquela cadeira por muito tempo. Um garçom colocou os copos sujos em uma bandeja de plástico preto. Eu queria ir para casa, para Raj — para uma de suas refeições improvisadas e nosso caderno vermelho, para a luz quente e envolvente de seu apartamento. Mas é claro que eu não podia fazer isso. Ele não estava lá. E eu tinha acabado de destruir nosso lar.

Estava me arrastando pelo saguão do hotel, com os sapatos balançando na mão, quando me lembrei do CD e congelei. Meus dedos descalços se curvaram no piso de madeira encerada. Um jazz suave caía do teto como neve.

Eu não podia abandonar aquelas músicas outra vez. Melhor voltar, dizer algo adorável e triste à porta, e ir embora com pelo menos aquele único fio do nosso vínculo — a música — intacto. Calcei os sapatos, me arrumei no banheiro do saguão e peguei o elevador até a porta de madeira de cerejeira do quarto 601.

Nenhuma resposta, mas ouvi movimento lá dentro. Bati de novo.

— Oi? — perguntou a voz de Joe.

— Só queria pegar aquele CD. Desculpa se te acordei.

A risada de uma garota foi interrompida abruptamente.

O sangue me subiu à cabeça. Bati na porta com a mão espalmada, causando uma pontada de dor no antebraço. Era a garota do chapéu — não, a outra.

— Espero que você tenha me lavado do seu pinto primeiro — gritei.

Passos lá dentro. O CD passou disparado por baixo da porta.

— Acho que ela me faz *sentir bem* — falou Joe de trás da porta, com a voz aguda, zombando de mim.

— Mostra para ela a demo original de "Funny Strange". Quero ver se ela ainda vai fazer você se sentir tão bem assim.

Quebrei o CD ao meio e enfiei os dois pedaços de volta, por baixo da porta.

O xis da questão

Assim que a ideia surgiu, eu a segui sem pensar duas vezes, pegando o metrô direto do Brooklyn para Port Authority e embarcando num ônibus interestadual à 1h30 da manhã rumo ao oeste. Passei a noite toda esfregando os braços para me aquecer, olhando pela janela manchada. Um hematoma aos poucos aparecia na palma da mão direita. Em Ohio, com o céu já claro, liguei para meus pais, que concordaram em me buscar em Indianápolis, depois que se recuperaram do susto.

— Não é nada típico, vindo de você — repetiu minha mãe durante todo o trajeto desde a rodoviária.

— Ajuda muito você ficar me lembrando disso, mãe.

Meu quarto tinha sido transformado em uma academia. Isso era novidade: na minha última visita, as paredes ainda estavam forradas com meus pôsteres, a maioria de capas de discos e encartes de CD, com as linhas de dobra ainda visíveis. Não perguntei para onde tinham ido. O quarto do meu irmão permanecia intocado, até o pôster em tamanho real do Michael Jordan e as várias medalhas penduradas no varão da cortina, tilintando levemente com a brisa que entrava pela janela aberta. "Se a gente soubesse que você estava vindo...", meu pai ficou repetindo.

— Está tudo bem — falei.

Entrei no quarto do meu irmão e fechei a porta diante das expressões estranhas dos dois. Olhei as prateleiras cheias de fotos de times — aquelas outras famílias que ele mantinha, seus irmãos mais fáceis de lidar —, depois me sentei na cama e abri a gaveta da mesinha, onde encontrei uma glamorosa foto emoldurada da namorada dele do colégio, descansando em um monte de embalagens de chiclete. Eu não tinha certeza do que estava procurando. Talvez alguma pista para a estabilidade que meu irmão sempre personificou — a autoconfiança que parecia sustentá-lo contra os altos e baixos emocionais —, como se a tivesse conquistado em um acordo com o diabo. Mas o quarto dele era o de uma boa pessoa.

Minha mãe bateu à porta com as duas únicas peças de roupa minhas que tinha guardado do ensino médio: um vestido de verão feito pela minha tia e um pijama de Natal que fazia conjunto com a família inteira. Vesti o pijama e imediatamente caí num sono tão profundo que, quando enfim acordei, levei minutos para me lembrar de onde estava.

O jantar foi legumes da horta dos meus pais e um peito de frango sem graça. Falaram sobre sal e colesterol; eu disse que estava feliz por eles estarem pensando nessas coisas. Meu pai tentou falar sobre política algumas vezes; minha mãe mudava de assunto. Ligamos para meu irmão, que ainda morava na cidade onde fizera faculdade, com um emprego de assistente de técnico que sou a única a achar decepcionante; depois de saber da minha chegada de surpresa, ele gritou tão alto, que o tirei do viva-voz.

— Desculpa. É que só penso em você como minha irmãzinha nerd, e seria isso… uma épica caminhada da vergonha?

— Você sabe que eu não faço as coisas pela metade. E isso, aliás, é basicamente a definição de nerd.

Ele riu e pediu para colocar meu pai na linha; os dois tinham feito apostas no jogo daquela noite.

Depois do jantar, minha mãe e eu lavamos a louça enquanto meu pai assistia a um jogo de futebol americano universitário, atento a cada arremesso e tropeço de um bando de quase adolescentes. Contei para minha mãe, por alto, sobre o casamento, embora tenha deixado de fora a parte sobre a risadinha da garota no quarto de hotel do Joe — falei que o hematoma era de uma queda da escada.

— Então você está dividida entre dois homens — afirmou ela de um jeito sério, enquanto secava uma travessa de louça. — Menos dramático do que eu esperava.

— Não estou dividida. Já me decidi.

— Já se decidiu? Parece que você simplesmente escolheu a opção inviável, já que você estragou tudo. O que significa que não escolheu nenhuma das duas. — Sua boca se abriu num sorriso sinistro que eu já tinha visto mais vezes do que conseguia contar. Quando os emojis ficaram populares, anos depois, aquele com uma linha reta no lugar da boca sempre me lembrava da minha mãe. — Não significa que foi a decisão errada. Talvez tenha sido uma ótima decisão. Ainda tem espuma aqui.

Lavei a bandeja de novo, apoiando os cotovelos na borda da pia. Eu tinha passado o dia todo com a sensação de que não conseguia me equilibrar.

— Uma pessoa não pode cometer um erro?

Minha mãe estalou a língua. Isso me fez lembrar de algo desagradavelmente familiar, quando ela descobria que eu tinha limpado o quarto empurrando tudo para debaixo da cama, por exemplo.

— Termino mais tarde.

E fui para a varanda, secando as mãos na calça do pijama. O velho balanço ainda estava lá fora; afundei nele, apreciando o rangido familiar. Tirando isso, estava insuportavelmente silencioso. As casas do nosso bairro eram todas afastadas da rua, cada uma cercada por seu gramado, mas eu não lembrava que o lugar era tão silencioso. Onde estavam todas as crianças? Será que não tínhamos sido substituídos? Fazia frio, o outono estava chegando, as luzes dos postes já estavam acesas.

Minha mãe saiu e sentou-se em sua cadeira favorita, aquela com a almofada gasta.

— Como vai a pós?

— Bem. Eu me sinto um pouco deslocada lá, mas acho que me sinto assim em todos os lugares. — Empurrei o balanço com a ponta dos pés no deck. — Na verdade, odeio.

— Sério? Adoro a ideia de você ser crítica musical.

— Escritora musical.

Tentei não ficar muito irritada, já que nunca havia me esforçado muito para tirar da cabeça dela de que estava tentando me tornar crítica musical. Não tinha paciência nem clareza mental para explicar que escrita e música poderiam ser combinadas para criar algo além de crítica. Talvez não tivesse certeza de que poderiam.

— Você sabe que a crítica é uma forma de arte por si só.

— Por que as pessoas sempre dizem isso? — retruquei. — Você já ouviu alguém falar "Aquela crítica do Robert Christgau detonando os Eagles realmente mudou a minha vida"?

Minha mãe adotou a expressão perplexa de "como essa criança saiu de mim?".

Decidi mudar de assunto:

— Em qual bairro de Nova York você morou?

— Vários. Hell's Kitchen, por um bom tempo.

— Já morou perto do Harlem?

— Não. Ultimamente, depois do jantar, tenho tomado uma bela Perrier com uma fatia de limão, em uma taça de vinho. Você quer?

Conversar com a minha mãe era assim: parecia uma daquelas danças antigas nas quais o parceiro recua sempre que você se aproxima, coreografadas para manter a distância.

— Claro.

Ela se levantou da poltrona funda, e notei que esticou as pernas um pouco devagar. Que horrível era envelhecer. Como se não fosse ruim o bastante ser jovem. Pelo menos nossos joelhos obedeciam aos nossos comandos.

A Perrier estava boa, de fato. Bebemos em silêncio por um tempo. A insanidade da minha visita parecia exigir uma "grande conversa" — minha mãe claramente estava esperando por isso —, então perguntei:

— Você já se arrependeu de ter feito a escolha segura?

— O que te faz pensar que foi isso que eu fiz?

— Parece óbvio. Você estava em Nova York. Tenho certeza de que viveu algo empolgante lá, novas aventuras e perspectivas de carreira, e então você veio… para cá. — Apontei para a rua vazia e arborizada. — Para ele.

Apontei com o polegar para a janela da sala, iluminada pelo brilho verde de um campo na tela.

— Se por "aventuras" você quer dizer maestros enfiando a mão na minha camisa enquanto ajustavam o posicionamento do arco… — Ela bufou. — Como se meu arco não estivesse sempre perfeitamente posicionado.

Fiz uma cara de compaixão.

— Claro que fico imaginando sobre os caminhos que não segui, filha. Faz parte da vida. Mas não me arrependo tanto quanto você pensa.

— Como sabe o que eu penso?

— Seu desdém pelas minhas escolhas tem sido palpável desde que você chegou à puberdade.

Girei o balanço para poder vê-la melhor: ela estava olhando para a rua com os olhos apertados como se houvesse algum reflexo na vista, mas o sol já havia se posto.

— Desculpa. — Não sabia quanto era óbvio. — Acho que eu só queria mais. Talvez tenha sido bobagem.

Ela finalmente me encarou.

— Depende do que você quer dizer com mais.

Quando não respondi imediatamente (quis dizer mais, *mais*!), ela se levantou e entrou.

Fui me sentar à mesa do computador no canto da sala, abri a bandeja do teclado e entrei no meu e-mail. Raj estava tentando não se preocupar.

> *Oi, voltei. O fim de semana em Boston com os caras foi divertido. Cheguei em casa ontem à noite e tive uma sensação esquisita, já que você não deixou nenhum recado ou bilhete (cadê o caderno vermelho?). Espero que tenha se divertido com o Joe no casamento, ou sei lá o que era. Sei que ele é importante para você. Só me avise caso queira falar comigo. Se não quiser, então te vejo no seminário na quarta-feira. Não acredito que o verão acabou. Foi maravilhoso passá-lo com você.*

Não me esforcei para responder; senti que àquela altura lhe devia a cortesia da rapidez. Reli tudo uma só vez e cliquei em "Enviar":

> *Raj,*
>
> *Sua sensação esquisita estava correta, porque fiz coisas das quais me arrependo no casamento e estou paralisada desde*

então. Não sei o quanto te contar, porque tenho medo de que você me odeie para sempre. Sim, Joe é importante para mim, fundamentalmente importante, e suponho que essa seja minha desculpa para o erro que cometi. Mas, no final das contas, eu escolhi você. Se você me aceitar.

Eu te amo,
Percy.

Nunca tínhamos usado a palavra "amor" antes, e ela tinha um quê de desespero tardio, mas eu precisava tentar. Era verdade? Tinha quase certeza de que sim, embora o que sentia por ele fosse tão diferente do que sentia por Joe, que parecia necessário ter um nome diferente. O que isso dizia sobre a nossa cultura, o fato de termos inventado apenas uma palavra para todos esses sentimentos? Se realmente o valorizássemos, nós o rotularíamos com mais precisão, assim como esquimós e neve.

No dia seguinte, me ocupei fazendo tarefas para minha mãe no centro da cidade, comprando roupas no brechó do Exército da Salvação — uma camiseta que dizia OLIMPÍADA DE CIÊNCIAS DE INDIANA 1982, calça cinza e chinelos. Guardei o vestido da Nomi cuidadosamente em uma capa plástica. Eu me sentia atordoada, entorpecida, como se um botão de pausa tivesse sido pressionado no meu cérebro e não fosse reaparecer até a resposta do Raj. Meu próximo login mostrou um e-mail, mas era do Joe.

Você viu a crítica? Você sabe que não acredito nesses papos hippies, mas meio que pareceu que o universo estava me ajudando quando mais precisei. Olha, não vou me desculpar pela outra noite. Eu estava triste, ela estava lá e tem um jeito de ver o melhor em mim — você não entenderia.

De qualquer forma, não deu certo, porque ainda estou triste e chateado, e você provavelmente também está. Aqui está um link para baixar todos os MP3S daquele CD que você quebrou. Preciso saber: ainda está comigo neste segundo álbum, como amiga, como parceira? Isso é importante — eu preciso de você.

Tinha acabado de ser publicada naquela manhã não uma resenha completa, mas uma menção de um parágrafo em um blog famoso.

Alerta de novidade boa: Caroline, *Funny Strange*
7,5/10

Esta estreia impressionante da Bay Area tem um ano, mas não recebeu a atenção que merece nos Estados Unidos, apesar de se encaixar perfeitamente no novo som indie com toques de anos 1960 (embora a faixa-título deva mais ao rock dos anos 1970; as influências são amplas o suficiente para surpreender). Felizmente, eles se saíram melhor no Reino Unido e passaram o verão no circuito de festivais europeus. Nas doze faixas do álbum, uma produção tragicamente lo-fi tenta, sem sucesso, ofuscar a considerável sensibilidade pop do vocalista e compositor Joe Morrow; ao vivo, seu potencial brilha ainda mais. Ainda não há notícias sobre um próximo álbum, mas vamos acompanhar de perto.

Sorri por uns bons dez minutos depois de ler, mas então a lembrança da risadinha interrompida da garota voltou. Não respondi.

O e-mail do Raj chegou no dia seguinte. Assim que vi o nome dele, soube que seria horrível. Minha mãe estava certa: eu não tinha escolhido nenhum dos dois. Respirei fundo, tentando me acalmar antes de abrir, mas, ainda assim, não estava pronta.

Percy,

A ideia de você me escolher é, francamente, hilária. Por quê? Porque você gosta do meu ar-condicionado? Se a garota "que escapou" (você nunca pergunta, mas ela ainda existe) de repente quisesse tentar de novo, eu não escolheria você. Por quê? Bem, o problema não sou eu, Percy, é você. (Cruel, mas bom demais para apagar.) Você não me ama. Você nem ama a si mesma. Está ocupada demais editando para escrever; não é de admirar que não tenha terminado uma única página durante todo o verão. É obcecada por coisas insignificantes, como letras de músicas, e desconsidera coisas importantes, como comida, sono e sentimentos dos outros. Quem consegue viver assim? E agora isso. Sua recusa em dar detalhes sobre o que aconteceu com o Joe me leva a presumir o pior cenário possível, e esse cenário me deixa tão irritado, que estou considerando seriamente comprar algum tipo de boneco de vodu seu e espetá-lo várias e várias vezes. Não sei qual é o seu problema — as garotas sempre me acharam sexy, sexy de verdade, até você. Mas ainda sou um sul-asiático de respeito, criado nos Estados Unidos, e essa facada específica que você resolveu dar nas minhas costas é algo de que provavelmente nunca vou me recuperar. Espero que você se exploda. Boa sorte na vida.

Raj.

Saí correndo de casa, tentando escapar do calor horrível que fervia dentro de mim. Era fim de tarde, e nuvens carregadas se formavam, bloqueando o sol. Vi minha mãe no jardim e corri pelo gramado, em sua direção.

— O que aconteceu? — perguntou ela quando me aproximei.

— O Raj me deu um fora.

— Ah.

Olhei para ela, andando de um lado para o outro na beira do jardim.

— O quê? Está brava comigo porque acertei na minha previsão?

— Caramba, mãe!

— Sei que é difícil, querida. É difícil perder alguém, não importa o motivo. E você está perdendo duas pessoas ao mesmo tempo. Lamento que isso esteja acontecendo. Só quero que você entenda que foi sua escolha, porque acho que isso pode amenizar a dor.

Eu me virei para encará-la.

— Lembra das nossas aulas de piano?

Ela espantou uma abelha.

— Claro. Você não estava muito interessada.

— Porra nenhuma.

Olhamos uma para a outra por um longo momento, e então ela voltou a cavar, sem muita convicção.

— Não tive a impressão de que você tivesse algum grande talento musical inato, se é isso que está insinuando.

— Quando você soube? Quando tomou essa decisão por mim, de que eu seria inútil naquilo que mais amava? Que o melhor que poderia ser era apenas uma estéril apreciadora de música?

Minha mãe abandonou a enxada novamente e olhou para mim como se eu fosse uma criança.

— Estéril?

— É. Vou continuar com "estéril". Compor é como o poder de criar vida.

— Sabe que também *tem* o poder de criar vida, não sabe?

— Mãe, cruzes. Tenho vinte e três anos.

Eu me sentei em um banquinho de pedra decorativo, perto do pé de hortelã.

— Sinto muito que você não tenha herdado os genes da música, filha. Mas isso foi um alívio para mim. Quando a música é sua profissão, tudo se torna direcionado para fora. Tudo começa a ser uma questão de agradar as pessoas... homens, principalmente. Eu queria que você fosse direcionada para dentro. Que conhecesse suas próprias opiniões.

— Minhas opiniões só me trouxeram problemas! — falei isso tão alto, que minha voz me impulsionou a ficar de pé.

Ela protegeu os olhos para me olhar; o sol havia aparecido por entre as nuvens escuras.

— Você é tão inteligente! — afirmou, em tom acusador. — Nunca entendi isso! Por que alguém tão inteligente seria tão obcecada por música pop?

— Não sei! Não podemos escolher o que amamos, assim como não podemos escolher nossos talentos. Você não entende?

Minha mãe olhou para as plantas.

Eu me sentei de novo no banquinho e arranquei um ramo de hortelã para mastigar, a aspereza do gesto fazendo a dor palpitar pela minha mão machucada.

— Na verdade, compus uma música com o Joe. Vai estar no próximo álbum dele, que já está dando o que falar.

— Que maravilha. E você também tem outros talentos.

— O Joe não fala sobre talento, sabe? É como se essa ideia nunca tivesse ocorrido a ele. Ele treinou para cantar afinado.

Essa última parte não era verdade: eu tinha quase certeza de que Joe tinha saído do útero cantando afinado, mas havia lido isso sobre Sufjan Stevens uma vez, e sempre me fascinou.

— Bom para ele — minha mãe comentou, ainda concentrada na terra. — Acho que essas coisas são mais fáceis para os homens.

Olhei para a nuca dela. Ela estava certa, é claro.

— Meninos têm menos medo de errar.

Era uma frase da série *Minha vida de cão*. Minha mãe não se lembraria, embora tivéssemos assistido àquele episódio juntas quando eu estava no ensino médio: a ruiva sensível observando os garotos na sala de aula, enquanto eles gritavam palpites idiotas para a professora. Era por isso que os homens mandavam no mundo, mesmo quando aos poucos ficava óbvio que eram péssimos nisso. Mas quem estava moldando todas essas filhas covardes?

Minha mãe disse algo sobre a chuva e se levantou, mas não se afastou. Ficou me olhando, com o rastelo em uma das mãos e um buquê de ervas daninhas arrancadas na outra.

— O quê? — perguntei.

— Ah, é que... Os músicos. Meus amigos. Foi disso que desisti quando escolhi esta vida. Minha melhor amiga, nós morávamos juntas, o nome dela era Jennifer, antes de todo mundo se chamar Jennifer. Acho que ela ainda toca na cidade. Sinto falta dela às vezes, só isso. Ninguém te entende como um violinista, ninguém sabe como é viver naquela corda bamba. Uns esquisitões iguais a mim, todos eles. Mas, querida... — disse ela, com um olhar significativo. — Você não vai encontrar isso em um homem.

Meu impulso foi zombar. *Não em homens como o papai*, eu queria dizer — havia homens melhores por aí, homens musicais e interessantes com quem se podia conversar para sempre.

Mas as últimas vinte e quatro horas estavam me fazendo repensar meus impulsos. Talvez ela estivesse certa; talvez até os homens mais interessantes estivessem sempre muito distraídos, muito fixados no espinhoso mundo do sexo. Então, encontrei seu olhar e assenti. Ela respondeu com um abraço. Aceitei, e foi bom. Imaginei, enquanto a abraçava com mais força, que era para aquilo que eu tinha vindo.

Lá dentro a observei preparar o jantar. *Devia ajudar*, pensei. Em vez disso, fui para a sala e olhei distraidamente para os móveis marrons que eu conhecia tão bem, meu rosto na parede, ao lado do rosto do meu irmão, em uma série de fotos da época da escola — o meu seguindo uma progressão de sorrisos muito abertos para tentativas mais naturais de não sorrir. Uma tristeza se enraizava em meus ossos, no fundo da medula. Nova York se abria como um abscesso nos limites da minha mente.

Uma bússola interna apontou para o antigo suporte de CDs, onde examinei as colunas de plástico em busca de algo não clássico — *Blue*, ou *Kind of Blue*, pelo menos. Eu deveria ter comprado CDs; precisava mais de música do que de roupas. Finalmente, encontrei uma pilha de discos do meu pai e escolhi um álbum solo de Don Henley, depois me servi de um dedo de uísque e afundei na poltrona com o encarte.

Na capa, Henley tinha cabelo comprido, rugas no rosto e um cigarro. A primeira faixa era irritante, aquela lamentação clássica da geração dos boomers pelo mundo que eles estavam determinados a destruir. Mas a gravação no estúdio e sua voz tensa e cansada eram perfeitas. Finalmente encontrei a que queria, "The Heart of the Matter", da qual me lembrava vagamente como sendo boa, embora não estivesse nem de longe preparada para o *tanto* que era boa. Eu não tinha conseguido entendê-la da última vez que a ouvi. Era uma música adulta sobre términos, com uma pergunta central tirada diretamente do meu fim de semana: por que damos ouvidos àquelas vozes chamando do outro lado da porta e nos dizendo para rejeitar o contentamento em busca de algo mais?

Minha mãe achava que tinha a resposta; achava que era para simplesmente ignorar as vozes. *Feche a porta*, foi o conselho dela.

Mas o velho Don não sabe. Ele só joga a pergunta na mesa e a deixa ali, satisfeito por tê-la feito de forma tão bela. Está cansado. Não sabe se entende o xis da questão, apesar de saber o que não é: não é orgulho, nem competição, nem trabalho. Tem algo a ver com perdão.

A chuva batia nas janelas. O cheiro de cebola refogada vinha da cozinha. "Perdão, perdão", gritavam os backing vocals em um final que desaparecia aos poucos.

Servi mais uísque no copo, sentei à mesa do computador e abri o navegador. Cliquei em "Responder" no e-mail do Raj, mas não conseguia me concentrar no espaço em branco onde deveria escrever; meus olhos continuavam lendo o que ele tinha escrito, e suas palavras me faziam sentir tão mal, que não conseguia respirar direito. Então, abri o e-mail do Joe e percebi que ele também me fez sentir mal. Apaguei os dois e-mails e desliguei o computador. Não conseguia me imaginar comendo. Não conseguia nem terminar o uísque. Subi a escada devagar e me arrastei para a cama no quarto de troféus do meu irmão.

Subindo aquela colina

Passei a primeira semana do semestre de outono em Indiana. Meu chefe no restaurante em Nova York me demitiu por mensagem de voz. Quando Nomi ligou, atendi e contei toda a história, que ela absorveu com paciência e gentileza, mas também com perplexidade. Pensei em abandonar o curso — ficar onde estava, pagar minhas dívidas, encontrar um terapeuta bom do meio-oeste para consertar meu cérebro. No fim, foi a falácia do custo irrecuperável que me fez pegar o ônibus de volta para Manhattan. Já tinha gastado trinta mil dólares na Columbia; o mínimo que poderia tirar disso era um diploma.

Meu antigo quarto era brutalmente deprimente. Sempre foi, mas, depois de um verão na casa do Raj e uma semana na casa dos meus pais com quintal, o apartamento parecia uma cela de prisão. A porta do quarto havia sido deixada fechada, então o ar estava quente e estagnado, mesmo sendo tarde da noite quando cheguei, e a calça jeans que eu usava na manhã do casamento ainda estava amassada no chão. Pendurei o vestido Prada e não consegui atravessar o quarto até a cama. Simplesmente me sentei no chão, ao lado da calça suja. Tentei chorar, mas a tristeza dentro de mim havia se tornado insípida demais, normal demais. Por fim, me sentei na cadeira ao lado da mesa, onde meu notebook estava aberto, com a tela ondulando.

Enderecei um e-mail para Zoe Gutierrez e comecei a escrever. A princípio, não pensei que o enviaria; só precisava de um projeto. Contei tudo a ela, começando com um pedido de desculpas pelo que lhe disse no Café Milano e chegando até o Interpol e o hotel no Brooklyn. Implorei que ela não gritasse comigo por não ter denunciado Harrison; a vergonha por esse incidente já era insuportável. Disse que conseguia perceber o que ela deve ter visto naquele dia no café e o que Raj via agora: que eu era, em algum nível, uma pessoa terrível. Pedi que me falasse o que fazer — com a minha vida, com as minhas mãos quando andava, com meu rosto quando visse Raj na aula. Fiquei escrevendo o e-mail o fim de semana todo, apagando e revisando, e então, como esse projeto precisava de uma conclusão, enviei.

Ela respondeu no dia seguinte.

Ah, querida! Queria poder te abraçar, rolar por um parque lindo da Califórnia com você. Lembra quando me deixou te apalpar? Foi tão fofo da sua parte.

Seu pedido de desculpas sobre aquele dia no Milano foi aceito. Pode esquecer isso.

Estou bem. Uganda é estranha pra caramba; não o país em si, que eu amo, mas meu trabalho e os expatriados. Todo mundo usa muita cocaína, e ninguém é gay — na verdade, é ilegal ser gay —, e a organização sem fins lucrativos está fazendo um tipo de trabalho que pode não ser útil a longo prazo (não vou entrar em detalhes, pois tenho certeza de que não vão te interessar, mas basta dizer que a experiência tem sido questionavelmente gratificante). Não, não tenho namorada, mas tinha antes de ir embora. Ela morava em São Francisco e trabalhava em uma cafeteria. Terminamos basicamente por causa da minha mudança, nada além disso. Já decidi que vou me mudar para São Francisco depois de passar tempo suficiente aqui, tendo determinado que é o único lugar onde posso estar cercada de lésbicas e, ao mesmo tempo, estar a uma curta distância da cozinha do meu pai.

Amada, você é quem decide contar ou não às pessoas sobre ter sido assediada no show do Interpol, não vou gritar com você sobre isso, mas se estivesse aí gritaria o seguinte na sua cara: A VERGONHA É DELE, NÃO SUA. *Não ouse sentir vergonha de nada a respeito dessa coisa horrível que ele fez com você, incluindo da sua própria vergonha estúpida. Argh. Abraço apertado.*

Quer que eu te diga o que fazer? Claro. Que divertido!

Com a sua vida: vai pra cima. Esqueça o Raj: vai pra cima. Com as mãos: coloque-as no bolso. Não use roupas sem bolso. Quando vir seu ex, sorria para ele, mas não fale nada. Mesmo que ele fale algo, abra um sorriso e continue andando. No fim de semana, faça os trabalhos do curso e depois alugue um monte de DVDs *bobos e compre um pote de sorvete sabor manteiga de amendoim. Se a loja não tiver o sabor certo, vá andando até outra (o doce com um toque salgado é essencial, e de toda forma a caminhada vai te fazer bem).*

Espero um relatório dizendo que você fez essas coisas direitinho. Você sempre foi uma safada mandona, é divertido inverter os papéis. Aliás, ser uma safada mandona não é a mesma coisa que ser uma pessoa terrível — infidelidade também não é. Ser uma safada mandona é como as mulheres aprendem a ser ouvidas neste mundo, dãããã. Infidelidade é, neste caso, provavelmente o seu corpo dizendo algo que você precisava ouvir. Apenas se perdoe, é muito cansativo não fazer isso.

Adoro como pareço autoritária agora. Devo virar terapeuta?

Perdão? Eu não tinha pensado nisso. A ideia parecia tão insana, que quase ri. *Me* perdoar? *Esta* vadia maluca?

Devo ter lido o e-mail da Zoe umas cinquenta vezes naquele dia. À noite, a tristeza parecia estar se transformando em algo mais administrável, algo que eu podia encaixar em uma existência suportável. Pensei que, enquanto recebesse e-mails como aquele, ficaria bem.

Na minha resposta, perguntei o que fazer sobre uma confraternização que um professor organizaria na noite seguinte, da qual Raj e Harrison certamente participariam. Ela me instruiu a chegar tarde, com o cabelo sujo, beber exatamente duas taças de vinho tinto e conversar apenas com mulheres. Fiz o que me foi ordenado. Nomi perguntou se eu precisava de xampu emprestado, mas o constrangimento não era só meu; estava apenas seguindo ordens. Quando Raj e eu nos encontramos na fila do banheiro, ele me lançou um longo olhar, que começou frio, depois se tornou levemente terno e, em seguida, ficou todo confuso quando forcei um sorriso e fui embora. Saí da festa, como instruído, às onze da noite.

Na noite seguinte, perguntei a Zoe no que pensar antes de dormir, o único momento em que sentia falta de Raj. Na maioria das vezes, se algo me lembrasse dele, suas palavras vinham logo em seguida: "Espero que você se exploda. Boa sorte na vida." Depois disso, a sensação de saudade se autodestruía antes de se formar por completo, engolida por uma explosão de horror. Mas à noite, na minha pequena cama, a ausência dele parecia se acumular ao meu redor, sem qualquer lógica ou razão.

A resposta de Zoe: "Pense na coisa mais triste da sua infância." E na noite seguinte: "A primeira vez que você ficou excitada." Eu gostava de ter uma tarefa e tentava cumpri-la, mas nunca conseguia me lembrar das coisas que ela queria. Meu próprio passado era indecifrável para mim, como se alguma mão invisível tivesse borrado a tinta antes que ela terminasse de secar. Tudo o que conseguia localizar eram cenas aleatórias adjacentes a cada pergunta: ver minha mãe radiante de orgulho no primeiro grande jogo do meu irmão e odiá-lo com uma intensidade assustadora, ou a vez em que alguns garotos do ensino médio me classificaram como "gostosa nojenta" em uma pesquisa. Normal. Tive sorte, acabei pensando, embora inevitavelmente adormecesse chorando. (Zoe, claro, tinha lembranças muito claras desses marcos — era por isso que ela me mandava lembrar deles. A primeira vez que se sentiu excitada foi assistindo a Peg Bundy rebolando na série *Um amor de família*, o que me fez rir tanto, que por quase um dia inteiro esqueci que estava deprimida.)

Ela parecia estar mais leve desde que se assumiu, tinha trocado a raiva por um entusiasmo cauteloso pela vida. Um dia, algumas semanas depois de voltar para Nova York, enviei um e-mail para ela com o assunto "Running Up That Hill".

> *Você conhece essa música da Kate Bush? É sobre querer trocar de lugar com alguém, temporariamente, para que uma pessoa possa entender a experiência da outra.* A experiência *— esse é o segredo, é o que não conseguimos só tendo conversas ou falando sobre sentimentos. Dá para compartilhar os fatos, mas nunca conseguimos realmente transmitir todo o peso de como nos sentimos em determinada situação. E é a experiência que importa, não os fatos. É a experiência que comanda as coisas estúpidas que dizemos nos relacionamentos, todas as brigas mesquinhas, as decisões estranhas e aqueles momentos em que a luxúria toma conta.*
>
> *Eu sei que isso já foi explorado à exaustão em várias releituras de* Sexta-feira muito louca, *mas é por isso que a música é muito melhor do que livros e filmes sobre esse assunto, porque tem o art-rock da Kate Bush cantando,*

com aquela produção intensa, fazendo com que tudo pareça direto e reto, e porque não há necessidade de recorrer a truques de mágica idiotas para contar a história — é possível fazer uma obra-prima inteira a partir de um desejo.

Tenho pensado ultimamente que, se eu pudesse fazer um acordo com Deus e trocar de lugar com Raj, ele me perdoaria, total e completamente. E, se pudesse trocar de lugar com Joe, eu o perdoaria. Talvez.

A resposta dela veio em minutos:

Olha, não me identifico com essa música porque tenho tão pouca necessidade de entender os homens hoje em dia! As mulheres não precisam de um acordo com Deus. Você e eu já estamos fazendo isso por e-mail, de nossos postos solitários em respectivos exílios — temos trocado experiências e não me sinto nem um pouco confusa com as suas. Por exemplo, faz todo sentido para mim o fato de você não ter mandado aquele escritor de ficção esquisito parar. Consigo ouvir a música monótona martelando nos meus ouvidos, consigo sentir o terror, o choque, igual àqueles primeiros segundos de um terremoto, quando você fica sentada ali, pensando: "Isso está mesmo acontecendo?" E então tudo termina, e você percebe que não fez nenhuma daquelas coisas que tinha planejado fazer caso acontecesse um terremoto. Entendo por que, depois de um ocorrido como esse, a putaria do Joey nas viagens te incomodou tanto. Entendo por que você está me escrevendo todas as noites, em vez de escrever histórias para o seu mestrado caríssimo. Kate Bush deve ser hétero, é o que estou dizendo. Se eu pudesse trocar de lugar com você, só brincaria com meus peitos o dia todo.

ileanpercy: vamos trocar mensagens?

dedoanelaaar: SIM!!

dedoanelaaar: nossa, desculpe, isso foi muito exagerado

dedoanelaaar: tomei muito café quando acordei

ileanpercy: lembra quando o Joe bebeu tanto Red Bull, que achou que precisava ir para o hospital?

dedoanelaaar: hahahahaha, ainda não acredito que você transou com aquele nerd e que foi bom

ileanpercy: nossa, foi tão bom

dedoanelaaar: não consigo lidar com essa sua nova versão sentimental

ileanpercy: não é sentimental, porque é irrelevante!

ileanpercy: imagine que você comeu o melhor hambúrguer da sua vida, mas depois descobriu que era feito de minhoca. Você ficaria animada com esse hambúrguer?

dedoanelaaar: minhocas são ricas em proteínas e são alimentos comuns em muitos países

dedoanelaaar: e que história é essa de hambúrguer? Você não é vegetariana?

ileanpercy: tenho aberto exceções

dedoanelaaar: que nojo, cara. eu prefiro comer minhoca a comer carne do pescoço de uma vaca criada para o abate usando preciosos recursos naturais, mas enfim

dedoanelaaar: aqui vai uma teoria:

dedoanelaaar: talvez o Joey tenha aprendido alguma coisa com todas aquelas groupies

dedoanelaaar: talvez tenha sido assim que ele ficou tão bom

ileanpercy: eca

dedoanelaaar: estou te dizendo que ele não era bom dois anos atrás

ileanpercy: você era gay!

dedoanelaaar: é, verdade

dedoanelaaar: eu só não acho que seja a pior coisa do mundo ele querer um pouco de experiência, sabe?

dedoanelaaar: antes de ficar com você

ileanpercy: e DEPOIS, não vamos esquecer

ileanpercy: NA MESMA NOITE

ileanpercy: eu fui apenas uma interrupção em um fluxo constante de groupies

dedoanelaaar: você sabe que a palavra "groupies" é misógina, né?

ileanpercy: por que você está defendendo ele?

dedoanelaaar: não sei

dedoanelaaar: talvez porque fui eu quem estragou ele?

ileanpercy: aaaaaaah, ele está fazendo você se culpar! tipo um republicano! né?

dedoanelaaar: meu deus, você consegue esquecer alguma coisa?

ileanpercy: mas não são só as groupies, zo

ileanpercy: é essa sensação que eu sempre tive

ileanpercy: essa sensação de querer SER ele

dedoanelaaar: nossa

ileanpercy: né? quem consegue viver assim?

dedoanelaaar: é, isso é nojento

dedoanelaaar: ok, aqui vai a minha pergunta:

dedoanelaaar: isso te deixa animada?

dedoanelaaar: a lembrança do sexo-hambúrguer-de-minhoca?

ileanpercy: haha

dedoanelaaar: estou falando sério

ileanpercy: isso é particular!

dedoanelaaar: o quêêê?

dedoanelaaar: você é tão reprimida, que não consegue falar sobre masturbação?

dedoanelaaar: acho que em Indiana você não teve a criação mais positiva em relação a sexo

ileanpercy: tipo, não foi bem uma criação negativa

ileanpercy: tinha a Tori Amos

dedoanelaaar: graças a deus

dedoanelaaar: bem, o que estou dizendo é que, se a lembrança do sexo te excita, então serviu a um propósito positivo

dedoanelaaar: e talvez seja tudo o que você precisava dele

dedoanelaaar: talvez esse seja o legado do Joey Morrow

ileanpercy: a lembrança me excita

Quase diariamente, desde que eu voltara para Nova York. De pé no chuveiro, fritando um ovo, escrevendo no notebook. A mão dele aparecia no meu ombro, ficava ali por um minuto — a lembrança chegava como um anúncio no alto-falante: "Larguem os lápis, pessoal" — e então deslizava, lentamente, até o meu pescoço. Eu ficava instantaneamente molhada. Então, deixava toda a cena do hotel se desenrolar, com toques fictícios ocasionais, até terminar: minhas primeiras siriricas bem-sucedidas, se querem saber. O fato de que muito do que fazia comigo mesma tinha sido aprendido com Raj era algo em que eu tentava não pensar. Depois, sentia uma mistura sombria de vergonha e raiva, embora essa conversa com a Zoe tivesse tido o efeito de suavizar um pouco esse sentimento, assim como a mão na boca de uma trompa abafa um pouco do som.

Joe,

A crítica é tão emocionante. Estreia impressionante! Sensibilidade pop considerável!

Mas minha resposta é não. Por meio desta, encerro meu cargo como sua musa/colaboradora/sei lá o quê. Esse trabalho não é bom para mim.

Tenho me perguntado ultimamente o que você conseguiria produzir sem a minha influência. Você não ficou de saco cheio da minha encheção de saco quando estava escrevendo Funny Strange? *Para mim você estava sempre ou se esforçando de menos, ou se esforçando de mais. Haha! Se havia alguma verdade em qualquer uma dessas reclamações, era porque os padrões que eu exigia de você eram absurdamente altos. Quer dizer, te falta disciplina como compositor? Comparado ao Cole Porter, claro, você é um preguiçoso. Você, às vezes, exagera em detrimento da naturalidade? É como se esperasse que você fosse o Robert Johnson, possuído pelo espírito de algum demônio do talento sobrenatural. Meu Deus, eu sou péssima.*

Você só precisa de você mesmo, Joe. Eu só preciso de mim mesma. Estamos nos Estados Unidos, a terra da individualidade. Deixe as mulheres de lado e faça o que tem que fazer.

Mal posso esperar para ouvir o novo álbum pela primeira vez, como a fã que sou.

Eileen Percy Marks

SF/NYC/LA/MIA

Neste lado do azul

Zoe era obcecada por Joanna Newsom. Eu também era, assim como todo mundo em São Francisco em 2005, mas Zoe trazia uma energia sapatão para a questão toda.

— Você não pode postar fotos disso — avisou ela quando tirei uma foto da harpa de Joanna, magnificamente iluminada no palco vazio.

— O quê? Por que não?

Ela me lançou um olhar cauteloso e passou a mão pelo novo corte de cabelo.

— Porque não falei para Melissa que viria.

Dei a resposta que Zoe esperava, que era ridícula.

— Você sabe que a Joanna Newsom é hétero, né?

— Eu não acredito. Ela toca *harpa*.

Fazia um ano que dividíamos um apartamento acarpetado de dois quartos no bairro de Haight-Ashbury, em São Francisco. Zoe havia retomado seu primeiro relacionamento quando chegamos, mas elas terminaram logo depois; por semanas, fui ombro amigo para uma Zoe chorosa. Então, uma noite a arrastei para um bar lésbico no Mission e a vi arrumar uma nova namorada com a facilidade de quem pedia uma bebida. Eu tinha desprezado a nova garota, Melissa, até perceber o quanto gostava dela; era perfeita para Zoe, uma líder comunitária com uma tatuagem de Dolores Huerta e a capacidade de reconhecer uma coisa boa quando a encontrava. Esses eram os tipos de problemas charmosos que as duas tinham como casal: Zoe não convidar Melissa para um show de modo que pudesse babar à vontade por uma mulher categoricamente inatingível.

O local era modesto demais, um salão acima de uma boate, reservada antes da recente ascensão de Newsom ao estrelato. Algumas fileiras de cadeiras haviam sido montadas perto do palco, todas ocupadas por pessoas que pareciam realmente conhecer Newsom: amigos, familiares, ex-professores vindos de sua cidade natal no norte da Califórnia, para testemunhar o retorno da filha pródiga. Zoe começou a puxar conversa com eles como se tivesse alguma chance, por mínima que fosse, de ir ao after.

Eu estava esperando minha bebida no bar, refletindo sobre a perspectiva que eu adotaria para escrever sobre o show no blog, *Músicas da Walgreens*, onde meus doze a catorze leitores aguardavam ansiosos por um relato. A imprensa estava chamando a música dela de *freak folk*, então eu poderia usar isso de ponto de partida — de que forma isso falhava em captar o que Newsom estava fazendo, o quanto suas afetações teatrais e a voz esganiçada eram, na verdade, a parte *menos* interessante da música dela.

Eu gostava disso no meu blog, como ele dava aos meus pensamentos sobre música outro destino além das conversas cara a cara. O conceito inicial era escrever sobre a música "sem graça" que minha geração ignorava, as músicas em que você nunca pensa até estar em um corredor da farmácia Walgreens lutando contra as lágrimas — mas, quando isso começou a parecer limitador, transformei *Músicas da Walgreens* em uma tag, uma categoria eventual. Mantive o título porque ele dava um bom gancho: eu seria a nerd orgulhosa da blogosfera musical, se alguém um dia me notasse.

A garota na minha frente na fila usava uma Levi's vintage e um chamativo blazer de veludo molhado. Ela estava tomando uma Hamm's, que era a nova PBR, e jogava o cabelo ondulado para trás com uma facilidade que me fez querer comprar o mesmo xampu que ela. Eu não deveria estar trabalhando naquela noite, mas saí da fila e encontrei Zoe.

— Você tem papel e caneta?

— Conseguiu recrutar uma de suas agentes secretas do capitalismo? — Zoe vasculhou a bolsa e tirou um caderninho e uma caneta. — Me mostra. — Apontei para a garota do blazer. Zoe assentiu, relutante, em aprovação. — Veja se ela conhece a Joanna.

Quando cheguei a São Francisco, trabalhei como garçonete e, quando o período de carência de seis meses do meu financiamento estudantil deu lugar ao desespero, consegui um emprego temporário como redatora em uma agência de tendências especializada em fornecer "inteligência" para marcas (várias de bebidas, algumas de roupas). Eles me adoraram por lá. "Você é muito mais do que uma redatora", disseram. Me deram um aumento e uma nova função: especialista em inteligência. Meu trabalho era recrutar "criadores de tendências" em quatro cidades litorâneas — São Francisco, Los Angeles, Nova York e Miami —, o que eu fazia stalkeando as pessoas no MySpace e fazendo abordagens aleatórias em bares e casas noturnas. Depois de coletar as informações de contato e inseri-las em nosso banco de dados, enviava por e-mail pesquisas mensais para captar "inteligência" (que basicamente significa qual música deveria tocar em um comercial de vodca; nunca conseguia dizer a palavra sem fazer aspas no ar). Com esse tesouro, escrevia artigos para nossos clientes, matérias realmente substanciais, com títulos como "O próximo drinque do homem maduro" ou "Nu-rave morreu, vida longa à nu-rave".

Não vou negar: era divertido. Zoe era contra, mas não entendia a desolação da busca por emprego pós-mestrado. Nomi trabalhava longas horas na revista *Nylon* por um salário bem abaixo do mínimo; outros davam aulas de inglês para imigrantes em meio período, ainda comendo mingau de aveia no jantar. Minha defesa era que o trabalho me desafiava — precisava aprender a ser uma pessoa um pouco diferente, a me dividir em duas e a ser capaz de saltar para a nova versão a qualquer momento, a mais descarada, capaz de abordar estranhos em bares. Ajudava lembrar que aquele seria, em geral, o ponto alto da noite daquelas pessoas. Aquele brilho nos olhos: "Finalmente fui descoberta!"

Com a caneta da Zoe na mão, respirei fundo e repeti meu mantra na cabeça: *As pessoas adoram essa palhaçada. As pessoas adoram essa palhaçada.* Então, toquei no ombro da garota de blazer e fiz meu discurso padrão — "não pude deixar de notar seu estilo", "cinquenta dólares por pesquisa", "você tem entre vinte e um e vinte e nove anos?". Percebi o brilho nos olhos imediatamente. Muito interessada. Talvez até demais. Calma, gata. Perguntei sobre música, onde ela fazia compras, tendências que notava em drinques e moda; dei nota 8 para todas as respostas. Pulei o e-mail e só anotei o MySpace para poder ver sua rede de contatos.

— Blé — comentei com Zoe, guardando o bloco de notas de volta na bolsa dela. — Estranhamente obcecada pelos Strokes.

— Qual o problema com os Strokes? Eles definiram uma geração!

— Definiram 2002. Eu perguntei: "Mais alguma coisa?" Aí a menina disse: "Bandas tipo os Strokes." E respondi: "Então, tipo, toda a Invasão Britânica?" Ela não entendeu a referência. Só está aqui por causa de um date.

Zoe me olhou com admiração, balançando a cabeça.

— Você encontrou um jeito de ganhar dinheiro julgando as pessoas. É incrível, sério.

— Eu sei.

— Que uso terrível do seu talento divino para ser uma completa babaca.

— Eu sei. Vou parar logo.

— Promete?

Dei de ombros.

— Nem todo mundo pode ser assistente social para jovens em situação de risco.

— Você poderia ser assistente social, com certeza! — respondeu Zoe e, quando olhei para ela com uma expressão incrédula, ela riu. — Ok, talvez não.

O público começou a gritar; Joanna tinha chegado.

Ficamos boquiabertas durante a hora seguinte, enfeitiçadas demais para falar. Newsom tinha uma banda completa naquela harpa, dedilhando batidas sincopadas e melodias de violão enquanto simultaneamente dedilhava acordes rítmicos. E as *músicas*. Isso foi antes de o estilo dela ficar mais estranho, quando ainda moldava seu som radicalmente único em estruturas perfeitas do pop. As letras, afiadas, literárias e existenciais, combinavam com as melodias como uma luva.

Fileiras de amigos e familiares a olhavam, radiantes; Joanna de vez em quando retribuía com um sorriso cúmplice.

Olá, inveja. Estou tentando aproveitar este show. Você poderia ir embora? Não? Pois bem. Por favor, tente ficar quieta. (Uma lição de um podcast sobre desenvolvimento pessoal que ouvi vindo do quarto da Zoe: "Rotule seus pensamentos, converse com eles." No mínimo me divertiu um pouco.) Sim, Joanna provavelmente teve uma mãe que lhe dava apoio e a encorajava. Sim, a cintura dela é fina como a de uma Barbie — meu Deus, o que isso tem a ver? Estamos aqui testemunhando uma gênia de verdade, e eu só consigo me concentrar na cintura fina dela?

Durante uma música relativamente animada, ouvi um sussurro rouco:

— Zoe Gutierrez! Puta merda!

Era Carlos, ao que tudo indicava. Olhos esbugalhados e boca aberta, a mão esmagando uma garrafinha plástica de água. Zoe o abraçou e então me explicou que o conhecemos na faculdade, onde ele morou com o baixista da Caroline. Demonstrei com entusiasmo que me lembrava dele, embora não fosse verdade. Zoe sempre encontrava conhecidos assim, o clube especial dos nascidos na Bay Area.

Joanna estava tendo problemas com as cordas da harpa no palco, então Carlos começou a bater papo.

— Literalmente todos os hipsters da cidade estão aqui — disse ele, olhando ao redor. Percebi que o reconhecia, de uma forma meio vaga; não da faculdade, mas dos bares onde eu recrutava: era uma daquelas pessoas que nunca ficavam em casa. — Ei, vocês sabem alguma novidade do álbum?

— Que álbum? — perguntou Zoe.

Ele cambaleou para trás, fingindo surpresa.

— Como assim "que álbum"? Da Caroline! Isso significa que você não é mais próxima do Joey?

— Nos falamos por e-mail às vezes, sabe como é — respondeu Zoe, de forma vaga.

— Por quê? — questionei. — O que você ficou sabendo? O álbum está terminado?

— *Estava* — respondeu ele, tomando um gole d'água e enxugando a testa. — Mas decidiram que precisavam de um single, sabe, um grande hit. Os executivos da gravadora não ficaram satisfeitos, ou sei lá. Então agora estão dando um tempo, tentando criar mais uma música. O álbum se chama… Ah, esqueci… O Jeremy me disse…

Dei um passo à frente.

Carlos semicerrou os olhos.

— Alguma coisa e alguma coisa?

— O álbum se chama "Alguma coisa e alguma coisa"? — perguntei, horrorizada.

Carlos riu.

— Não, tipo… — Ele começou a rir de novo, mal conseguindo falar por causa do riso. — Tipo, duas palavras que não me lembro, com um "e" no meio.

— Ah.

— A sua cara… — disse ele, enxugando os olhos. — Ei, querem um pouco de cocaína?

— É a *Joanna Newsom* lá em cima — sibilou Zoe. — Tenha mais respeito.

Olhei para o palco outra vez, onde Newsom voltava a tocar, mas tive dificuldade em prestar atenção. "Alguma coisa e alguma coisa" era um quebra-cabeça tentador que me fazia pensar principalmente em abstrações elevadas: *Love and Mercy*, "Ebony and Ivory". Isso não tinha a ver com o Joe. Talvez fossem dois nomes próprios, como Belle & Sebastian ou *Teaser and the Firecat*. Senti outra pontada de inveja, desta vez mais aguda do que a dor que senti por Newsom. Como seria divertido nomear um álbum!

Quando demorei para aplaudir no final de uma música, Zoe me deu uma cotovelada.

— Para de pensar no Joey — sussurrou.

Eu fiz isso, mas só porque Newsom começou a dedilhar minha música favorita dela, "This Side of the Blue". Era uma série de cenas sobre pessoas simplesmente dando o melhor de si aqui, deste lado da… Baía de São Francisco? Do oceano Pacífico?

Do céu? Do poço sem fundo de infortúnio que paira a apenas um passo em falso de todos nós? É um milagre simplesmente estar aqui, a música parecia dizer, deste lado do azul. Não se torture tentando entender o porquê. Saiba o que você sabe. Faça o que precisa fazer.

É isso que Joe está fazendo, eu disse à inveja, enquanto as luzes se apagavam e o último acorde dava lugar a aplausos. Ele está se esforçando para arrasar no single, dando o melhor de si deste lado do azul. É o que minha mãe está fazendo. É o que também estou fazendo, com meu trabalho horrível e meus diplomas inúteis.

A inveja, pelo menos desta vez, não discutiu. Em vez disso, ela me impulsionou a ir direto para casa depois do show, até a rua Haight, e subir a ladeira — sozinha, como sempre; Zoe admitiu a derrota em relação à festa e foi andando para a casa da Melissa —, compondo mentalmente uma ode a "This Side of the Blue" e depois a descarregando no teclado assim que cheguei em casa.

Daquela vez, eu tinha me esforçado um pouco na decoração do meu quarto: inspirada nas luzes da casa do Raj, instalei um dimmer em uma luminária de chão e coloquei uma escrivaninha com um abajur verde em frente à janela. Eu gostava de olhar para a rua enquanto escrevia, para a mistura de turistas, pedintes e entusiastas de roupas vintage da vizinhança, ou, em uma sexta-feira à noite como aquela, para os enxames de jovens doidões em busca de mais bebidas baratas.

Estruturei o post sobre "This Side of the Blue" como um agradecimento a Newsom. Escrevi sobre como seu existencialismo me fez sentir livre das minhas expectativas, da minha vontade estúpida de ser capaz de uma grandeza como a dela. Eu não conseguia reprimir essa ambição, escrevi, mas talvez houvesse uma maneira de entrelaçá-la com autoaceitação, com paz.

Quando cliquei em publicar e reli a postagem, senti, como sempre, uma leve insatisfação. Apenas marcas pretas na tela, flutuando em um vazio hostil. Continuei esperando que minhas palavras chegassem a algum lugar real, que significassem algo mais.

Deformações

Mais tarde naquele ano, passei a mala pela porta aberta que um manobrista segurava e entrei em um ensolarado saguão art déco, sentindo uma onda de felicidade boba e óbvia. Havia visgo espalhado por toda parte. "Walk Between Raindrops", de Donald Fagen, começou a tocar na minha cabeça — sempre a trilha sonora de Miami: um clássico do *Músicas da Walgreens*, sobre o qual eu havia escrito na minha última visita. Fiz o check-in e comecei minha amada rotina de viagem de trabalho.

Primeiro, respirei fundo no quarto do hotel, avaliei o cômodo e os produtos do banheiro: deliciosos, frescos, sem cheiro de limão. Depois, comi um doce de oito dólares do frigobar olhando de pé para a janela (vista para o pátio, piscina, guarda-sóis listrados de rosa e branco). Em vez de trabalhar no quarto, o que aprendi que poderia levar a uma solidão crescente, levei o notebook para o restaurante.

Era cedo, então passei algumas horas lá em uma mesa à beira da piscina. Comi uma salada caprichada e dei uma boa olhada no MySpace de Miami: quem parecia interessante, quem tinha aquele ar de wannabe? Quais legendas eram as mais espirituosas, bem-informadas e antenadas com as tendências sempre mutantes de 2005? Quem aparecia com mais frequência no "top 8" dos outros? Fiz uma lista de nomes, tentei memorizar as fotos de perfil e pesquisei os bares e festas que tinham sido mencionados, esboçando uma rota. Depois, subi para tomar banho, passei delineador, peguei a mochila com meu material — questionários de triagem, uma Polaroid, álcool em gel — e chamei um táxi.

Eu tinha um problema em Miami. Depois da explosão dos mojitos, nossos clientes do ramo de bebidas alcoólicas exigiram que adicionássemos a cidade à lista, mas a população de criadores de tendências se provou dolorosamente baixa. As pessoas legais se conheciam e, pior, estavam começando a *me* conhecer. Metade delas já estava na equipe, o que significava que viam meu nome na caixa de entrada uma vez por mês quando eu enviava pesquisas, e ligavam para mim no escritório quando o cheque não chegava imediatamente. De fato, mal tinha chegado ao meu primeiro destino, quando senti um braço em volta dos ombros.

— Ei, mami!

Jesse Jams, era como ele se chamava. Um DJ eternamente vestido com um terno de calça tão skinny quanto a gravata; um dos primeiros criadores de tendências que recrutei em Miami.

— Ei — respondi, reprimindo minha irritação. A ideia era desaparecer na paisagem como uma fotógrafa das savanas. Virei as costas para ele e observei o lugar: genérico, só estava sendo considerado descolado naquela noite por causa da DJ, que parecia a versão feminina do Jesse. Avistei na multidão outras duas pessoas da equipe.

— Está cedo — Jesse me tranquilizou. — Quero que você conheça uma pessoa mais tarde, um criador de tendências incrível. Você vai ao Poplife mais tarde, né?

O Poplife era mais do mesmo: hipsters dançando pop britânico e electroclash. Decidi ser sincera com ele.

— Posso te pagar uma bebida, Jesse Jams?

— Garota, você sabe que eu bebo uísque com Coca.

Levei-o para uma mesa tranquila num canto perto dos fundos, o tipo de lugar onde as pessoas estariam se pegando em algumas horas, e o encarei.

— Quantas pessoas você conhece no Poplife?

Ele pareceu achar que era uma pegadinha.

— Todo mundo?

— Você entende como isso é um problema para mim, né? Preciso diversificar.

— Ah, boa sorte com isso. Os criadores de tendências não costumam se conhecer?

— Não necessariamente. Digamos que o cenário de Miami fique ironicamente obcecado por Michael Bolton, ou algo assim. Eu poderia relatar isso aos meus clientes como se fosse uma tendência de verdade, mas aí de repente eles estariam pagando para ter Michael Bolton numa propaganda de rum quando tudo o que aconteceu foi você e seus amigos ficando chapados uma noite assistindo ao canal VH1 Classic, sabe?

Ele deu uma risada alegre.

— Rum, não. Michael Bolton deveria vender champanhe, tipo um champanhe barato, mas fingindo ser chique, sabe? Como ele mesmo diria: "Como vou viver sem essa textura suave na boca?" Anota aí, garota!

Eu sorri pacientemente. Ele já estava doidão de cocaína.

— Tá — falou Jesse, focando na bebida. — Eu sei que você já tem a galera do soul e do hip-hop. Então, tipo... talvez os góticos industriais? Tem uma festa num galpão no centro hoje à noite.

— Essas pessoas não compram nada. Adoro, mas elas usam as mesmas roupas há dez anos.

— Verdade.

— Eu não devia estar te contando isso.

— Sério?! Vocês estão tipo me levando para os bastidores!

— De nada.

Finalmente consegui arrancar algumas boas ideias dele: lésbicas ousadas e frequentadores de raves de techno. Mas o bar lésbico que ele sugeriu estava cheio de trintonas, nenhuma delas com o menor interesse em virar criadora de tendências. Na rave, consegui uma dor de cabeça e duas pessoas decentes, cujos círculos pareciam improváveis de cruzar com os de Jesse Jams. O suficiente para encerrar a noite, mas mesmo assim peguei um táxi para o Poplife.

Já passava da meia-noite. "Laid", do James, estava tocando, todo mundo pulando no refrão, com mullets ensebados exibindo-se sob os holofotes como coroas de abacaxi. Comprei uma bebida de verdade, depois encontrei Jesse Jams e o fiz apontar qualquer um que ele não conhecia. Essa tática rendeu minha pessoa recrutada favorita da noite: uma estudante de cinema chamada Hannah, que estava fazendo um documentário sobre artistas de Miami e só estava lá pela música.

— Eu odeio gente da cena alternativa — falou em voz alta por cima do barulho, olhando para a multidão. — Mas adoro dançar pop britânico, então... — Deu de ombros e tomou um gole da bebida que eu tinha comprado para ela. Usava um vestido reto e solto, e um par de sapatilhas sujas dignas de Amy Winehouse. — Venho sozinha para não precisar falar com ninguém.

Anotei isso no questionário dela. Os assentos estavam todos ocupados, então eu escrevia com a papelada apoiada na parede.

— E por que você adora dançar pop britânico? — Essa pergunta não estava no roteiro.

— O quê?

Inclinei-me em direção ao ouvido dela e repeti:

— Por que pop britânico?

— Bem, é basicamente dance music, mas são *músicas*, sabe? Músicas *boas*. Com melodias, palavras e imagens que significam alguma coisa. Por que alguém iria querer dançar "tum-tum, tum-tum" é um mistério para mim, mas é isso que domina as casas noturnas, é isso que significa sair para dançar desde que me entendo por gente. — Ela gesticulou para a pista de dança. — Até esses babacas aparecerem.

— E por que você acha que eles são babacas?

Ela suspirou e se encostou na parede.

— Ah, que babaca sou por dizer isso. Eles não são babacas. São só um bando de nerds que finalmente encontraram seu lugar. Vamos ser sinceras, sou um deles.

Deixei o questionário de lado e observei. Hannah tinha descoberto rapidamente duas verdades fundamentais sobre os hipsters: todos tinham sido crianças infelizes, os meninos sensíveis demais e as meninas teimosas demais para os sistemas sociais do final do século XX; ninguém queria admitir que era um deles.

— Acho que o que me incomoda é encontrarmos nosso lugar e imediatamente o transformarmos em basicamente outra versão do ensino médio. Só que dessa vez somos os reis. Tipo, é um pouco... constrangedor? — comentou Hannah.

Pedi que ela preenchesse a folha de informações para contato. Essas respostas fariam minha chefe ficar surpresa, mas será que era demais pedir um pouco de noção de uma criadora de tendências?

Enquanto eu guardava os questionários, o DJ começou a tocar "Mis-Shapes", do Pulp, e senti a mão de Hannah no meu punho. Seus olhos estavam arregalados, suplicantes. Assenti para mostrar que entendi: a música era sobre os párias que ela acabara de descrever. Mas não me soltou. Estava apontando a cabeça para a pista de dança.

Eu teria recusado se ela não tivesse sido tão legal na entrevista. Coloquei a mochila debaixo de um banco às pressas e a segui para a multidão.

Hannah entregou tudo logo de cara, fazendo poses, dominando o espaço; eu me esforcei, mas a primeira estrofe tem um ritmo meio estranho, complicado. Então o pré-refrão chegou como um trampolim, nos fazendo pular todos ao mesmo tempo. Uma garota me agarrou pelos ombros, me sacudiu e cantou alto sobre doce vingança, bem na minha cara. Cantei de volta; éramos íntimas, cúmplices. Ela passou por mim, e eu nunca mais a vi. Em seguida, senti Jesse Jams me abraçar por trás, me envolvendo em um círculo de pessoas com os braços em volta umas das outras. Puxei Hannah também. Foi delirantemente divertido, todo mundo cantando aos gritos, liberando baldes de angústia reprimida no ar úmido. Um cara de camiseta arrastão preta me encarou do outro lado do círculo, depois caminhou até mim, pousou o braço em meu ombro e acariciou minha bochecha. "Você é linda", gritou ele no meu ouvido, virou a cabeça como uma bailarina e marchou de volta para seu lugar no círculo.

Hannah estava errada, concluí enquanto gritava até o refrão final: eu amava aquelas pessoas. Amava aquela cidade, os esquisitos finalmente derrotando as patricinhas. Fiquei feliz por eles terem se colocado no topo da nova ordem mundial.

Na viagem de táxi de volta ao hotel, senti a música ainda pulsando dentro de mim. Sabia que era a primeira faixa de *Different Class*, a obra-prima do Pulp dos anos 1990, e sabia que ela havia inspirado o nome de uma equipe de DJs e de uma balada em Nova York, mas não a ouvia fazia anos. Havia um elemento de desconforto físico em como eu queria ouvi-la novamente enquanto subia de elevador para o meu quarto. Larguei a mochila no chão, encontrei a música no YouTube e a toquei três vezes seguidas, dançando em frente à janela escurecida, sem me importar com a minha silhueta exposta para toda a Miami Beach. Então, coloquei o álbum para tocar e me sentei para escrever.

Anos depois, a cena onde havia estado naquela noite, e em tantas das minhas noites de trabalho, foi apelidada de *indie sleaze* pela internet. Vários perfis do Instagram eram dedicados a relembrar aquela época; de vez em quando eu aparecia nas fotos com flash estourado, geralmente ao fundo com minha mochila gigante. O *indie sleaze* é lembrado como uma atitude — uma aceitação irreverente de uma diversão encardida —, bem como um momento musical definido pelos artistas indie dançantes dos anos 2000: Yeah Yeah Yeahs, M.I.A., CSS. É uma caracterização precisa, mas incompleta, omitindo as enormes quantidades de pop britânico dos anos 1980 e 1990 que aqueles jovens consumiam todas as noites, como se fossem latas de energéticos alcoólicos. A história sempre esquece que não existe em um vácuo. New Order estava em toda parte; "Age of Consent" parecia tocar automaticamente sempre que você entrava em um bar, e a camiseta do *Unknown Pleasures* era onipresente. Havia a dupla Erasure nos dias mais ensolarados. Orange Juice e Echobelly para os mais informados. E, acima de tudo, se você me perguntar, havia Pulp. "Common People" era o encerramento supremo: uma música tão boa, que não dava para tocar mais nada depois dela; "Mis-Shapes" e "Babies" eram destaque no auge do evento. Para mim fica claro agora que Jarvis Cocker, o vocalista do Pulp, criou o *indie sleaze* quando ainda éramos adolescentes — ele criou todo o conceito, a atitude, a estética e pelo menos parte do som, e dez anos depois minha geração agiu como se tivéssemos inventado isso.

Não escrevi sobre o *indie sleaze* naquele quarto de hotel em Miami porque o movimento ainda não existia, pelo menos não com esse nome. Mas escrevi sobre como o pop britânico era tudo naquele ano. Escrevi que só os ingleses conseguiam capturar o humor irônico, o estilo e a atitude blasé necessários para um jovem sobreviver aos anos 2000 nos Estados Unidos.

Descrevi como era estar em uma pista de dança lotada gritando "Mis-Shapes" — uivando, escrevi, como um animal perdido que encontrou sua matilha —, enquanto percebia que a solidão que caracterizara sua vida até então podia, na verdade, ser opcional. Falei do álbum inteiro, chamando-o de manifesto hipster do nosso tempo, tipo *On the Road* para uma geração que não queria acabar morando no porão dos pais que nem Jack Kerouac. Escrevi que foi preciso um álbum de uma década antes para nos ajudar a descobrir o que queríamos, e o que queríamos era diversão — diversão *de verdade*, que exige liberdade, pertencimento, moradia acessível e paz em tempos de guerra. "Os anos do governo Bush estão acabando", escrevi; dava para sentir isso nas pistas de dança.

Foi um pouco excessivo. Mas às quatro da manhã, depois de duas Heinekens do frigobar do quarto de hotel, fiz algo que Zoe vinha me dizendo para fazer havia meses, algo que jurei que nunca faria, principalmente porque a ideia me envergonhava: enviei para Jesse Jams um link da postagem, por e-mail. Pela manhã, ele havia republicado o post em um boletim do MySpace e em uma dúzia de murais individuais. Na noite seguinte, quando voltei para São Francisco, Zoe me recebeu com o anúncio de que tinha visto o texto republicado em vários boletins, e abaixo do post original havia quatrocentos e sessenta e oito comentários.

Passei a noite toda sentada à minha mesa lendo cada um deles, rindo para o meu reflexo na janela. Alguns demonstravam uma perspicácia genuína. Outros eram de pessoas que estavam no Poplife naquela noite. Alguns discordavam de algo que eu disse. Outros discordavam daqueles que discordavam. Adorei todos. Meu público!

No dia seguinte, recebi alguns e-mails de pessoas que tinham visto a publicação: Nomi, com previsões de que meu blog poderia me render um contrato para publicar um livro; a namorada do meu irmão em Indiana, cujo primo hipster havia enviado o link para toda a família; e, no final do dia, Luke Skinner, com o assunto "Pergunta". Demorou um segundo para meu cérebro associar o nome ao rosto, primeiro o garoto suburbano de cabelo comprido tocando "Here Comes Your Man" na garagem da Zoe, depois um par de olhos delineados lançando olhares fulminantes a Joe no terraço do Brooklyn.

percy marks! vi o que escreveu sobre o pulp. fiquei me perguntando o que você estava fazendo. adorei! ei, então: não sei se você ficou sabendo, mas eu saí da caroline. tenho minha própria banda agora. estaria disposta a ouvir algumas das minhas músicas, ver se tem alguma dica? não sei se sabe disso, mas ouvi algumas das demos originais do joe lá atrás e sei que seu feedback pode ajudar muito.

Dei uma risada alta. "Ei, não sei se já ouviu falar, mas tenho uma vida", eu quis responder. Não sei se você sabe, mas cuidar das músicas da Caroline e de todos os spin-offs da banda não é, na verdade, o meu objetivo neste planeta! Não sei se sabe, mas as demos originais do Joe eram a obra de um talento nato, enquanto você é um wannabe cheio de si! Nossa, como foi bom ignorar esse e-mail e me sentir tão animada pelo sucesso, a ponto de rir de um músico com total sinceridade.

Todos precisam de alguém para amar

Estávamos ouvindo *The Best of Wilson Pickett* no dock do iPod na cozinha. Era final da primavera de 2006. Melissa estava viajando, então fiquei sozinha com Zoe num sábado à noite, um evento tão raro, que planejei demais: pedi seu prato favorito e comprei os ingredientes para tentar reproduzir um martíni complicado que tinha tomado certa vez no bar de um hotel. Eu tinha até arrumado as taças apropriadas, embora parecessem deslocadas na nossa cozinha, cuja bizarra falta de armários nos levou a comprar uma estante de metal que ocupava muito espaço e atraía objetos aleatórios de todo o apartamento: livros de bolso encostados em pilhas de pratos descombinados, fones de ouvido baratos enfiados em uma caneca. Estávamos chegando ao fim do álbum e da nossa segunda rodada de drinques quando mencionei casualmente a Noite do Soul.

— É todo primeiro sábado do mês, então é hoje à noite. No Elbo Room.

— Noite do Soul. — Zoe riu baixinho. — Vocês podem dançar black music, crianças, mas só hoje à noite.

— Ah, fala sério. Só fui lá a trabalho, e é divertido.

— Mas estamos nos divertindo aqui! — Ela gesticulou para os nossos drinques.

Confessei: precisava de material para o blog. Fazia meses desde meu post revelação sobre "Mis-Shapes", e minha base de leitores, que tinha crescido constantemente por um tempo, estava estagnada. Tentei me dedicar mais ao meu trabalho, consegui um crachá para os bastidores por um contato de um cliente — mas eu era apenas uma crítica musical comum, e ansiosa demais para ser boa. De qualquer forma, esse não era o meu foco; o espaço que havia conquistado, entre todos os aspirantes do site *Pitchfork*, era como blogueira musical pessoal. Eu usava a música para escrever sobre a vida real, tirando inspiração de meio século de canções, em vez de bajular cada nova revelação indie.

O problema, falei para Zoe, era que a parte pessoal era difícil de manter. Meu público queria histórias da pista de dança, não minhas reflexões introspectivas sobre letras de música. Eles não sabiam que eu era apenas uma infiltrada na cena deles. Precisava sair, de verdade.

— Tudo bem — respondeu Zoe, virando o resto do martíni. — Mas não vou me arrumar.

Eu ia. Sabia o que as garotas usavam na Noite do Soul: vestidos vintage, sapatilhas, batom e cabelo bagunçado. Queria ser uma delas, pelo menos uma vez. Troquei de roupa depressa e vesti uma peça de poliéster verde-primavera que eu tinha comprado no começo daquela semana, na rua Haight.

Zoe manteve o ar de quem estava me fazendo um favor durante toda a corrida de táxi, na fila para entrar no Elbo Room e na lenta subida pela escada velha de madeira atrás do bar, até o cara que nos vendeu os ingressos. Mas, quando entramos na festa, ela sorriu.

— Eu te falei — comentei.

Era um salão comum no segundo piso, mas havia algo mágico ali na Noite do Soul: tipo um antigo salão de dança secreto, tão cheio e barulhento, que parecia ilegal.

Zoe apoiou a palma da mão na parede vermelha e comentou:

— Dá pra *sentir* os graves.

Eu a puxei pela multidão até o bar no canto da pista de dança. Era difícil localizar o limite entre as pessoas dançando e as que esperavam uma bebida; algumas pareciam estar fazendo as duas coisas ao mesmo tempo. Nós nos posicionamos atrás da multidão.

— Frank Wilson! — gritei para ela, quando uma nova música começou. — No Reino Unido, costumavam fazer essas danças atléticas malucas para...

— Não preciso de uma nota de rodapé para todas as músicas, obrigada!

A multidão ao redor do bar estava ainda mais barulhenta que a música. Um casal na nossa frente flertava intensamente, gritando coisas como "Eu *sabia* que você ia adorar essa música!" e batendo os sapatos no chão, as mãos espalmadas uma na outra como mímicos bêbados. Atrás de nós, dois caras, um querendo ajudar o outro a pegar alguém, se aproximavam de nós lentamente, como se pudessem fazer a fila andar à força. O queixo de um deles batia no topo da minha cabeça toda hora.

— Zo?

Pressionei a mão no peito para conter o pânico crescente. Ela olhou para o meu rosto e depois para os caras.

— Para trás, porra! — gritou para eles, e seu corte de cabelo provavelmente contribuiu muito para que obedecessem.

— Zoe! — Seu amigo Carlos estava na pista de dança, acenando e gritando. — E a Fulana de Tal! Aqui!

Acenei para Zoe. Precisava me afastar da multidão mais do que precisava de uma bebida.

Ele nos apresentou à garota com quem estava, que nos puxou para um abraço a três estranhamente longo. Tolerei isso apenas pela ousada esperança de que ela ou Carlos pudessem me levar a um território digno de um texto no blog.

— Ela está toda carinhosa hoje — disse Carlos, rindo baixinho e sem parar de dançar.

Eu me desvencilhei do abraço.

— Ei, Carlos, você ouviu alguma novidade sobre a Caroline?

Fazia mais de um ano desde que ele me dissera, no show da Joanna Newsom, que o álbum estava quase pronto.

Ele pareceu confuso.

— Quem?

— Caroline!

— Caroline Harmon? Ela está presa, cara!

Zoe quase riu, e então os dois começaram a gritar um com o outro sobre uma líder de torcida do colégio cuja vida havia tomado um rumo dramático. A namorada do Carlos e eu fomos deixadas para dançar juntas, só que eu não estava dançando de verdade; estava meio que balançando a parte de cima do corpo e pensando na música, uma canção obscura que parecia ter sido gravada por microfones encharcados de suor. A garota estava curtindo muito e sorrindo para mim como se tivéssemos acabado de transar.

— Você tomou alguma coisa? — perguntei, por fim.

— Ecstasy — gritou ela com um sorriso. — Vinte cada, se quiser!

Por instinto, balancei a cabeça para negar. Então olhei para Zoe, que claramente tinha ouvido.

— Pausa estratégica! — anunciou ela, levantando o dedo como uma diretora pausando uma cena. Ficamos grudadas, falando diretamente no ouvido uma da outra.

— Nunca tomei isso.

— É divertido — ela me contou, com o hálito quente no meu ouvido. — Não teríamos que esperar por bebidas. Mas você se sente péssima depois.

— Ouvi dizer que destrói o sistema imunológico.

— Destrói, sim. Não acredito que você esteja considerando usar isso. É porque está procurando algo para escrever?

— É. Também não acredito que você esteja considerando. Está tentando apoiar meu blog só para me fazer pedir demissão?

— Isso aí.

A gente se afastou, sorrindo.

A garota nos deu dois comprimidinhos e uma garrafa de água pela metade, e entregamos a ela duas notas de vinte. Engoli o meu depressa, antes de ter tempo para pensar duas vezes.

— Cara! — Carlos interrompeu um passo de dança e agarrou meu braço. — Você estava falando da Caroline, a banda! Foi mal! Só sei que o álbum está para ser lançado e que eles vão ser entrevistados em um talk show!

— Meu Deus. — Uma visão de Joe em um palco azul-marinho elegante surgiu na minha mente como uma premonição: gravata fina, cachos profissionalmente desgrenhados, um sorrisinho sexy enquanto abria a boca para cantar. — Qual?

Ele não respondeu. A versão original de "Tainted Love" estava começando, e Carlos e a garota tinham transcendido para um plano superior de consciência.

Eu me virei para Zoe, me sentindo insegura com a droga no corpo.

— Será que o Joe vai ficar famoso?

Ela deu de ombros de forma sincera e esperançosa, animada pelo velho amigo, e me levou para o fundo da pista de dança, onde a música era clara, alta e extremamente envolvente. O movimento era o ponto principal: a batida da bateria, as palmas desordenadas, os sons suaves da trompa e o que tudo isso fazia com o corpo. Depois de algumas músicas, meu corpo começou a se desfazer do peso da mente, tornando-se apenas a manifestação física da felicidade: quente, solto e permeado por uma energia perfeita. O sorriso enorme de Zoe surgiu na minha frente, uma visão tão agradável!

— Amo seu rosto — gritei, abraçando-a.

— Amo seu corpo — ela gritou no meu cabelo.

— Eu estava pensando em como amo meu corpo!

Zoe riu.

— Isso é conversa de gente chapada.

— Com certeza. — Minha mente estava clara. — Mas me faça lembrar disso depois, tá? Porque meu corpo é incrível. É saudável, entende de música, e eu tenho sorte de estar dentro dele.

— Combinado!

Tocaram o cover do Pickett para "Everybody Needs Somebody to Love", de Solomon Burke, que tínhamos ouvido antes na cozinha, e dançamos tanto, tão perto uma da outra, que uma gota de suor escorreu do nariz de Zoe para a minha boca. Tocaram "Ain't No Mountain High Enough", e a multidão no mesmo instante se fechou ainda mais, de um jeito que parecia impossível, mas o clima estava tão jubilante, que não me importei, e de qualquer forma eu tinha a Zoe. Carlos apareceu em algum momento com as duas garrafas de água mais gentis que eu já tinha visto, e depois a gente precisou fazer xixi.

Na fila do banheiro, ficamos cara a cara, acariciando os antebraços uma da outra.

— Até um talk show de madrugada seria um grande negócio — afirmei.

Ela me olhou.

— Você não falou dele por um tempo. Estava me perguntando se talvez você já tivesse, sabe, superado.

Pensei no assunto.

— Agora passo dias sem pensar nele. Ou *um* dia, pelo menos.

— Detesto dizer isso, Percy, detesto *mesmo* dizer isso. Mas você pode estar precisando de um namorado.

Fiz uma careta.

— O fervor com o qual as pessoas esperam que eu busque esse objetivo de ter um namorado é tão estranho! Claro, seria legal ter o que você tem com a Melissa, mas eu ficaria totalmente de boa se não acontecesse. Será que me falta algum gene para isso?

— Não — respondeu ela, mas seu tom não era convincente. — O que aconteceu com aquele cliente?

Suspirei e me encostei na parede. Tinha dormido com três homens desde a minha noite com o Joe: um criador de tendências do nosso grupo, um amigo ativista da Zoe e um gerente de marca de um dos nossos clientes. O criador de tendências havia perdido o interesse em mim na metade do terceiro encontro, de forma abrupta e visível, quando percebeu que se relacionar comigo não traria vantagem para nenhuma de suas iniciativas criativas incipientes. O ativista tinha durado um pouco mais, mas estava extremamente ocupado com o trabalho como assessor político — foi meu primeiro contato usando um smartphone, com mensagens sobre encontros e e-mails na cama — e gostava tanto de rock progressivo, que aos poucos aquilo se revelou um fator decisivo para meu afastamento. O cliente era o mais recente, um cara bonito e inseguro, e eu não tinha certeza do que tinha acontecido.

— Acho que deixei ele chateado. — Na última vez que nos falamos, ele tinha enviado um link por e-mail para uma jaqueta cara que estava pensando em comprar, com a mensagem "hipster descolado ou alternativo do Burning Man?". Não respondi. — Meu trabalho torna os encontros estranhos.

— Então pede demissão! — Zoe exclamou como se isso tivesse acabado de lhe ocorrer, como se já não tivesse dito isso mil vezes. — Você é uma escritora musical, não uma… sei lá o quê!

— Especialista em inteligência para criação de tendências. Um trabalho do qual gosto bastante. E escritores freelancers trabalham muito por uma ninharia, Zo... eu devo setenta mil dólares em empréstimos estudantis.

Comecei a tremer. De repente me senti rígida e sem vida, como se a cortina da droga tivesse sido retirada. O maxilar doía.

Zoe me puxou para mais perto, esfregando minhas costas para me consolar.

— É só que desejo o mundo para você.

Acenei com a cabeça encostada no pescoço dela.

— Estou bem — sussurrei.

— Você ainda... — Ela se afastou para me encarar e arqueou as sobrancelhas. — Com o Joey?

A mão do Joe se materializou no meu ombro.

— Às vezes.

— Sério? — Torceu o nariz. — Quando você está sozinha ou durante o ato de verdade?

Passei o dedo por todo o comprimento do seu nariz, alisando as rugas, admirando o rosto. O novo visual dela era tão simples: sem cabelo, sem maquiagem, apenas o nariz longo e fino, as sobrancelhas retas e escuras e a pele extremamente limpa, como uma cerâmica cara.

— Ambos — admiti. — É terrível? Mas deixo a fantasia bem abstrata. Ainda funciona se eu cortar a cabeça do Joe.

Ela riu e me abraçou novamente.

— Todo mundo tem os seus truques.

Era a nossa vez de ir ao banheiro, e entramos girando, ainda abraçadas, rindo. O efeito da droga estava voltando; meus músculos estavam relaxando mais uma vez, naquele calor perfeito. Aproveitamos o tempo conquistado com tanto esforço, conversando e nos olhando no espelho manchado de gordura.

Mais tarde, enquanto descíamos a escada para participar da acirrada competição por um táxi, senti um amor por Zoe tão forte, que quase me derrubou escada abaixo. Seu couro cabeludo felpudo balançava logo à minha frente. O que eu faria sem ela? Seria aceitável amar tanto assim uma pessoa que não era sua parceira de verdade? Seria por isso que Zoe queria me arrumar um namorado, porque não aguentava suportar esse fardo sozinha?

O arrepio voltou, mas o contive. Senti uma estranha capacidade de controlar meus pensamentos, de empurrá-los pela sala do cérebro como se fossem móveis. Estava grata por Zoe: era esse o sentimento em que deveria me concentrar. Não: estava grata pelo amor que sentia por ela.

Em casa, Zoe foi para a cama, e eu, direto para o meu notebook. Sentia o tremor se aproximando de novo e queria que meu post fosse infundido com o êxtase, não com o declínio, e definitivamente não com a sensação do dia seguinte. Zoe ia buscar a Melissa no aeroporto logo de manhã cedo.

Mas aí desperdicei os quinze minutos seguintes da euforia decrescente pesquisando no Google "banda Caroline", "Caroline banda novo álbum" e "Joe Morrow novo álbum". Não achei resenhas nem data de lançamento, mas o MySpace estava anunciando uma música para o verão. Havia fotos profissionais da banda que eu nunca tinha visto, posadas e editadas, com um cara novo no lugar de Luke Skinner. Joe com os punhos cerrados nos bolsos da calça jeans, encostado em um armazém industrial.

Quando finalmente comecei, consegui escrever apenas dois parágrafos antes que o tremor tomasse conta. Coloquei a culpa no Joe, que me assombrava do outro lado do país. Postei com o link da música e caí num sono pesado e enxaquecoso.

Todo mundo precisa de alguém para amar

Todo mundo precisa de alguém para dançar. Todo mundo precisa de alguém para chamar um táxi para a Noite do Soul no primeiro sábado do mês em São Francisco. Todo mundo precisa de alguém para sentir com a palma da mão o grave vibrando nas paredes, deixar que o som atravesse a pele e entre no corpo. Todo mundo precisa de alguém para mandar um cara intrometido se afastar quando precisa de um pouco de espaço, quando a música ameaça exercer poder sobre nosso corpo de forma tão imprudente — para te ajudar a sentir a beleza do que a canção pode fazer, enquanto te protege de perigos que ela também carrega.

Todo mundo precisa de alguém com quem tomar ecstasy e depois permitir que você acaricie seu lindo rosto na fila do banheiro, enquanto Wilson Pickett lamenta a verdade mais simples e verdadeira: "*Everybody needs somebody to love.*" Todo mundo precisa de alguém para amar. O Queen também disse: "*Find me somebody to love.*" Encontre alguém para eu amar. Quem mais? Muitas pessoas já se queixaram de quererem *ser amadas*, mas esses caras entenderam que é a doação — o amor que você tem — que mais importa. Afinal, onde colocar esse amor, se estivermos sozinhos? Pela minha experiência, não o damos a nós mesmos. Jogamos fora com o lixo todos os dias, até que ele aos poucos pare de se regenerar dentro de nós, e, amigos, vou contar para vocês: isso não é jeito de viver.

No dia seguinte, acordei com a sensação de que toda a umidade do meu corpo havia sido aspirada, deixando meus órgãos colados uns contra os outros, minha pele selada a vácuo sobre os ossos, meu cérebro amassado em uma bola de papel ressequida, implorando por serotonina. Quando me vi no espelho com uma aparência relativamente normal, levei um susto. Passei o dia inteiro na cama, bebendo água, lendo e navegando pela internet.

À noite, recebi um comentário interessante no post, de uma pessoa chamada Alma, da Alemanha:

> *Gosto de como este blog aborda a maneira de a música habitar e moldar cada parte da vida, não apenas no quesito emocional, mas também físico. Isso não acontece com outras formas de arte, não é? Normalmente não lemos livros ou observamos telas abstratas enquanto dançamos ou transamos — só conseguimos pensar nessas coisas enquanto a fazemos, mas é diferente, porque a arte não está tão presente. Você tem razão, é um poder ao mesmo tempo belo e assustador, mas principalmente belo.*

"Gosto de você, Alma", respondi no comentário dela. Não consegui encontrar mais informações sobre essa pessoa, mas decidi que, dali em diante, quando escrevesse, pensaria em Alma, e não nos frequentadores da cena alternativa.

Noite do britpop

1º de julho de 2006
Caroline, *Strong & Wrong*: 6,9

A longo prazo, dificilmente vão lembrar que o segundo álbum tardio de Caroline é claramente inferior ao de estreia, *Funny Strange*, de 2002. Porque, parafraseando Tom Petty na música "Into the Great Wide Open", "o executivo responsável por Artistas e Repertório da gravadora ouve um single". "Britpop Night", a faixa de abertura do álbum, é um hino animado para os hipsters bebedores de uísque de hoje. Ela é brilhante, sincera e enganosamente complexa, e ao mesmo tempo muito divertida — tão divertida, que deixou este autor quase furioso ("Qual o problema de a música ser *divertida*?", perguntei a todos que estavam por perto, com um sorriso gigante e incontrolável). É um feito e tanto o dessa canção: temática retrô, mas surpreendentemente atual; seis minutos de duração, e ainda assim passa rápido; repleta de refrões açucarados, mas com uma profunda carga emocional em sua essência. "*New Order on the rocks, two shots of Siouxsie / And I am an animal who's found his family.*" [New Order com gelo, duas doses de Siouxsie / E sou um animal que encontrou sua família], diz o refrão: uma doce expressão de pertencimento, alimentada, na grande tradição humana, pela fusão perfeita de música e bebida. Nunca precisamos tanto disso. Vocês viram aqui primeiro, nerds: "Britpop Night" será a música indie do verão.

O resto do álbum não consegue atingir o ápice da faixa de abertura, embora não faltem alguns momentos agradáveis. "The Pond" é uma carta de amor à distância em que o oceano representa a distância emocional: familiar, mas bem executada, com uma melodia descontraída navegando sobre um mar de guitarras jangle pop. E "Bay Window", uma balada de piano sobre a experiência intensamente pessoal de um homem em um evento muito maior do que ele (11 de Setembro, presumo, mas não de forma tão desagradável), me atingiu em cheio.

Uma produção mais refinada traz os vocais elásticos de Joe Morrow para o primeiro plano na mixagem, diferentemente do primeiro álbum, que os afogava em reverb — uma mudança bem-vinda, mas que coloca mais peso sobre suas letras, desta vez mais irregulares. "Soap Scum" parece ser uma música sobre ninguém ter limpado a casa durante um ano, no ensino médio, com guitarras de metal tentando preencher os buracos criados por metáforas amplas e narrativas vagas. E a penúltima faixa, uma musiquinha power pop chamada "You You You", tem uma letra tão terrível, que chega a diminuir o valor do álbum como um todo. "*I love you you you / I sure do / More and more and more / For and for and for / Ever.*" [Eu amo você você você / Com certeza / Mais e mais e mais / Para sempre e para sempre / Para sempre] É difícil imaginar isso saindo da boca do mesmo homem que criou *Funny Strange*.

Morrow tem o meu perdão por esses erros, no entanto. Porque com "Britpop Night" ele nos deu o clássico instantâneo que merecemos este ano. Com licença, enquanto volto ao meu sorriso incontrolável.

— Não — falei, me levantando da cadeira.

— Não o quê? — perguntou a designer sentada à minha frente.

Olhei para ela sem processar o que estava vendo. Eu tinha esquecido que estava no trabalho. Balancei a cabeça e fui até o banheiro do escritório, tranquei a porta e me sentei no vaso sanitário.

O verso "Sou um animal que encontrou sua família" era do meu post sobre "Mis-Shapes". "Bay Window" não foi a experiência de um homem só; foi a nossa experiência. "You You You" não parecia ter saído da boca do mesmo homem que fez *Funny Strange*, porque *Funny Strange* na verdade era meu também. Nada daquilo, de repente, parecia normal. Ao mesmo tempo, eu me sentia embriagada de euforia.

Coloquei a cabeça entre as mãos e me forcei a organizar os pensamentos. Primeiro: "Sou um animal que encontrou sua família." Ele claramente estava lendo meu blog, o que pareceu emocionante no começo, mas, quanto mais eu pensava na minha frase na música dele — minha frase *publicada* —, mais confusa eu ficava. Seria essa a maneira do Joe de se aproximar, tentar me dizer algo? Ou meu blog era apenas um recurso conveniente para ele, um portal de acesso público para o cérebro que ele às vezes pegava emprestado?

E "You You You": só por cima do meu cadáver aquela monstruosidade teria entrado no álbum se eu tivesse participado. "Para sempre e para sempre / Para sempre"?! Eu conseguia ouvir a melodia de semínima com alguma mudança idiota de teoria musical inserida em algum lugar: uma daquelas músicas que ele cantava na época da faculdade depois de cinco minutos, e achava genial até o dia seguinte, quando eu acabava com ela, e ninguém jamais saberia que aquilo existiu. *Ele precisa mesmo de mim*, pensei maldosamente.

Então veio uma onda de pura e emocionante animação por Joe. Ah, Joe! Levantei a cabeça, um sorriso se abrindo no meu rosto. Aquilo era uma crítica positiva, se não do inteiro álbum, pelo menos do single, e eu tinha conhecimento o suficiente para saber que era importante. Aquilo mudaria tudo. Eu o via como aquele garotinho esperando na calçada do bairro e senti que poderia me engasgar de alegria.

Voltei para a mesa e comecei a pesquisar ferozmente, sem fôlego. Aos poucos a imprensa já vinha comentando, embora o single ainda não tivesse sido lançado, e o álbum só fosse sair dali a dois meses. Havia até um artigo de destaque em uma revista de estilo de vida da Bay Area — "Garoto da Bay Area mira fama indie" — que parecia uma matéria de capa da *Rolling Stone*, com descrições de como ele segurava o garfo ("de leve, como se pudessem pedir que ele saísse do restaurante a qualquer momento") e a seguinte parte, muito reveladora:

> "Passei por um período de bloqueio criativo", diz Morrow, explicando o intervalo de quatro anos entre os álbuns. Pressionado a identificar a fonte do bloqueio, ele hesita e diz: "Havia uma garota." Em seguida, ri de si mesmo. "Não é bem o que parece, mas vamos deixar assim: 'Havia uma garota.' Não me importo de ser um clichê."
>
> À medida que a pressão da gravadora e de seus colegas de banda aumentava, Morrow descobriu que a melhor saída para o bloqueio era "ligar o foda-se". "Começamos a nos dar mais permissão para errar", comenta. "Eu em particular. 'Britpop Night' é basicamente um pastiche de

refrões. Um Frankenstein, que nunca funciona, mas desta vez funcionou. É por isso que chamamos o álbum de *Strong & Wrong*, que é algo que os músicos falam quando uma pessoa entra muito alto tocando as notas erradas — o que não é nada bom, na verdade, é meio que a maior vergonha que alguém pode passar. Mas queríamos assumir isso, porque algumas das melhores coisas deste álbum vieram de erros." Ele ri e revira os olhos outra vez, uma secura se infiltrando em sua voz. "É o meu álbum de erros."

E então, às três da tarde daquele dia, o single foi lançado. Havia um erro de digitação na postagem — claramente o lançamento foi uma decisão precipitada de alguém, uma tentativa de embarcar no burburinho causado pela resenha. Quem estava no comando dessas coisas agora? O próprio Joe apertou o botão, ou foi um dos figurões que Carlos mencionou? Eu sabia pouco sobre como o negócio funcionava; a banda estava em outro nível agora. Coloquei os fones de ouvido no notebook.

— Você está bem?

Minha chefe estava em pé perto da minha mesa, seu cabelo curto ainda balançando por causa do passo acelerado.

Tirei um dos fones.

— Oi! Precisa de alguma coisa?

— Oui. A final da imersão em Miami.

— Amanhã cedo. Desculpa.

Ela me chamou de millennial e foi embora.

A música era pura, brilhante e totalmente nova para os padrões de Joe. Synthpop atual, com uma linha de baixo sinuosa que me fazia rebolar na cadeira, meus quadris ainda mais animados que meu cérebro. A linha vocal era tão melódica, que eu mal conseguia identificar o refrão principal: seria o verso no estilo McCartney, o pré-refrão surpreendentemente diferente, ou o refrão empolgante, onde minha frase "Sou o animal que encontrou sua família" subia uma oitava e meia antes de pousar em um acorde suave e resolutivo? A letra completa não continha nenhuma outra referência direta ao meu post sobre "Mis-Shapes", mas a temática era quase idêntica, a mesma sensação de despertar da solidão em uma pista de dança, o mesmo chamado geracional à ação.

Havia um videoclipe também, felizmente de baixo orçamento: cenas vintage de clubes no estilo do movimento Madchester, intercaladas com a banda se apresentando em um palco escuro. Se tivesse sido alguma produção reluzente e cafona da MTV, eu poderia ter desmaiado na mesa. O carisma de Joe transparecia apesar de suas poses exageradas atrás do microfone.

Tirei os fones de ouvido e enfiei a cabeça entre as mãos. Eu teria vetado "You You You" com certeza. Mas será que teria vetado "Britpop Night" também, inadvertidamente? Aquele pré-refrão, que parecia ter sido tirado de outra música — eu teria brigado com ele por isso, e estaria errada. Será que o estava mantendo em algum tipo de faixa intermediária, evitando catástrofes, mas impedindo que alcançasse todo o seu potencial?

Enviei um e-mail de desculpas para minha chefe e depois desabafei por mensagem com Zoe, que me convenceu a não confrontar Joe ainda, a esperar até o álbum ser lançado. "Um single na internet é desprovido de contexto", disse ela, o que achei justo. Talvez ele tivesse dado crédito à minha frase no encarte; talvez mencionasse meu blog. E ainda havia "Bay Window" — qual ponte ele havia escolhido? Quantas cópias do CD eu deveria comprar? Pelo menos três, decidi — uma para ouvir, uma para guardar para a posteridade, uma para enviar pelo correio para minha mãe.

Os dias que antecederam o lançamento do álbum se arrastaram. Eu me mantive mais ocupada do que o normal, encontrando colegas para happy hours, ocupando os fins de semana com museus e shows. Teria sido um ótimo momento para uma viagem de negócios, mas eu estava na parte de "análise" do meu fluxo de trabalho, escrevendo relatórios, fazendo apresentações no PowerPoint, reunindo toda aquela informação criadora de tendências. Eu me permitia ouvir "Britpop Night" poucas vezes por dia, numa tentativa de manter a cabeça fora da maré de emoção que aumentava dentro de mim cada vez que a música tocava. A natureza exata da emoção estava sempre mudando, passando da raiva para o constrangimento e para a magnanimidade, mas cada vez mais forte. A raiva fervia em fogo baixo até o constrangimento chegar: quem era eu para ficar tão orgulhosa? Não era Dylan; não era Shakespeare. "Como um animal perdido que encontrou sua matilha", eu digitara no notebook do trabalho às três da manhã em um hotel de Miami. Uma frase mediana, na melhor das hipóteses. Mas, claro, não era mediana na música, com aquela melodia, a voz calorosa dele e toda a instrumentação exuberante brotando ao redor como flores silvestres, um ecossistema de beleza. Então veio a magnanimidade: que sorte a minha de fazer parte disso! De ter tido alguma participação nesta obra-prima! De ouvir minhas palavras comuns transformadas em tamanha magia! E era aí que a raiva voltava.

No dia do lançamento do álbum, saí do trabalho na hora do almoço e fui de ônibus até a filial da Amoeba em São Francisco. Encontrei o CD imediatamente na prateleira de lançamentos, uma capa gráfica preta e néon com dois adesivos: "NOVO" e "Com o single BRITPOP NIGHT". Comprei quatro cópias e rasguei o celofane assim que saí.

Só as letras e os créditos do estúdio; sem extras.

"Todas as músicas são de Joe Morrow, com agradecimentos especiais a Percy Marks."

Minhas mãos tremiam. Um punk que estava de bobeira ali por perto me perguntou se eu estava bem. Comecei a andar; primeiro fui em direção à minha casa, depois desviei da rua Haight rumo ao parque Panhandle. Ainda segurava com uma das mãos a caixa do CD aberta; com a outra, encontrei o nome dele no meu telefone.

Joe atendeu após o primeiro toque.

— Percy!

— Oi.

— Como você está?

— Meio puta?

Ele xingou baixinho.

— Estávamos sendo pressionados para lançar um single, e a letra inteira simplesmente surgiu na minha cabeça depois que li seu post sobre o Pulp. Não percebi que tinha copiado uma frase até a música já estar gravada, e aí você sabe, bom, esse é o nosso refrão. A banda toda decidiu que você entenderia. Estamos adorando seu blog, aliás.

— Obviamente. Primeira pergunta. Por que não me avisou? "Para sua informação, velha amiga, você está prestes a ser plagiada?"

Ele fez uma pausa, e, quando falou, foi com raiva.

— Não sei, Percy, pelo mesmo motivo que não te liguei quinhentas vezes nos últimos três anos? Porque você disse que era para eu te deixar em paz!

— Disse? — perguntei. — Na verdade, acho que o que falei foi que queria parar de te ajudar com as músicas, um pedido que, sabe-se lá como, você conseguiu violar sozinho. Muito bem.

Ele ficou calado, e eu senti um momento de triunfo por ter articulado a traição com tanta perfeição. Atravessei fora da faixa uma rua de mão única movimentada, desviando de uma fila de carros, e entrei no parque.

— De qualquer forma são, o quê? Oito palavras? — comentou ele, cansado.

— Tudo bem. Esquece "Britpop Night". E "Bay Window"?

Joe suspirou.

— O que tem ela?

— Eu coescrevi essa música, e você sabe disso! Compus a ponte completamente sozinha!

— Bem, a melodia da ponte foi minha...

— Não foi, não.

— Eu melhorei.

— Que classe! E totalmente irrelevante. Mesmo que eu tivesse escrito apenas a letra, isso é uma coautoria.

— Para pessoas normais, sim, é uma coautoria! — Sua fala finalmente estava acelerando para acompanhar meu ritmo. — Mas esse não é o nosso acordo!

— Nosso acordo?

— Sim! Nós conversamos sobre isso na faculdade. Você disse que não queria crédito, que as músicas eram minhas, que você não era compositora. "Eu só gosto de ajudar", foram suas palavras.

— É mesmo! Parece algo que uma garota de vinte e um anos diria para o crush. — Lancei um olhar furioso para um homem que cruzou meu caminho em busca de uma bola de basquete. — E é claro que você nunca questionou nada, porque as meninas fazem sua lição de casa desde que se entende por gente.

Joe bufou, com um riso de escárnio magoado.

— Você não sabe metade do que eu sei sobre autossuficiência, Percy.

Ele sabia como me atingir. Tirei o cardigã — estava suando frio, a pele pegajosa.

— "Bay Window" foi diferente.

Ouvi um arrastar de pés, uma mudança de lugar, e Joe suspirou outra vez.

— Foi um pouco diferente — admitiu.

— Por que não me dar os créditos, então? Foi horrível demais pensar em não ver "Todas as músicas escritas por Joe Morrow" no seu encarte?

— Percy.

— Estava preocupado que as pessoas fossem pensar que você não estava compondo as próprias músicas de verdade se tivesse uma coautora? Não sabe que isso só acontece com cantoras e compositoras mulheres?

— Percy, eu realmente pensei que você não queria saber de mim. Na verdade, fiquei pensando se você ficaria irritada por eu ter feito um agradecimento especial. Sério mesmo, já faz *três anos*!

O jeito como Joe disse isso minou a energia do meu passo. O nó na voz dele era tão familiar! Eu me sentei em um banco de ferro.

— Adorei o resultado de "Bay Window" — acrescentou ele, quando não falei nada. — Um pouco deslocada no álbum, mas tudo bem.

— Sempre esteve deslocada na sua obra.

— Talvez. O que você achou?

— Ainda não ouvi. Acabei de sair da Amoeba.

Ele começou a rir.

— Como você sabe que usei o que você escreveu?

— Simplesmente sei — respondi, mas mordi o lábio. Por que liguei tão depressa? Eu nem me lembrava de ter tomado a decisão de discar. Olhei para as quatro caixas de CD idênticas na minha mão. — Você usou?

— Não se preocupe, você estava certa. É a mesma ponte.

— Qual? "*Zoe comes over in the afternoon*"?

— Não. "*What a day to be so weak.*"

Dei um sorriso de leve, contra a minha vontade. Ele estava suavizando os contornos da minha raiva, mas a maior parte ainda pesava dentro de mim como um tumor, duro e imóvel. Joe não estava admitindo, mas queria ver "Todas as músicas escritas por Joe Morrow" no encarte. Claro que queria. Assim como queria as garotas. Ele queria tudo. Vesti meu suéter de novo e comecei a andar, dando a volta em direção à rua Haight. Uma mãe passou correndo com o bebê chorando no carrinho.

— Onde você está?

— Parque Panhandle.

— Hum. Muita neblina?

— Como uma cena de cemitério em um filme de terror.

— Nova York está fervendo. Estou em Greenpoint agora.

— Que legal.

Joe suspirou.

— Você pelo menos ouviu o single?

— Ouvi. É incrível, mas você não precisa que eu diga isso.

— Não preciso? — perguntou ele, esperando.

— Tá, tudo bem. Não consigo superar o quanto todos os trechos da música são diferentes, mas mesmo assim funcionam juntos. Nem entendo como essa música é possível. Já devo ter ouvido umas cem vezes e ainda não enjoei.

Eu podia senti-lo radiante pelo telefone.

— Mas o título é brega — falei. — Eu teria escolhido "Animal" ou "Animais". Mas ninguém mais está comentando isso, então dane-se.

Ele pigarreou.

— Desde quando você se importa com breguices? Publicou sobre "Just the Way You Are" no blog semana passada.

— Você pediu minha opinião — resmunguei.

Joe suspirou.

— Tudo bem. O que posso fazer? "Bay Window" não é um single. Talvez a gente consiga apenas um. Não vai render muito em royalties.

— Não tem a ver com royalties — falei. Eu estava de volta na rua Haight, caminhando em direção a uma horda de turistas. — Tem a ver com se sentir usada.

— Ah, qual é. Usada?

— É tão louco assim? Mergulhei fundo naquelas primeiras músicas, muito fundo. E quem leva toda a glória?

— Eu — respondeu ele com firmeza. Estremeci; era a palavra errada, "glória". — Porque eu fiz todo o trabalho, Percy. Ficava acordado até as quatro da manhã todas as noites escrevendo *Funny Strange*. Tocava todas as partes. Depois, tive que ensinar três pessoas aleatórias a tocar, a chegar para o ensaio na hora certa, a não se viciar em drogas na estrada. Morei em uma van com eles por um ano da minha vida, pelo amor de Deus.

Virei em uma rua lateral e me sentei no degrau inferior de uma varanda. Queria dizer que não estava pedindo para ser creditada por Joe tocar as partes da minha autoria ou por eu ser sua empresária de turnê; estava pedindo para ser creditada por compor. Mas estava com medo de que outras acusações mesquinhas estivessem esperando para sair da minha boca. Quem se importava com a glória? Eu queria o orgulho.

— Sei que você merece a glória, Joe — finalmente afirmei, baixinho.

— Mas isso ainda te deixa brava.

— Deixa — admiti. — E com inveja. Não consigo evitar. Foi a inveja que me fez perder o controle naquela noite do casamento. Ela sempre esteve presente. Sempre vou ter inveja de você.

— Tudo bem. Sempre vou me inspirar em você, mesmo quando me disser para não fazer isso.

— E sempre vou te criticar também. Não suporto quando você não corresponde ao seu talento.

— E sempre vou ser destruído pelas suas críticas.

Tirei o telefone quente do ouvido, lutando contra o impulso de jogá-lo na rua. O que mais poderia ser dito? Quando contei para Zoe mais tarde, ela falou que parecia que tínhamos trocado votos, mas uma versão bizarra. Não lembro exatamente como a conversa terminou, quem se despediu primeiro; só sabia que, sem sombra de dúvida, aquilo era o fim.

A fraqueza em mim

A turnê do álbum *Strange & Wrong* estava programada para passar por São Francisco no final daquele verão. Zoe e Melissa tinham ingressos; até os pais de Zoe compraram. Eu não queria ir e não queria explicar o porquê, então decidi viajar. De qualquer forma, era hora da minha turnê de recrutamento — juro que "turnê" foi a palavra que minha chefe usou, não eu, para a caça ao tesouro semestral de criadores de tendências pelo país —, embora estivesse uma semana adiantada. Los Angeles foi minha primeira parada, reservando uma estadia de quatro dias no hotel Mondrian na Sunset, começando na noite do show do Joe.

Parecia um plano inteligente até Zoe mencionar, bem animada, que eu ainda poderia ver a Caroline — a banda iria para Los Angeles logo depois de São Francisco! Eles tocariam duas noites no Troubadour enquanto eu estivesse lá! Joe Morrow era totalmente inevitável! Mantive o rosto neutro quando recebi essa notícia, embora, claro, ela soubesse exatamente o que estava fazendo.

Zoe me ligou na manhã seguinte ao show em São Francisco. Eu estava dirigindo por Hollywood em um carro alugado, bebendo água do spa do saguão do hotel em uma garrafa térmica e ouvindo músicas de Los Angeles (Laurel Canyon, Rilo Kiley).

Minha única experiência dirigindo como adulta tinha sido em Los Angeles, e sempre me fazia sentir uma espécie de alienação suave, quase agradável.

— Foi uma loucura — disse Zoe, em vez de "olá".

Apertei o telefone entre a orelha e o ombro, e abaixei o som.

— As pessoas estavam surtando. Queria falar para elas se acalmarem, é só o Joey! Mas não era só o Joey. Ele está em outro patamar agora.

Mais um, pensei.

— Quem foi?

— Todo mundo do colégio, para começar. Alguns deles mostraram fotos dos seus bebês, então foi estranho. O pai do Joey ficou escondido lá atrás por um tempo.

— Sério? Ele está...

— O quê, no AA? — Ela bufou. — Ele teve um bom ano, mais ou menos, um tempo atrás, mas não... Conversei com ele por cinco minutos e quase fiquei bêbada só de sentir o cheiro. Mesmo assim, estava muito orgulhoso, o que foi fofo.

Era insuportavelmente deprimente para mim a ideia de que o pai dele aparecer bêbado e ver parte do grande show do Joe pudesse ser considerado "fofo"... e "orgulhoso". Sério? Será que ele conseguia se orgulhar? Mas Zoe continuou a falar.

— Muita gente da faculdade, claro. Algumas pediram para mandar um oi para você. Sua antiga colega de apartamento estava lá!

— O quê? Megan?

— É! Contei o que você anda fazendo. Ela nem sabia do seu blog.

Isso me fez sentir culpada, embora não soubesse dizer com certeza se era a culpada por perder o contato com Megan. Ela havia desaparecido sem dizer nada.

— Também vi o Joey antes do show — comentou Zoe, um pouco cautelosa. — Ele foi almoçar na casa dos meus pais. A Melissa também. Foi muito... Cara, foi muito especial. Meu pai ficou tão empolgado para fazer tamales para ele! Minha mãe tomou duas mimosas e ficou toda altinha. Queria que você tivesse ido.

Virei na Santa Monica Boulevard, um daqueles quarteirões que a gente vê nos filmes, ladeado por palmeiras imponentes. O sr. Gutierrez tinha cozinhado para nós três uma ou duas vezes, lá no outono de 2000. A Melissa provavelmente tinha se sentado na minha cadeira, a preferida do gato, quentinha e coberta de pelos.

— Ainda tá aí?

— Desculpe. Estou dirigindo. — Pigarreei. — Você foi aos bastidores depois do show?

— Sim, mas foi um caos porque Joey deixou todos os nossos amigos entrarem. Vai ser mais tranquilo hoje à noite.

Eu não disse nada.

— Percy — falou em tom de aviso. — Ele sabe que você está aí.

— Ah, sabe? Obrigada, Zoe. — Passei pelo Troubadour, passando o máximo possível encarando a palavra CAROLINE escrita em letras maiúsculas pretas na marquise. — De qualquer forma, está esgotado.

— Manda uma mensagem para ele. Sério. Não ligo se você vai aos bastidores ou não, mas não deixa de ir ao show. Não sei por que se privaria disso.

— Me privar disso! Hilário!

— "Bay Window" foi o ponto alto da noite. Todos concordaram. Só ele e o piano, quase no final do show.

Liguei a seta para poder pegar o retorno.

— Tá.

Esperei até voltar ao hotel, confortável na cama enorme.

Zoe disse que talvez você tenha um ingresso pra mim hoje à noite em Los Angeles?

A resposta dele foi instantânea:

Claro! É só dar seu nome na porta lá na hora. Vou te colocar na lista de acesso total.

Falei:

Ok. Provavelmente não vou ficar depois do show — estou aqui a trabalho.

Joe protestou:

Nããão, pelo menos dá uma passada lá pra me dar um abraço.

Isso pareceu estranhamente amigável, considerando nossa última conversa. *Talvez eu devesse ir aos bastidores*, pensei. Parecia emocionante mesmo. E então ele escreveu:

Minha namorada vai estar lá, se é com isso que você está preocupada.

Larguei o telefone nos lençóis brancos brilhantes. Um minuto depois, a tela acendeu novamente:

A banda dela vai abrir nosso show.

E de novo:

Só tô falando que não tem perigo de a gente transar sem querer, que nem na última vez que a gente se viu, haha.

Meu estômago ficou embrulhado. Pesquisei no Google a banda de abertura — o letreiro do Troubadour dizia THE CURLERS —, e soube imediatamente que era a baixista. Eu a tinha visto em uma foto com o Joe alguns meses antes no site *Last Night's Party*, enquanto vasculhava os blogs de festas em busca de fotos que pudesse usar no meu relatório de tendências. Eles estavam parados um ao lado do outro em uma festa num armazém, sem se tocarem, então não pensei muito nisso. Mas agora lá estava o rosto dela de novo, na capa do álbum de estreia homônimo da The Curlers, a pele clara e impecável sob o flash da câmera, o cabelo repicado ruivo e chamativo. Encontrei a foto do armazém novamente e desta vez consegui ver: a inclinação íntima dos ombros deles, que eram quase da mesma altura, e um brilho de suor combinando, como se tivessem acabado de dançar ou se apresentar.

Joe ainda estava mandando mensagens.

"Bay Window" está arrasando

Você viu as atualizações on-line? Os advogados trabalharam rápido, eles vão enviar documentos pra você.

Abri o iTunes Store e lá estava: "'Bay Window' (J. Morrow/P. Marks)."

Morrow/Marks!

Agora eu estava sorrindo de orelha a orelha e ainda me sentia enjoada. Meu Deus, era glorioso. Tirei um print do iTunes, depois da Wikipédia e de todos os outros sites que consegui encontrar. No mural do MySpace da banda, uma postagem recente:

Devido a um exemplo extremo de erro humano, a música "Bay Window" foi indevidamente creditada na primeira impressão do CD como sendo apenas de Joe Morrow. "Bay Window" foi, na verdade, coescrita por Joe Morrow e Percy Marks. Confira o blog dela, *Músicas da Walgreens*. Obrigado, Percy.

Peguei meu telefone novamente:

De nada, Joe.

Enviei a captura de tela para minha mãe, pedi um macarrão no serviço de quarto, fui me sentar à mesa e me olhei no espelho redondo com borda de latão durante todo o tempo que o prato levou para chegar, observando as emoções cruzarem meu rosto e desaparecerem quando eram percebidas. Ele estava começando a mudar um pouco na segunda metade dos meus vinte e poucos anos: mais magro, não tão redondo. Eu não ligava; as bochechas cheias sempre me causaram certo constrangimento. Em todas as fotos promocionais que vi do Joe, e naquela com a ruiva, ele parecia o mesmo. Mas nunca tinha parecido jovem de verdade.

O macarrão estava morno e difícil de mastigar, e não conseguia engolir muita coisa. Por um instante, mergulhei em uma busca na internet sobre a baixista — nascida no Brooklyn, pintava telas abstratas na Escola de Arte, Design e Moda Central Saint Martin's; dividia os créditos de coautoria com os outros integrantes do The Curlers nas músicas, que eram, em sua maioria, sem graça, mas com um baixo firme e melódico —, antes de decidir que não queria mais informações sobre essa mulher, nunca, apertando repetidamente o botão de voltar do navegador, como se isso fosse apagar aquelas páginas da minha memória.

Em seguida, procurei Raj no Facebook. Ocorreu-me que ele talvez tivesse voltado para a cidade natal, que talvez estivesse sozinho em algum lugar não muito longe de mim, mexendo uma panela de molho no fogão. Eu tinha razão: Raj tinha voltado. E estava casado.

Casado! A esposa dele era linda — na foto, estava com um vestido branco tomara que caia numa praia sem graça pra cacete. *Eu diria que pareceu um sonho, mas nunca tive um sonho tão bom*, era a legenda de Raj.

Fechei o notebook com força. "Quem se casa hoje em dia?", resmunguei para o espelho. De repente, fiquei tão enjoada daqueles quartos! Podia jurar que já tinha visto aquele espelho em centenas de hotéis diferentes.

Às nove e meia, fui dirigindo até um evento terrível do DJ Steve Aoki. Recrutei um único criador de tendências medíocre e, então, quando o show da Caroline certamente já estava a todo vapor, voltei para o Troubadour. Estacionei o carro alugado numa ladeira depois de míseras doze tentativas de fazer a baliza. O segurança encontrou meu nome em uma lista e me entregou um crachá de acesso total preso a um cordão.

— Não vou precisar disso — falei. — Só estou aqui para ouvir uma música. Eles já tocaram "Bay Window"?

Ele carimbou minha mão sem dizer nada.

Entrei com "Funny Strange" soando melhor do que eu jamais ouvira, a guitarra do Joe nem tão abafada, como no álbum, nem excessivamente destacada, como geralmente era ao vivo. Eu não conseguia vê-lo, apenas as cabeças da multidão recortadas contra um arco-íris de luzes do palco, mas sua voz fez o que sempre fazia comigo. Pedi uma dose de tequila e uma cerveja preta no bar, e comecei a abrir caminho pela plateia.

A banda começou a tocar a música seguinte, uma daquelas entediantes de power pop do novo álbum, justo quando achei um espaço vazio. Joe estava com o cabelo desgrenhado, seus cachos longos demais para o comprimento de sempre, e o meio centímetro de barba por fazer que suavizava os ângulos do seu rosto. Ele foi até o microfone e cantou o primeiro verso enquanto arrasava na guitarra: "*I'm only a humannn...*"

Fiquei surpreso ao ouvir uma garota atrás de mim cantando alto junto. Eu me virei para olhar: no máximo, universitária, com os olhos brilhantes de uma superfã.

— *Not even one of the good ones* — cantaram Joe e a garota, em uníssono. Ela estava realmente soltando a voz, direto no meu ouvido.

— Essa música não é incrível? — gritou ela para a amiga durante um intervalo instrumental.

— Sei lá — respondeu a outra, na dúvida. — Eles não deveriam ter tocado "Britpop Night" tão cedo. Ela coloca a régua lá em cima.

Achei que a amiga provavelmente estava certa, mas fiquei aliviada ao saber que tinha perdido "Britpop Night". Pedi uma vodca dupla com tônica para uma garçonete triste que se esgueirava pela multidão e observei o teto do lugar, o bar atrás de nós, o mezanino caindo aos pedaços. Quando olhei para Joe cantando, me senti sobrecarregada e atormentada — a imagem da última vez que o vi, sua silhueta na luz fluorescente da escada do terraço, sobrepunha-se à cena no palco —, mas, ao desviar o olhar, pude sentir uma certa paz em relação a tudo. Consegui ficar feliz por ele. Joe havia feito o possível para consertar os erros que cometeu comigo. E havia seguido em frente.

Raj também.

Quanto mais bebia, mais esperava que chegassem em mim. Certamente algum cara tentaria; eu não teria sido exigente.

Mas ninguém sequer acenou — uma mulher sozinha em um show! Todas aquelas noites furtivas em casas noturnas pareciam ter me dado um superpoder de invisibilidade.

A garçonete apareceu com minha vodca assim que o palco escureceu e a banda foi embora. Um momento depois, dois holofotes iluminaram Joe com um piano elétrico Wurlitzer. Empurrei uma nota de vinte para a garçonete e a dispensei. Joe estava olhando para a multidão, com a mão protegendo os olhos. Havia uma tatuagem na parte interna do antebraço, ou talvez fosse o setlist rabiscado com Pilot.

— Percy está aqui? — perguntou ele.

Eu me ouvi rindo, em choque. As pessoas começaram a se olhar, mas ninguém olhou para mim.

— Compus essa música para ela, e também com ela, o que é tão complicado quanto parece — disse ele, provocando algumas risadas. — Percy? Grita se você estiver aqui.

— Estou aqui — gritei, ou pensei ter gritado, mas minha voz saiu baixinha. — Aqui! — repeti, com um aceno fraco.

A superfã atrás de mim e sua amiga começaram a pular e berrar:

— Ela está bem aqui, Joe! Joe! Aqui!

Joe acenou com a cabeça em nossa direção, satisfeito, embora eu percebesse que ele não conseguia me ver sob o brilho dos holofotes. Então, olhou para as teclas e começou a tocar.

— *It's a movie* — cantou, o que recebeu uma onda surpreendentemente alta de aplausos de reconhecimento, até mesmo alguns gritos. Joe manteve a concentração e cantou o próximo verso em um tom acima dos gritos: — *But it's happening.* — A garota atrás de mim estava quieta agora; eu podia sentir sua profunda consciência da minha presença. — *Eating black beans. Hours passing.*

Eu me lembrava de ter ficado insatisfeita com aquele verso quando o escrevemos, mas, agora, quem se importava? As pessoas estavam encantadas. Será que, no fim das contas, escrever uma música não era tão difícil assim?

— *I said I know...* — ele estremeceu na nota mais alta — *that I want children. It makes me feel like a monster.*

Uma garota parada à minha esquerda levou a mão ao peito, emocionada.

— *From the woman I love's ba-a-ay window...* — Ele conduziu o melisma por todo o corpo. — *I watch the world begin to end.* — O lugar estava em silêncio absoluto agora. — *In the woman I love's ba-a-ay window, I see the good give up again.*

Joe permaneceu ali, com o corpo ligeiramente curvado, antes de se endireitar e retornar aos acordes das estrofes. A garota à minha frente ainda estava com a mão no peito. O namorado a abraçou.

The anchor's stumbling. He thinks he's dreaming.

O âncora está tropeçando. Ele acha que está sonhando.

Esses eram os meus versos. Os olhos de Joe estavam fechados, a testa franzida, brilhando.

The music doesn't come. So I start cleaning.

A música não sai. Então eu começo a limpar.

Depois, a mudança melódica:

The phone rings, but it's always for her. Everything I do is for her.

O telefone toca, mas é sempre pra ela. Tudo o que eu faço é pra ela.

Pelo menos três mulheres por perto se viraram para me olhar, voltando a cabeça para a frente num estalo. Senti um calor subindo pela ponta dos dedos. Quando Joe cantou aquela parte na loja de pianos, ela simplesmente pareceu perfeita — uma bela repetição do verso anterior, ao mesmo tempo que era desconexa o suficiente para ser interessante. A ideia de que continha algo de real não me ocorrera, não de verdade, até aquele momento. Mas, é claro, em algum lugar nos bastidores — talvez observando das sombras, longe da minha vista — estava uma namorada baixista que sabia a verdade: tudo aquilo era uma história antiga; "a mulher que eu amo" era só uma frase que soava bem; Joe era dela.

Ele cantou o refrão de novo, mais alto e mais envolvente, depois tocou com vontade os acordes da ponte.

She tries to kiss me as the sun goes down, I only give her my cheek.

Ela tenta me beijar enquanto o sol se põe... Eu só lhe dou a bochecha.

Sua voz estava magoada e ousada, chorosa, majestosa.

I promise friendship and we face the screen again.
What a day to be so weak.

Prometo amizade, e encaramos a tela de novo.
Que dia para ser tão fraco.

Ele saboreou a última palavra, a voz transbordando desespero. Baixou a cabeça por um instante de silêncio antes de cantar o refrão mais uma vez, agora mais baixo, e então se inclinou para trás e ergueu as mãos.

A plateia explodiu em aplausos.

— Valeu, pessoal — disse Joe humildemente, tirando o cabelo da testa, e os companheiros de banda retornaram ao palco. — Vamos tocar mais uma?

Eu me virei e atravessei a multidão em direção à porta, louca para tomar um ar. Estava bem quente lá fora, para o horário, e a calçada estava cheia de homens de regata. Andei rápido, sem saber exatamente onde estava ou onde havia estacionado, embora não me sentisse em condições de dirigir, de qualquer forma. Era como se tivesse cheirado duas carreiras grossas de cocaína. Meu rosto doía, e percebi que era por causa de um sorriso enorme e perturbado; massageei as bochechas enquanto caminhava, tentando relaxá-las, mas elas sempre voltavam a se erguer.

Aquela plateia tinha adorado nossa música. Adorado. Minha ponte tinha sido perfeita. Minha ponte! Seria possível que se tornasse um segundo single?

Virei em direção à Sunset, abandonando o carro e subindo depressa os longos e íngremes quarteirões, no ritmo do meu coração acelerado. Eu estava tentando caminhar até o hotel, mas, quando as lojas e casas noturnas se transformaram em entradas escuras de mansões, percebi que tinha virado para oeste em vez de para leste, na Sunset, e tive que voltar. Ao passar por West Hollywood novamente, uma voz me chamou de uma rua lateral.

— Você é a garota na ponte!

Era a superfã. Ela estava entrando em um carro com a amiga, que abria a porta do motorista.

— Eu *escrevi* a ponte — falei.

Ela balançou a cabeça, com uma expressão de admiração no rosto.

— Nossa, "Bay Window" é basicamente a minha música favorita de todos os tempos. Aquilo tudo aconteceu mesmo?

Assenti.

— Até a parte do feijão.

— Incrível. Esse é o melhor "foda-se" da história dos "foda-se". Tipo, tá, você não quer me beijar? Vou fazer você cantar sobre esse erro pelo resto da vida, cara. Daqui a uma década você vai cantar sobre isso no Troubadour, cara.

Eu ri.

— Bem, o dia 11 de setembro foi, o quê, cinco anos atrás?

— Ele ainda vai estar cantando sobre isso daqui a cinco anos. E quando tiver quarenta. — Ela assentiu. — Enfim, foi uma honra te conhecer.

— Você também — respondi, sem jeito, e retomei minha marcha pela Sunset.

A interação inflamou ainda mais minha adrenalina. Em uma loja com iluminação fluorescente chamada Pink Dot, que parecia ser a versão da Sunset Boulevard de uma loja de conveniência, comprei uma garrafa grande de isotônico. Minhas panturrilhas estavam tensas e doloridas. Eu me sentei no meio-fio do pequeno estacionamento da loja e levei a garrafa gelada ao rosto latejante e quente, mas ficar sentada parecia fazer meu coração bater ainda mais forte, então me levantei e continuei andando, mais rápido, tentando escapar da pulsação no peito. Os famosos outdoors da Sunset se erguiam acima de mim, estranhamente brilhantes e em ângulos estranhos, não projetados para serem vistos por pedestres.

No quarto de hotel, a solidão parecia já estar lá, esperando pela minha chegada. Me entreguei a um desejo avassalador de coçar o couro cabeludo e a pele dos braços, andar no espaço limitado que podia percorrer, dar meia-volta ao redor da cama. Quando o sangue começou a se acumular sob as unhas, peguei o celular. Sabia que a Zoe estaria dormindo na casa da Melissa, então liguei para a casa dos meus pais.

Minha mãe atendeu meio atordoada.

— Você está bem? O que houve?

— Desculpa. Achei que talvez você já estivesse no jardim.

— O que aconteceu?

— Não sei. Acho que estou tendo um ataque de pânico ou algo assim.

Eu ainda estava andando de um lado para o outro. Ouvi minha mãe dizer algo para o meu pai e acender uma luz.

— Vi o Joe cantar a música que escrevemos, e as pessoas adoraram. Tipo, perderam a cabeça. Isso me deixou tão feliz, mãe, eu... É possível estar feliz demais? Sinto como se estivesse entrando em pane, de tanta felicidade. Meu coração está batendo tão depressa, que está me assustando.

— Isso não parece felicidade.

— Emoção, talvez? Foi incrivelmente emocionante.

— Beba um pouco de água.

— Já tentei. Minha garganta está, tipo, fechada.

— Onde você está?

— No quarto de hotel, na Sunset Boulevard.

Ela deu uma risadinha que significava que minha vida era tão glamorosa, que eu não estava valorizando as coisas que tinha.

— Querida, você está bem. Respire fundo. Solte o ar devagar.

Apoiei a testa no vidro grosso da janela que ocupava toda a parede. Los Angeles era uma cidade tão desinteressante à noite, as palmeiras perdidas na escuridão, os bulevares reduzidos a linhas pontilhadas de luz. Eu me perguntava onde as bandas estariam hospedadas. Forcei uma inspiração profunda, e o ar pareceu trazer consigo uma dor clara e penetrante, como uma longa agulha inserida no meu âmago. Ao expirar, senti os ombros relaxarem.

Aqueles intrincados acordes de baixo. O corpo alto e magro de uma mulher que sabia dominar seu instrumento.

— Estou bem — falei ao telefone. — Pode voltar para a cama.

— Tem certeza?

— Tenho. Ouvir sua voz ajudou muito.

— Ele é só um garoto — disse ela com ternura. — É só uma música pop. Agora descanse um pouco.

Uma musicista de verdade. Eles provavelmente compunham músicas juntos o tempo todo, os violões na cama como se fossem animais de estimação, harmonizando. E eu tinha desistido da minha chance de voltar a compor com Joe. Tinha entregado isso para aquela garota em uma bandeja de prata reluzente.

Saí da janela e encontrei meu iPod. Uma música pop: isso ajudaria. Tirei a calça jeans e enfiei as pernas exaustas debaixo dos lençóis, percorrendo a biblioteca de músicas. Precisava de um remédio de verdade, aquele que administram para parar uma overdose. Então eu vi: Joan Armatrading, "The Weakness in Me".

A voz dela era como um óleo suntuoso e quente massageando meus músculos. Jornalistas sempre a chamavam de "rouca", "masculina" ou "gutural" — palavras que pareciam terrivelmente incorretas e, além de tudo, homofóbicas. Para mim, a voz dela era perfeita, pura, e isso a tornava impossível de descrever; as palavras sempre iam longe demais em uma direção ou outra.

E o que ela estava dizendo, com aquela voz! O que ela estava perguntando! "Esse poder que você tem sobre mim", Joan pergunta ao amante, "é por sua causa, por causa do seu poder, do seu magnetismo, da sua força? Ou é por causa da minha própria fraqueza?".

Adormecemos juntas, eu e Joan, encolhidas com os braços em volta de um travesseiro comprido. Pouco antes de cair no sono de vez, tive uma ideia.

* * *

Acordei ao amanhecer, apenas uma ou duas horas depois. Não tinha fechado as cortinas, e um raio de luz laranja incidia diretamente sobre a cama. Então lembrei. Fui até a escrivaninha, abri o notebook — a foto do casamento de Raj teve que ser fechada às pressas — e procurei Luke Skinner na minha caixa de entrada de e-mail.

Havia dois e-mails dele, ambos sem resposta: seu pedido inicial de feedback, de quase um ano antes, e outra mensagem mais recente. Esta incluía um link para seu álbum quase finalizado, protegido por senha. As músicas não estavam mixadas, ele avisou, e as duas últimas talvez fossem descartadas. O projeto se chamava Skinner, mas era uma banda, como Van Halen ou Bon Jovi, explicou — como se qualquer uma dessas referências fosse remotamente relevante do ponto de vista cultural. Ele ainda estava na gravadora de Caroline, mas tinha um produtor diferente e buscava um som mais sombrio e descolado. Sem pressão, mas ocorreu-lhe que talvez o primeiro e-mail tivesse ido parar na caixa de spam.

Digitei a senha no FTP, apertei play e pedi serviço de quarto.

Skinner descreveu como pós-punk, mas eu diria dance rock por causa de todas as linhas de sintetizador em *staccato* gritando por cima da guitarra e do baixo, e porque o pós-punk dava muito crédito musical ao projeto. Seu canto era monótono na maioria dos versos, então ele tentava algum tipo de melodia no refrão. As letras eram quase ininteligíveis, góticas, com algumas metáforas espaciais e/ou alienígenas. Todas as músicas tinham títulos longos e pretensiosos. A terceira faixa era obviamente o single, com vocais mais refinados e um riff de sintetizador razoavelmente cativante.

No MySpace, a banda estava superproduzida, ostentando mullets pretos e jaquetas militares combinando. Dava para imaginar o cara responsável por Artistas e Repertório falando sobre isso para a gravadora: "Vai ser tão fácil divulgar!" Joy Division com a força do *American Idol.* Bowie sem a inconveniência da arte.

Ouvi todas as treze músicas enquanto devorava uma pilha de panquecas, depois ouvi outra vez. Mais tarde naquela manhã, no chuveiro, apenas uma das músicas ficou na minha cabeça. Não era o single; era uma das duas que estavam na berlinda. O título, "Least Worst Night of the Century So Far", pelo menos tinha algum charme. E o refrão tinha um gancho de verdade, embora estivesse enterrado em uma produção abafada.

Liguei para o número na assinatura de e-mail de Luke Skinner e deixei uma mensagem de voz. Ele retornou um minuto depois.

— Cheguei tarde demais para ajudar com o seu álbum? — perguntei.

— Estamos mixando, então provavelmente. Por quê? — Ele parecia mais atento do que eu esperava, mais velho; estava levando aquilo a sério.

— Gostei de "Least Worst Night of the Century So Far".

— Cortamos essa.

— Isso é um erro. É a melhor do álbum.

Luke Skinner ficou em silêncio por um minuto e então disse:

— Só temos onze músicas.

Atravessei a sala até a janela. Los Angeles era um bolo de camadas em cores pastel agora, coberto por uma espessa neblina sob um céu azul-claro.

— Me dá uma chance. Se for boa, você tem a décima segunda.

— Não quero que as pessoas pensem que a gente teve dificuldade para terminar o disco. *Strong & Wrong* tem catorze.

— Bem, metade delas é uma bosta.

Pelo telefone, dava para ouvir Luke sorrindo.

— Beleza, me manda suas ideias.

Na cidade lá embaixo, avistei a linha inclinada da Santa Monica Boulevard e a segui em direção ao Troubadour.

— Não mando ideias sem contrato — avisei. — Cinquenta por cento dos créditos pela composição. E eu quero produzir.

A noite menos pior do século até agora

O estúdio ficava no Brooklyn, um prédio antigo perto da água. Antes de entrar, joguei meu café do Dunkin' Donuts pela metade em uma lata de lixo na esquina. A cafeína não estava ajudando em nada na ansiedade.

Luke Skinner estava financiando a diária sozinho, o que significava que estávamos em um estúdio um pouco mais barato, no mesmo prédio onde a banda havia gravado suas músicas semanas antes, à custa da gravadora. Paguei minha passagem de avião, passei a noite no sofá da Nomi e pegaria um voo no meio da madrugada naquela noite mesmo. Minha chefe achou que eu estava indo para um casamento.

No final de um longo corredor de concreto, encontrei uma versão menor e mais desorganizada dos estúdios que tinha visto em documentários musicais. Cabos pretos pendiam em longas voltas saindo de teclados espalhados. Luke estava sentado ao lado de um cara que reconheci da internet: Dennis, o coproprietário e engenheiro do estúdio, ambos de frente para um grande painel de controle e uma tela de computador. Um centímetro e meio de raiz castanha aparecia no cabelo pintado de preto de Luke. Dennis tinha o nariz cheio de vasinhos rompidos e estava no meio de um cigarro, o que tornava a cena chocantemente anacrônica, como entrar em um cassino.

Não havia janelas. Fiquei parada com a mala de rodinhas até que me notassem.

— Olha ela aí — disse Luke, e me deu um abraço rápido. O engenheiro levou o cigarro à boca para apertar minha mão, sem nem se levantar da cadeira por completo.

Eu me sentei num sofá duro atrás dos dois, que repassavam o cronograma do dia. Eu concordava com a cabeça, sempre meio segundo atrasada, lutando para decifrar o jargão da indústria. Dennis disse que o dia seria dedicado exclusivamente à produção de áudio no Pro Tools, uma vez que todas as músicas já estavam gravadas.

— Exceto os vocais — falei.

Luke parecia nervoso.

— É isso mesmo. Temos letras novas.

Dennis se recostou na cadeira e a balançou.

— A cabine de isolamento deixa a diária mais longa e, portanto, mais cara.

Então houve uma discussão tensa que não entendi totalmente, embora imaginasse que Luke estava sendo enganado. No final, fomos autorizados a gravar novos vocais na cabine de isolamento, mas precisávamos finalizá-los em uma hora, e teríamos que fazer isso em meio a uma apreensão crescente, que parecia vir não apenas do relógio correndo, mas da rápida deterioração da opinião de Dennis sobre nós dois.

Luke entrou na cabine à prova de som do outro lado de uma divisória de vidro, e eu me sentei em sua cadeira. Dennis me mostrou como usar o botão de resposta para me comunicar. Em uma tela preta, as faixas da música corriam em listras horizontais. Um quadro de cortiça na parede, a centímetros da minha cabeça, estava cheio de bilhetes escritos à mão, broches promocionais e fotos espontâneas de pessoas no estúdio, que me chocaram, uma a uma: Karen O! TV on the Radio! Peraí, aquele era o *Bowie*?

Peguei o celular.

— Onde fica o banheiro?

— Agora? — questionou ele, mas apontou com a cabeça para o corredor.

O banheiro estava vazio e estranhamente quente. Entrei em uma cabine e liguei para a Zoe.

— Oi, querida.

— Minhas axilas estão pingando suor — falei. — Essa é a minha chance, e já estou estragando tudo.

— Sério?

— Estou andando por aqui feito uma novata na escola, perdendo tempo. O engenheiro me odeia, e ele conhece todo mundo, então vai espalhar, eu sei. O que estou fazendo aqui, Zoe? Onde estava com a cabeça, achando que num estalar de dedos me transformaria no George Martin?

— Espera — disse Zoe, e ouvi uma digitação rápida. — Não, você não é um George Martin. Ele era um arranjador sinfônico com formação clássica, o que influenciou muito o estilo de produção dele. Você é um Rick Rubin.

— Não acredito que você sabe quem é Rick Rubin.

— Prevendo esta ligação, fiz uma pesquisa.

Entendi o argumento dela: Rubin era famoso por sair do caminho dos artistas, de forma mais recente com uma série de lendas absolutas.

— Não estou lidando exatamente com o Johnny Cash aqui — falei.

— Rick Rubin também produziu o Limp Bizkit.

Ri e saí da cabine, lavei as mãos. Por uma janela gradeada no teto, entrava uma lufada de ar bem-vinda, uma brisa fresca de início de outono vinda da água.

Zoe lia em voz alta:

— "Rubin tem pouca habilidade musical ou tecnológica. Seu talento, imenso, é determinado pelo seu gosto."

Eu me olhei no espelho. Nomi tinha me emprestado um batom marrom-avermelhado, bem mulher de negócios, para aquela manhã. Tirei-o com as costas da mão.

— Você me ouviu? — perguntou Zoe. — Suas axilas estão secando?

— Sim — respondi. — Obrigada, Zo.

Voltei rapidamente para o estúdio, onde com uma das mãos o engenheiro digitava em um BlackBerry e com a outra acendia mais um cigarro.

— Espero que tenha aproveitado seu xixi de trinta e cinco dólares — disse a voz de Luke Skinner pelo alto-falante.

Ele cantou a música de cima a baixo com seu rosnado afetado, segurando uma cópia impressa da letra que enviei por e-mail. Eu havia substituído todas as abstrações e metáforas de naves espaciais por detalhes concretos que esclarecessem o assunto central da música, que era, como grande parte do álbum, sobre seguir em frente sozinho, depois de anos se sentindo sufocado. Calibrei minhas edições para que a música fosse sobre um término de relacionamento, mesmo que o término em questão fosse claramente com a banda Caroline. Luke me surpreendeu ao acatar as mudanças com uma resposta em letras maiúsculas: *É ISSO AÍ*. Ele também gostou da minha melodia ligeiramente modificada — enviei um arquivo de áudio meu cantando aos sussurros, separando as notas, assim como Joe tinha feito na minha ponte de "Bay Window" —, embora Luke estivesse desfazendo tudo de novo agora, na cabine de voz.

Quando ele terminou, o engenheiro olhou para mim com as sobrancelhas erguidas. Apertei o botão de resposta e pigarreei.

— Você pode fazer de novo, mas desta vez, tipo, só *cantando*?

Luke me encarou pela janela da cabine de som. Ouvi o engenheiro rir de leve, com crueldade, embora não tivesse certeza se era de mim ou de Luke.

Eu me levantei e fui até a cabine para que pudéssemos conversar em particular. Luke me esperou de braços cruzados, um olho no relógio pendurado no centro da sala principal.

— Escuta. Tudo bem você não saber cantar — falei.

Ele zombou. Eu estava parada na porta aberta da cabine, apoiando-a com o quadril, mas ainda estávamos desconfortavelmente próximos.

— Não, sério, tudo bem. Pense no Dylan, Cave, Mangum. Você não precisa que eu diga isso. A diferença é que esses caras não se importavam. Você precisa começar a se importar menos, *agora*. Não simplifique a melodia para se adequar à sua amplitude vocal. Use as notas que enviei. A gente conserta depois. — Eu não tinha muita certeza de como iríamos consertar depois, mas confiava no Pro Tools.

Luke olhou para o relógio outra vez, depois para mim, sustentando meu olhar por um longo segundo.

— Ele vai ficar muito puto — avisou, franzindo a boca como se estivesse saboreando algo delicioso. Então, colocou os fones de ouvido e encarou o microfone.

Voltei para a sala de controle me sentindo um pouco enjoada. Não que não tivesse pensado nisso, que tinha sido contratada por vingança, pelo menos em parte. Era o tipo de pensamento sombrio e improvável que surgia de vez em quando tarde da noite e que eu havia aprendido a enfiar de volta nas profundezas do cérebro antes que se transformasse em autodestruição. Mas era verdade daquela vez. Tão verdade quanto a previsão de Luke: Joe ficaria muito, muito puto.

Quando me sentei de novo atrás do console, senti uma onda de ódio pelos dois. Deixa Joe ficar puto. Deixa Luke ficar convencido. Eu estava produzindo uma música.

— Tudo bem por aqui? — perguntou Dennis.

Balancei a cabeça e relaxei os ombros.

— Sim. Foi mal — falei.

— Ele é um picareta — Dennis comentou.

Mas a gravação seguinte foi melhor. Mesmo que a voz de Luke falhasse nas notas mais difíceis, ficou boa, ficou emocionante. A terceira, a quarta e a quinta gravações foram ainda melhores, e então, assim que nossos retornos começaram a diminuir, a hora havia acabado.

Luke saiu para buscar comida para todos nós enquanto Dennis e eu nos sentávamos diante da tela.

— Quero mais *espaço* — falei. — Mais espaço para cada instrumento respirar, principalmente ao redor do refrão.

Expliquei meu raciocínio — é uma música sobre solidão e liberdade, não deveria parecer tão lotada —, mas ele já estava concordando e arrastando pedaços de música pela tela. Cada reprodução soava melhor. Luke voltou com comida e dois amigos, e começou a entretê-los no salão principal. Isso parecia loucura depois de toda aquela histeria com o relógio correndo, mas realmente não havia muito que ele pudesse fazer. Do nosso lado do vidro, estávamos focados e eficientes. Quando pedi a Dennis para cortar a metade final de um riff de sintetizador que se prolongava demais, deixando apenas o refrão melódico, a energia de Luke mudou visivelmente. Ele se inclinou para a frente, respondendo, ouvindo. Um cigarro esperando em um cinzeiro queimou até virar cinzas.

Depois de uma reprodução particularmente razoável, Dennis murmurou:

— Devíamos chamar essa de "Least Worst Song on the Album".

E foi aí que comecei a me divertir. Foi aí que decidi que valeu a pena ter entrado na briga entre dois caras; não porque fosse uma grande conquista transformar esta música péssima em quase boa, mas porque aquele homem era um profissional, um profissional da indústria musical, e estava do meu lado.

No voo para casa, pensei nas maneiras menos piores de Joe descobrir. Por boatos no Brooklyn? Pelo próprio Luke Skinner, mandando alguma mensagem agressiva ou se gabando em um bar? A resposta estava clara. Quando o rascunho da música chegou à minha caixa de entrada no dia seguinte, encaminhei o arquivo para ele com o que eu pretendia que fosse uma introdução breve, elegante e sem arrependimentos: é estranho, sei disso, mas Luke pediu, e vi a chance de produzir etc. — acabou não soando tão horrível!

Eu não esperava que a resposta de Joe fosse silêncio. Realmente não pensei nessa possibilidade. Foi pior do que o e-mail mordaz do Raj, porque era como a técnica dos mil cortes: a cada atualização da caixa de entrada, uma nova laceração. Ao mesmo tempo, eu me ressentia do quanto me importava. *Deixa o Joe ficar puto*, lembrava a mim mesma constantemente, antes de verificar o e-mail de novo.

Depois de duas semanas assim, em uma fria noite de domingo, fiz Zoe ligar. Eles vinham mantendo contato desde o show em São Francisco, e Joe havia retomado a tradição de passar a comemoração de Natal/Chanucá com a família Gutierrez, embora eu tivesse ocupado o lugar dele no Dia de Ação de Graças. Ela saiu para dar uma volta com o celular e voltou meia hora depois, com a expressão tensa. Encontrei Zoe no corredor entre os nossos quartos.

— Quem precisa dele? — lançou ela secamente, quase animada.

— Eu não falei que precisava dele. Só preciso *saber*. Agora. Por favor. O que ele disse?

Zoe suspirou e jogou o cardigã no quarto.

— Primeiro falou do Luke Skinner. Meu Deus, Joey *odeia* mesmo aquele cara. E seus valores são aquilo que ele sempre amou em você, e é como se nem te conhecesse mais se você trabalhasse com o Skinner, blá-blá-blá. Depois ficou mais profundo, tipo: "Por que não eu? Como Percy pôde recusar quando pedi ajuda, mas disse sim para ele? *Strong & Wrong* poderia ter sido muito melhor!" Depois disso, Joe mudou de assunto. Conversamos sobre meus pais o resto do tempo, o que foi um alívio, porque aquilo tudo foi constrangedor pra caramba para mim, cara.

Um nó se formou na minha garganta.

— Desculpa — consegui dizer. — Mas você, tipo, me defendeu? Porque com o Luke foi diferente, eram negócios... Não eram...

Zoe bateu a mão no meu ombro.

— Eu tentei, juro, embora talvez não com muita coragem, dada a completa falta de interesse dele em ouvir.

— E outra: como ficam os meus sentimentos nessa história? É péssimo que eu tenha produzido uma música, e ela ainda tenha aquele asterisco. Como se eu não fosse nada sem o Joe.

— E daí? Ele também não seria nada sem você. Vamos nos concentrar na boa notícia: você pode se libertar das garras do Joe Morrow agora, assim como ele se livrou das suas. A nação quer mudar. Sério, de quantas formas diferentes duas pessoas podem partir o coração uma da outra? — Zoe apertou meu ombro, um aperto que expressava que ela sabia que doía, sabia de verdade, mas que aquilo já tinha dado o que tinha de dar. — Ei, se eu pedir comida, você divide comigo?

Zoe se afastou, e toquei o local que ela havia apertado. Sabia que ela estava certa: já era hora. E senti uma incipiente sensação de libertação. Estava enterrada, mas estava lá, crescendo lentamente, como fermento.

O que faz você pensar que é a maioral

Uma feliz distração chegou ao trabalho na semana seguinte, quando recebemos uma ligação do nosso maior cliente, um conglomerado global dono de metade das marcas na prateleira dos bares mais comuns — as vodcas baratas, as vodcas caras, os uísques escoceses tradicionais que você achava que eram feitos por monges —, pedindo para realizarmos um "grupo focal informal" com nossos criadores de tendências em Nova York, durante o CMJ Music Festival. O CMJ era tecnicamente uma conferência de negócios musicais, mas funcionava para os fãs como um festival urbano, realizado em pequenos espaços em Lower Manhattan e no Brooklyn. Uma das marcas do nosso cliente era patrocinadora, e eles sabiam que o CMJ era um celeiro de informações sobre tendências, mas queriam mais do que oferecíamos nos nossos relatórios.

— Seus relatórios nos dizem que tipo de música eles amam — explicou o diretor de insights, falando em viva-voz com nosso escritório em São Francisco. — Mas *por que* eles amam?

— Sempre nos esforçamos para saber o porquê — respondi suavemente, levantando o dedo do meio para o telefone.

— Nós sentimos que poderíamos ir mais a fundo. — Era a voz do cara dos insights. — Se estivéssemos no mesmo lugar que eles.

— Claro que sim — falou minha chefe, afastando minha mão. — O porquê é um vasto oceano. Vamos escrever uma proposta.

O porquê: sempre a pergunta de ouro. Se os profissionais de marketing conseguissem entender *por que* os jovens gostavam do Arcade Fire, imaginavam que não precisariam pagar pelos direitos de uma música do Arcade Fire em seus anúncios; poderiam encomendar sua própria versão falsificada, obtendo efeito semelhante. Não precisariam comprar destilarias de pequeno porte; poderiam capturar a essência do Arcade Fire em uma marca, colar o rótulo em uma garrafa de bebida destilada genérica e colocá-la na prateleira ao lado da Grey Goose. O porquê era onde estava o dinheiro de verdade.

— Maravilha — disse o cliente. — Encontre um bom restaurante com uma sala privativa. Calcule o orçamento para as bebidas. Jantar também. Talvez a gente assista a um show depois; podemos conseguir ingressos, desde que não esteja muito badalado.

Eu estava gostando muito da ideia, mas a expressão da minha chefe começou a mudar.

— Será que os criadores de tendências vão experimentar os produtos? — perguntou ela friamente.

— Ah, talvez a gente os deixe experimentar um novo rum ultrapremium, um lançamento. Mas o objetivo aqui é o porquê.

Minha chefe concordou, franzindo os lábios cor de cereja.

Eu não tinha certeza do que estava acontecendo; pagar o jantar para os nossos criadores de tendências não era nem de longe algo típico, e nunca tinha visto aquela expressão no rosto dela durante uma chamada sobre um novo projeto.

O cliente citou algumas outras exigências: "Percy deveria moderar, eles vão se sentir mais à vontade conversando com um dos seus." "Avise quando escolher o show, vamos providenciar o envio do nosso rum para lá." Então disse que era ótimo bater um papo conosco, mulheres.

Minha chefe arrancou o fone de ouvido e declarou, após um grunhido gutural:

— Pesquisa falsa.

— Como assim?

Ela resmungou de novo e digitou discretamente no notebook, sinalizando com uma sobrancelha erguida que era para segurar minhas perguntas. Esperei. Era a fundadora da agência, mas éramos pequenos o suficiente para que ela ainda estivesse envolvida em tudo. Eu gostava dela tanto quanto era possível gostar de uma capitalista workaholic que precisava de meio Xanax e uma boa dose de Norah Jones para conseguir dormir à noite — descobri que era até bastante. Ela era inteligente e decidida, e me tratava com respeito.

Quando terminou de digitar, olhou para mim fixamente.

— Não se trata do porquê, querida. Eles já nos pagam bastante pelo porquê, já têm o porquê saindo pelas orelhas. Trata-se de espalhar o novo rum entre pessoas influentes do meio durante o festival, para que contem a todos os amigos.

Eu estava confusa.

— Por que simplesmente não pagam para serem embaixadores da marca?

— O orçamento deles provavelmente foi destinado a insights. Além disso, não é autêntico. Não é Red Bull, não estamos nos anos 1990. Agora todo mundo sabe quando uma marca está pagando por um embaixador.

Assenti.

— Certo, então é pesquisa falsa. Isso... — eu queria dizer "importa?" — ... te chateia?

— Claro que me chateia! — Ela pressionou o polegar e o indicador nas têmporas e começou a massagear em círculos a pele maleável de cinquenta e poucos anos. — Isso fere minha integridade como pesquisadora!

Consegui segurar uma revirada de olho. Essa conversa já tinha rolado antes. Eu não entendia o conceito de integridade em um setor como o nosso, que existia apenas para ajudar empresas a vender produtos desnecessários para jovens. Achava que todos nós engolíamos, toda manhã, qualquer desculpa triste sobre integridade que nos surgisse na garganta, mas aparentemente era só eu; minha chefe e meus colegas de trabalho acreditavam estar desempenhando um papel vital no sistema, tornando os produtos mais relevantes para um consumidor frequentemente mal compreendido pelo mundo dos negócios. Às vezes, eu até conseguia enxergar o ponto de vista deles.

— Então, vamos recusar?

Ela olhou de volta para o computador, onde preenchia nossa planilha de custos do projeto.

— Não — respondeu, estreitando os olhos para a tela. — Vamos cobrar o dobro.

Nova York havia entrado em um inverno prematuro nas poucas semanas desde minha visita ao estúdio, com folhas quebradiças mal agarrando-se às árvores. Encontrei o restaurante que nossa gerente havia reservado — de inspiração peruana, inofensivamente na moda — e me apresentei à recepcionista.

— As pessoas adoram essa porcaria — murmurei baixinho enquanto me dirigia para a sala privativa dos fundos. O cliente já estava lá.

— Como foi o voo? — perguntou ele enquanto apertava minha mão. Claramente tinha se esforçado para se vestir de maneira mais informal para o evento, usando uma calça jeans escura de corte clássico e tênis, e estava girando o relógio caro no pulso como se soubesse que esse item o denunciava. Coloquei a mochila na cabeceira da longa mesa e dei minha resposta padrão sobre ter trabalhado muito durante a viagem.

O gerente de marca chegou, e eu sabia que era ele porque estava usando um colete de fleece com o nome do rum.

— Ei! — disse ele, vindo em minha direção com a mão estendida. — Sou o Kyle!

— Oi, Kyle! — falei. — Posso pedir para você, por favor, tirar tudo que tiver logotipos? Não queremos influenciar os entrevistados.

— Ah! Desculpa! — E tirou o colete, revelando uma camisa social que também tinha o nome do rum bordado logo acima do bolso. Olhou para ela e depois para mim. Um garçom apareceu por trás e me pediu para olhar o menu do jantar com preço fixo.

— Vou confiar que você consegue resolver isso — declarei a Kyle com um sorriso, antes de me virar para o garçom.

Os criadores de tendências estavam chegando aos poucos. O cumprimento de dois deles sinalizava que já tinham se visto em outros lugares, mas dois não era um número ruim. Espalhei uma variedade de estímulos para discussão sobre o aparador vintage, principalmente CDs de bandas que tocariam no CMJ, além de artistas mais antigos que eu considerava influências importantes. Uma profusão de velas em cima das mesas projetava luz quente e sombras nas paredes, e senti algo que identifiquei, curiosamente, como empolgação. Era bom saber o que estava fazendo, mesmo que fosse tudo meio falso.

Comecei pedindo que cada um se apresentasse, perguntando nome, profissão, hobbies e as bandas que tocariam no

CMJ de que mais gostavam. Todos estavam obcecados com os Decemberists (já estava impossível achar ingresso para o show deles), além de várias bandas menores cujos nomes fingi reconhecer. O garçom se movia suavemente atrás dos criadores de tendências, encantando um a um com suas escolhas de tinto ou branco. Kyle voltou ao salão vestindo um moletom apertado do EAST VILLAGE NYC e se encostou no aparador, ao lado do cara dos insights.

— Ninguém mencionou a Girl Talk, que tocou ontem — comentei, segurando o CD de mash-up do artista. — Alguma opinião?

Os criadores de tendência se acotovelaram para responder:

— Eu estava lá! Foi o máximo!

— Ele acabou praticamente pelado, estávamos todos dançando no palco!

— Samplear é tão empolgante, tão democrático!

— Além disso, é só hit atrás de hit, você nunca fica entediado!

Escrevi em um bloco de notas amarelo. Impossível ter só hits, eu queria dizer, e por um momento me senti velha.

— E o Beach House, que vamos ver hoje à noite?

— Mágico — falaram duas pessoas em uníssono confiante, e outra elaborou:

— É o oposto da Girl Talk. O Beach House é mais tipo os Decemberists. É sobrenatural.

— O que existe de tão atraente no sobrenatural? — questionei, sabendo muito bem o que havia de tão envolvente no som místico e grandioso do Beach House.

Eles explicaram com entusiasmo. Apenas uma pessoa permaneceu em silêncio: um garoto que eu havia escolhido no fundo da pista de dança de um armazém, principalmente por sua impressionante semelhança com Billy Corgan, do Smashing Pumpkins, só que mais jovem e com cabelo. Ele estava sentado à minha esquerda. Já tinha terminado a taça de vinho e queria mais.

— E você? — perguntei a ele. — Alguma opinião sobre o Beach House?

— Blé — respondeu. — Estou de saco cheio desse chororô todo. Para mim, tudo parece muito pós-11 de Setembro. Vai ficar datado logo, logo. Só quero curtir, cara. Sou muito mais Girl Talk, sem pensar duas vezes.

— E a revelação do CMJ do ano passado, Clap Your Hands Say Yeah? — perguntei. — É muito dançante.

Ele fez uma careta.

— Música dançante para chorões — afirmou, o que arrancou risadas dos caras perto do aparador. O garçom encheu a taça do rapaz, que engoliu o vinho como se fosse limonada. — Minha coisa favorita no CMJ não são os shows, na verdade, mas sim a energia da semana, a quantidade de gente na cidade, músicos por todo lado. Sabe aquela banda, a Caroline?

Algo selvagem surgiu dentro de mim, prestes a reagir — parecia uma violação, a palavra nesse contexto —, mas, antes que eu pudesse reagir, o olhar dele desviou de mim para a criadora de tendências que balançava a cabeça com mais força, uma loira sentada à sua frente.

— Eles estavam na mesma festa que eu ontem à noite — comentou o rapaz. — Outra banda estava tocando, aí o cara da Caroline se levantou, completamente bêbado, e cantou uma música do Fleetwood Mac. Foi incrível. — Ele se virou para mim. — É o tipo de coisa que acontece durante o CMJ.

— O vocalista da Caroline — confirmei. — Interessante. Qual música do Fleetwood Mac? — Segurei a caneta em cima do papel. Dava para sentir minha pulsação nos dedos.

— Sei lá. Muita bateria.

— Uhum. — Assenti. — Um cover fiel? Ou ele deu um toque especial?

Os clientes abaixaram a cabeça e sussurraram. O sósia do Billy Corgan olhou para mim como se eu fosse louca.

— Era uma festa — respondeu.

Kyle saiu de perto do aparador e pegou uma garrafa alta e quadrada.

— Quem quer experimentar um pouco de rum?

Depois do jantar, o grupo inteiro foi até Cake Shop, o local do show que eu havia escolhido, Beach House. Os clientes ficaram felizes porque todos os criadores de tendências tinham ficado muito entusiasmados com o rum (o que não era exatamente surpresa, visto que tinham sido recebidos com vinho, comida e uma história cheia de firula, contada por Kyle, sobre a cana-de-açúcar orgânica que era usada como base da bebida — seria mais fácil se ele tivesse ficado de colete). E a Cake Shop me rendeu pontos extras pela autenticidade, com seu salão suado e abafado escondido sob uma padaria.

— Coloque fotos disso no relatório — sussurrou o cara dos insights enquanto descíamos a escada. Obediente, tirei uma foto da multidão com minha câmera digital.

Mas Beach House foi a escolha errada, suave demais e bonita demais para o contexto grosseiro da nossa noite. Eles colocaram o público sob um feitiço silencioso e introspectivo. Os dois clientes saíram à francesa quase de imediato, o que tentei não interpretar como um insulto — provavelmente tinham trem para pegar, filhos acordando às seis. Assim que eles foram embora, minha persona profissional evaporou do meu corpo, e a saída repentina me deixou exausta. Não conseguia parar de pensar no Fleetwood Mac. Todo cara alto e de cabelo cacheado se parecia com o Joe até não parecer mais, até uma virada de cabeça revelar um simulacro pálido, com o maxilar fraco, um sorriso tenso. Será que ele estava mesmo bêbado? Joe bebia bastante cerveja, mas sempre parava antes que começasse a cambalear como o pai. Será que estava deprimido por causa da pouca repercussão da Caroline no CMJ, um show vespertino que não causou comoção? Com o fim do verão, "Britpop Night" havia desaparecido rapidamente das pistas de dança, e as vendas de álbuns estavam caindo. Será que ele estava bem?

O garoto com a cara do Billy Corgan estava sozinho na ponta da multidão, bebendo o rum puro do cliente — todos estavam pedindo, inacreditavelmente, com seu próprio dinheiro —, o nariz empinado como um cachorro farejando um cenário melhor. Eu queria encurralá-lo com todas as perguntas que estavam na minha cabeça. Quem mais estava na festa com a banda? E o que quis dizer com bêbado? Mas é claro que o jovem Billy não sabia de nada disso; ele só queria curtir, cara.

Subi a escada dos fundos sem ser notada, girei o disco do iPod até encontrar "Tusk", do Fleetwood Mac, e segui em ziguezagues de volta para o quarto de hotel. E então, apoiando o notebook no colo, em uma poltrona desconfortável com vista para Lower Manhattan, escrevi meu post mais estranho até então.

"What Makes You Think You're the One"

O Baterista bate forte na caixa para começar — um, dois, três, quatro, um. O Cantor recebe cada pancada como se fossem balas no torso, cambaleando, os braços pendurados em um crucifixo invisível. E então ele canta.

Ela não está aqui, a garota que pensa que é a maioral. Mas, de olhos fechados, no carrossel da mente embriagada, o Cantor vê o rosto dela, prismática e claramente.

A imagem entra em foco no fim de cada compasso, e então se agita e some de novo. É um rosto que ele não vê há tempos; a música o evocou.

"*What makes her think she's the one?*" O que faz ela pensar que é a maioral? Ele grita esse verso com um nível de indignação que reconhece, mesmo vagamente, como inadequado para o contexto — afinal, é só uma festa. Mas é uma música quase punk; é Lindsey Buckingham enfurecido com Stevie Nicks mais do que nunca, aquele tipo de raiva que só vem quando você sabe que também tem culpa. É Mick Fleetwood completamente à solta. É uma letra que precisa ser cuspida, escarrada, uma letra feita para tirar alguém da cabeça. À força.

Ele abre os olhos e, ah, olha só, todos estão hipnotizados — até os caras paralisaram com as cervejas erguidas, boca entreaberta, embora sejam as garotas que parecem estar prestes a derreter dentro das latinhas. O Cantor percebe que nunca ouviram a música antes. *Rumours* e "Rhiannon" é tudo que conhecem do Fleetwood Mac. Justo. Ele não é nenhum esnobe que só gosta do lado B dos discos. Nem a garota que não está ali; isso é algo que eles sempre tiveram em comum.

Mas a verdade é que ela é tão ruim quanto os outros. Ele fecha os olhos de novo e canta de forma ameaçadora na direção do rosto dela, que gira desgovernado em sua mente. Sabe, a garota costumava fazer aquele mesmo olhar derretido quando ele cantava. Foi só quando o Cantor ficou realmente bom — quando ela olhou ao redor em um show e viu outras garotas com aquela mesma cara de boba — que ela começou a se tornar fria. Agora, não importa o quanto ela sorria ou bata palmas, seus olhos endurecem quando ele canta. Quer ser a única. Quer que ele seja o lado B dela, uma raridade desenterrada de uma caixa empoeirada de achados, uma prova da própria singularidade só porque foi ela quem o descobriu. Porque ela não sabe cantar a merda da própria música.

Quando acordei na manhã seguinte, a postagem tinha recebido poucas curtidas e alguns comentários confusos — um ou outro bem irritados. Minha amada Alma havia escrito, de forma um tanto hilária: "Eu conheço essas pessoas?" Apaguei o post na hora, cheia de vergonha, mesmo esperando, com um pedacinho do meu coração patético, que Joe tivesse visto e entendido a minha intenção — um pedido de desculpas.

Alguém incrível

O álbum da Skinner foi lançado no início de 2007 com uma crítica péssima na *Pitchfork* — 2,3 de 10! —, o que, sem cerimônia, jogou todos os sonhos de Luke Skinner em um incinerador de alta potência. "Least Worst Night" tinha sido promovida de última hora à cobiçada quarta faixa do álbum, mas quem se importava depois daquela resenha? Na noite em que ela foi publicada, Zoe e Melissa bateram à porta do meu quarto com uma garrafa de tequila e um DVD de *Alta fidelidade* para me animar, mas eu me sentia estranhamente bem. Havia justiça naquele 2,3: prova de que gravadoras não conseguiam transformar merda em dinheiro apenas pela força. Isso me agradou, mesmo que aquela merda tivesse meu nome nela.

Eu não teria lidado tão bem com a situação se não fosse pelo fato de "Bay Window" ter acabado de sair como um segundo single tardio de *Strong & Wrong* e estar desfrutando de uma ascensão lenta e hesitante nas paradas alternativas. Logo após o lançamento da Skinner, a música foi usada na cena de amor crucial de um aclamado filme independente — o Joe e a baixista do The Curlers foram fotografados em um tapete vermelho na estreia no Sundance, de braços dados em longos casacos que pareciam caros — e, a partir daí, subiu vinte posições nas paradas alternativas, entrando na Hot 100.

Duas semanas depois, Joe cantou a música sozinho em um piano de cauda branco em um talk show noturno. Foi uma interpretação particularmente marcante, completa, com uma repentina e breve aparição de lágrimas na frase "*the phone rings, but it's always for her*" — eu sabia que as lágrimas eram pelo pai dele, não por mim, embora a plateia provavelmente pensasse diferente. Zoe e eu também nos emocionamos assistindo — como não? Como alguém poderia não se emocionar? De fato, a internet começou a falar. O clipe ganhou uma segunda vida on-line, circulando entre amigos e depois sendo incorporado a blogs no Tumblr e posts sobre cultura pop.

Eu fiquei doida. Li tudo, cada post, cada comentário. Esse foi o meu favorito, num grande blog de música:

Música do Ano: "Bay Window", Caroline

Joe Morrow, da Caroline, às vezes parece mais um astro pop do que um vocalista indie, e isso não é uma crítica. "Pop" é uma palavra complicada. Morrow transita entre esses dois mundos, não quando faz o público dançar (como na incrivelmente cativante, mas decididamente ainda indie, "Britpop Night"), mas quando os faz suspirar, como no single seguinte, "Bay Window", que foi lançado mais tarde. O jeito como ele canta sobre assistir à queda das Torres Gêmeas na TV com alguém por quem está apaixonado é universal demais para ser qualquer coisa que não pop. Principalmente quando, na ponte, ele a empurra para a friendzone. Nossa, como isso dói neste ouvinte, toda vez! Por que ele faz isso? Porque está morrendo de medo, e é isso que fazemos quando estamos morrendo de medo. Fugimos. "Bay Window" nunca será trilha sonora de retrospectivas do 11 de Setembro, porque não mostra como queremos nos ver diante de uma tragédia. Mostra como realmente nos comportamos. Como internalizamos a tragédia e a transformamos em algo nosso.

Na verdade, ele fez isso porque só tinha dormido com uma lésbica, e eu sou um pé no saco, pensei, mas marquei e encaminhei por e-mail para minha mãe, e então, não consegui evitar, enviei para o Joe. Estava começando a pensar em nós como um casal divorciado com um filho adulto bem-sucedido — não deveríamos vivenciar esse sucesso juntos, de algum jeito? Deixei o e-mail vazio, sem nada além do link, sem gentilezas, esperando que o subtexto fosse claro: *Você venceu, eu não me importo, isso é foda.* Mas Joe nunca respondeu. Tentei não ficar obcecada com isso dessa vez, mas o silêncio dele foi como um soco em um hematoma ainda dolorido. Ele não precisava comemorar comigo; tinha uma namorada, uma cama cheia de guitarras. Depois disso, passei a guardar os links em uma pasta de favoritos.

Vídeo: Caroline ao vivo no *Late Night*

A primeira aparição da banda Caroline em um talk show no verão passado foi como esperado: eles tocaram o single óbvio do novo álbum, "Britpop Night"; a banda estava ótima; o vocalista Joe Morrow esbanjou seu talento e charme de sempre. A música foi queridinha da crítica e um sucesso de verão em certos círculos da cena alternativa. Mas ninguém esperava que Caroline voltasse à TV cantando, muitos meses depois, uma balada comovente que sua mãe adoraria. Ninguém esperava também que essa balada superaria o sucesso de "Britpop Night". Veja Morrow cantar "Bay Window" com a alma e prepare o lencinho… e chame a sua mãe.

Eu sabia que Joe não se importaria de ser rotulado como pop, mas comecei a me preocupar um pouco quando o comentário tomou esse viés de "sua mãe". Será que foi influência minha? Ah, como eles zombavam de mim na Amoeba, por causa do meu amor pela cantora k. d. lang!

Eu estava certa: do "sua mãe", foi um pulo para a reação negativa. De um dos blogueiros da minha rede:

> Descanse em paz, Caroline. *Funny Strange* continua sendo um dos meus álbuns favoritos da década, mas estão forçando a barra demais agora. *Strong & Wrong* não chegou nem perto de ser tão bom, e agora eles estão em todo lugar fazendo essa baboseira sentimental sobre o 11 de Setembro? Você está comendo feijão preto. Parabéns, cara. As letras costumavam ser muito mais inteligentes. Tô fora.

Aí chegaram até os politicamente corretos. De um importante site de mídia de Nova York:

> Enquanto circula o clipe da balada sentimental "Bay Window", sobre o 11 de Setembro, nós nos sentimos compelidos a ressaltar que janelas como as citadas na música não são particularmente comuns em Nova York. Ou em Nova Jersey. Mas você as encontrará por toda a região da Baía de São Francisco, incluindo Berkeley, onde a banda Caroline se formou em 2001, como projeto universitário do vocalista Joe Morrow. No refrão,

> ele se descreve assistindo ao "mundo começar a acabar" (justo) e ao "bons desistirem de novo". Espera, o quê? Foi isso que a Costa Oeste viu? Desistência? Porque nossas memórias dos jornais naquele dia são de bombeiros correndo para dentro de prédios em chamas. Policiais retirando corpos dos escombros. Histórias do homem de bandana vermelha escoltando pessoas escada abaixo da Torre Sul, ou dos passageiros do Voo 93 lutando contra os sequestradores. Esses homens e mulheres não são "os bons"? Porque eles, com certeza, não estavam desistindo. Provavelmente Morrow está tentando passar algum tipo de mensagem antiguerra, o que apoiamos em teoria, é óbvio. Mas talvez, quando falamos de um dia real com atos reais de heroísmo inacreditável, possamos nos dar ao trabalho de escolher as palavras com mais cuidado, ou então deixar isso para quem realmente estava lá.

— Os bons eram as pessoas que poderiam ter impedido a Guerra do Iraque! — gritei para a tela. — Que votaram pela reeleição de Bush porque ele as fez se sentirem seguras! Como isso não é óbvio?

Mas o pior foi quando, apenas algumas semanas depois de ter começado, a reação negativa parou. Os elogios também. A internet seguiu em frente.

Por semanas, fiquei inquieta e um pouco louca, como se tivesse sonhado com tudo aquilo. Todas as noites, conferia meus favoritos, em busca de segurança, contabilizando as menções positivas e negativas. Como "Bay Window" seria lembrada? Como um pop profundo e universal, ou como uma música contemporânea, adulta, problemática? Ou seria simplesmente esquecida?

Nessa época, me vi no meio de uma multidão dançando em um show do LCD Soundsystem. Tinha ido sozinha porque Zoe e Melissa começaram a dormir cedo na "velhice" e porque a expectativa de socializar durante shows sempre me incomodou.

Era final da primavera ou início do verão, ou talvez meados do verão; os dias nadavam na lama do clima indefinido de São Francisco. No trabalho, ganhei uma promoção e uma assistente de vinte e dois anos para cruzar o país em busca de criadores de tendências, o que era muito bom — mais um colapso às três da manhã em um hotel poderia ter feito eu me jogar pela janela panorâmica —, mas me peguei desejando uma corrida de táxi pela pantanosa Miami ou uma revigorante caminhada por Manhattan no meio do inverno, qualquer coisa para dar um choque no meu organismo e marcar a passagem do tempo.

Quando comecei a me sentir sufocada pelos corpos dançantes, eu me repreendi por ter me aproximado tanto do palco. Comecei a lutar para sair, de olho na saída para um mezanino, mas então notei os rostos ao redor. Vários músicos locais que eu respeitava, um dos quais tinha feito o show de abertura para a Caroline na turnê *Funny Strange*. O dono de um estúdio lendário em São Francisco. Um artista eletrônico e DJ que eu havia recrutado como criador de tendências anos antes. Senti uma forte onda de solidão: ainda não estava no clube.

A banda começou a tocar "Someone Great", e decidi não lutar contra a multidão. Fechei os olhos e deixei as peles suadas encostarem na minha. Cotovelos roçavam meus antebraços; saltos pisavam nos meus dedos. Depois de passar semanas na internet, desconectada da realidade, a fisicalidade era boa, mesmo que me assustasse um pouco, mesmo que aguçasse minha solidão até certo ponto. Felizmente, era a música perfeita para me sentir sozinha.

"Someone Great" fala sobre perda. Na verdade, sobre a morte do terapeuta do vocalista James Murphy, mas não sabíamos disso na época, ou pelo menos eu não sabia; Murphy era cauteloso em entrevistas. Para mim, a letra falava da sensação de perder alguém, e a única pessoa com quem você quer conversar sobre isso — a única que poderia ajudar a passar pelo luto — é a pessoa que se foi.

Enquanto Murphy cantava, fiquei muito impactada com quanto queria falar sobre "Bay Window" com Joe. Como foi cruel da parte dele me negar isso!

Dava para sentir o ritmo da música no meu sangue, as melodias eletrônicas saltitantes que não tinham o direito de ser sentimentais daquele jeito. Eu me lembrei de ter aprendido na escola que o nosso coração tem um sistema elétrico: esse era o som de "Someone Great". Cada batida trêmula e cada rangido de disco correspondiam às labaredas que meu coração disparava quando pensava em Joe — o amor, a inveja, a raiva —, mas não cresciam até um clímax. Elas se apagavam e voltavam. Continuavam vindo.

Abri os olhos e vi Murphy no palco, cantando com o queixo erguido, agarrando o microfone como um salva-vidas. Seus companheiros de banda giravam botões, pressionavam teclas, tufos grisalhos saindo das têmporas. Ele havia perdido alguém incrível, mas também era alguém incrível. E sua dor por essa perda continuaria até o dia em que ela parasse de vez, o dia em que alguém incrível estaria de luto por ele.

A inveja chegou, quase por hábito — como Murphy teve sorte de conseguir expressar essa dor, alcançar tamanha catarse! —, e de repente me senti tão incrivelmente entediada comigo mesma, que tive vontade de sair do meu corpo. Queria desligar meu coração. Meu nome estava em uma parada de sucesso na *Billboard*, e eu ainda me via como uma idiota musical. Será que não era melhor do que Luke S[illegible]er, simplificando minha vida para adequá-las às limitações do meu talento? Por que não conseguia seguir o conselho que tinha dado a ele? Por que não conseguia ser alguém incrível?

No dia seguinte, no escritório, contratei o designer da agência para me ajudar a transformar meu blog em um site profissional. Esbocei o que eu queria: *Percy Marks, a Faz-Tudo da Música*, com tipografia de antigas lanchonetes e três abas: Composição, Produção, Escrita (onde ficava o blog). Ainda achava ousado me chamar de compositora e, acima de tudo, de produtora — não importava o pouco talento musical que Rick Rubin tivesse, eu certamente tinha menos —, então não contei a ninguém sobre o site. Apenas o deixei lá, esperando que alguém me procurasse no Google, ou, mais provavelmente, que procurasse no Google "compositor 'Bay Window'".

Enquanto esperava, comprei um teclado, que instalei sob a janela do quarto, ao lado da escrivaninha, e meu próprio caderno de letras com capa marmorizada. Usei os dois para finalmente saciar uma vontade da vida toda: rabiscar uma ideia aqui, um verso ali, moldá-los em melodias. Eu me sentava à janela todas as manhãs antes do trabalho enquanto tomava café, dedilhando as teclas sem jeito. Meu ex ativista estava trabalhando na campanha do Obama, então nos deu uma pilha de pôsteres do Shepard Fairey, que colamos nas janelas, fazendo o sol da manhã lançar agradáveis tons de azul e vermelho pelo quarto.

E então, enquanto eu estava de férias em Indiana, sentada na cama do meu irmão, aconteceu. Pelo site, recebi uma mensagem da Meg Vee, uma vocalista indie realmente foda que eu admirava havia anos.

> Oi, então, não sei se você já teve um namorado/colaborador musical, mas é muito chato quando você descobre que ele está te traindo com suas fãs, aí precisa expulsar ele da banda e fica sem mais ninguém com quem compor. Sem contar que todo mundo no Brooklyn já está musicalmente comprometido. Então, eu estava perguntando por aí, e o Dennis, do Lowtop Studios, mencionou você, aí te procurei e pensei: AH, ELA! Já vi seu blog várias vezes, sempre tão bom! Algum interesse em me ajudar com as músicas? Talvez fosse legal fazer música com uma mulher pelo menos uma vez na vida.

Larguei o notebook e gritei no travesseiro do meu irmão.

À vontade em Nautica

Cheguei ao saguão da empresa de jeans às 8h55, suando na minha única roupa que se encaixava tanto no padrão hipster quanto no de figurão corporativo: uma calça de cintura alta, uma camisa de cashmere que comprei com 75% de desconto em uma loja de departamento chique — e que ainda era a coisa mais cara do meu guarda-roupa — e sapatos Oxford de brechó. Tecnicamente, a roupa não era desconfortável, mas nunca conseguia vesti-la sem contar os minutos até poder voltar a usar jeans e camiseta preta.

Eu já odiava apresentar propostas para novos clientes nas melhores circunstâncias, e aquela era a pior. Era setembro de 2008, e a economia estava em queda livre, embora as projeções variassem; ninguém tinha certeza se toda a fantasia dos Estados Unidos estava paralisada ou se seria apenas um quarto trimestre lento. Todas as nossas apresentações haviam sido canceladas, exceto aquela, e um terço da agência havia sido demitido, incluindo minha querida assistente de vinte e dois anos. Eu estaria mentindo se dissesse que não estava nervosa. Tinha coescrito uma música para o próximo álbum da Meg Vee, provavelmente um single, mas sabia que não devia esperar que isso me desse uma renda digna. Recebi dois cheques pelos royalties de "Least Worst Night of the Century So Far", um pela composição e outro pela produção, e nenhum deles dava para fazer uma compra no mercado. Nem os cheques de "Bay Window" cobriam o aluguel. Eu precisava daquele emprego idiota.

Minha chefe estava me esperando no saguão, com aquele visual anguloso de sempre, blazer, cabelo chanel liso e aquela boca em vermelho-néon permanentemente franzida. Ela estremecia diante de uma TV instalada acima da mesa da recepcionista. AUTORIDADES FEDERAIS FAZEM APREENSÃO NO BANCO WASHINGTON MUTUAL, dizia o noticiário.

— Condições nem um pouco ideais para a apresentação? — perguntei, aproximando-me dela.

— Isso é uma farsa — respondeu, sombria. — Consigo ouvir os orçamentos de pesquisa indo para a trituradora de papel nesse exato momento. — Havia olheiras profundas sob uma camada fina de corretivo. Ela estremeceu como um cachorro se sacudindo da chuva e se virou para mim, animada. — Vamos arrasar mesmo assim?

Imitei uma facada violenta. Ela me chamou de millennial e apertou o botão do elevador.

— Sabe, vivem mudando o parâmetro — comentei ao entrar. — Acho que agora sou da geração X.

Ela pareceu alarmada.

— Que isso nunca saia deste elevador.

Quando as portas se abriram, um homem careca estava esperando com a mão estendida, falando sobre o clima e o pacote de resgate financeiro enquanto nos conduzia por um corredor com paredes de vidro, até uma sala de conferências.

Nós duas nos ocupamos configurando o projetor, tateando a inevitável transição de Mac para PC. Estávamos apresentando uma versão resumida do nosso pacote de tendências de 2008, o que incluía um slide desenvolvido às pressas sobre a resposta dos criadores de tendências à crise econômica ("Desconstruir de novo", eu o intitulei, em alusão ao título da música "Break It Down Again"). Era tudo um teaser para a assinatura anual que esperávamos que eles comprassem, que precisávamos desesperadamente que eles comprassem. O careca fazia as apresentações enquanto os clientes entravam na sala, carregando pratos de bagels e cafés — uma reunião com café da manhã, aff. Eu me preparei mentalmente para o desconforto de ter que assistir a vinte pessoas mastigando. E então uma garota entrou, uma garota mais nova que eu e muito mais descolada.

— Esta é a Casey — apresentou o careca. — Gerente assistente de marca.

Casey tinha um cabelo escuro e longo repartido de lado em um penteado tão agressivo, que fazia fios oleosos e individuais caírem na testa. Um delineado borrado escorria bem abaixo dos olhos, como se tivesse sido aplicado no dia anterior. Ela se sentou mais ao fundo da longa mesa oval.

Quando comecei a apresentação, a presença de Casey tornou-se cômica para mim, o que me ajudou a tolerar a sinfonia dos ruídos de mastigação. Ela provavelmente sabia quase tudo o que eu estava dizendo! Podiam perguntar para aquela garota de ressaca! Mas Casey fez anotações durante a primeira seção sobre macrotendências. Assentiu solenemente no slide "Desconstruir de novo": os criadores de tendências não veem o colapso econômico como algo ruim, necessariamente, argumentei; eles veem isso como uma oportunidade para nossa cultura reordenar prioridades, recomeçar. Os mais velhos fizeram careta.

Durante o segmento sobre vida noturna e socialização, fiz um grande esforço para evitar olhar para ela. Estava prestes a entrar no assunto "moda" quando um homem interrompeu.

— Tenho uma pergunta sobre terceirização. — Ele tinha uns trinta e tantos anos e usava um blazer por cima um moletom com capuz, o rosto brilhando sob várias camadas de *skin care*. — Eu sei que vocês obtêm essas informações de um painel de criadores de tendências, mas de que forma os encontram? Quem decide o que constitui um criador de tendências?

Tínhamos um slide que era uma carta na manga para esse tipo de pergunta. Minha chefe rapidamente o abriu e fez um breve resumo do meu processo de recrutamento.

— Então é ela, basicamente — disse o homem, olhando para mim. — Você é o árbitro.

— Minha mãe está muito orgulhosa — respondi, impassível, e todos riram. Vi alguns deles se sentarem mais eretos, as mulheres ajeitando as blusas, os homens sorrindo um pouco demais. Sempre acontecia: eles queriam me impressionar. Eu era o árbitro.

Mas o homem de rosto brilhante não estava sorrindo. Seu olhar se moveu para o slide projetado, onde eu havia reunido fotos e biografias de alguns criadores de tendências. Jesse Jams, DJ, Miami; Liv, escritora e revendedora do eBay, Nova York; Jorge, cabeleireiro e ativista, São Francisco. Jorge era meu favorito, com suas tranças cor-de-rosa e seu olhar intenso; era um oponente ferrenho da Proposta 8, a legislação anticasamento gay que estava prestes a ser aprovada na Califórnia, e havia sido cofundador da organização "Não ao 8", à qual Zoe dedicava a maior parte do seu tempo livre.

O rosto brilhante olhou ao redor da mesa e depois de volta para mim.

— Mas seus criadores de tendências não me parecem descolados. Eles parecem mais... "paz e amor".

— É por isso que você contrata a gente — afirmei. — Porque não sabe o que é descolado.

Minha chefe respirou fundo, e eu me senti pálida, como se ela tivesse sugado minha alma. O homem não tentou esconder a surpresa.

— Com licença. Estamos à beira de uma crise econômica de verdade. Daqui a um ano, você acha que alguém vai se importar com o que esses hippies acham sobre qualquer coisa? Não deveríamos estar perguntando às pessoas com dinheiro o que elas pensam? As pessoas podem ser descoladas e ainda ter dinheiro, sabia?

Casey levantou a mão e a usou para jogar seu penteado agressivo para o lado oposto.

— Ser descolado é ter coragem.

— Exato! — concordei, desesperada, apontando para ela com os dois indicadores. — Essa frase é do Panda Bear!

O homem se recuperou do choque e começou a parecer furioso.

— Panda?

Minha chefe me encarava com frieza, mas continuei.

— É uma música, mas acho que o que Casey quer dizer é que os líderes da cultura jovem de hoje talvez não se encaixem na sua perspectiva colarinho-branco do que é aspiracional — falei para o homem brilhante. Casey se encolheu na cadeira. — Os criadores de tendências tendem a rejeitar o caminho "confortável", e isso exige coragem — conclui. O sangue voltou rápido demais ao meu rosto; minha boca latejava.

— Ei — respondeu o cara, mexendo no cordão do capuz do moletom. — Cuidado com quem você está chamando de colarinho-branco.

O homem ao lado dele riu.

Eu tinha a resposta perfeita. Seria uma granada, mas aquela citação do Panda Bear tinha acionado um interruptor na minha cabeça. Queria sair dali. Então lancei:

— Um moletom de capuz por baixo de um blazer é o pior colarinho de todos.

Seus olhos se arregalaram em círculos brancos e ardentes.

— Vamos em frente! — exclamou minha chefe animadamente. — Percy, posso assumir?

Minha chefe me levou para casa em silêncio absoluto. Quando não aguentei mais, falei:

— Acho que você finalmente conheceu meu verdadeiro eu.

— Estava tentando forçar uma demissão para poder pedir seguro-desemprego? — perguntou ela. — Se sim, parabéns. Você está demitida.

Senti pânico e alívio ao mesmo tempo. Minha mente girava com números: aluguel, empréstimos, o saldo moderado na poupança. Ninguém estava contratando.

— Este emprego sempre foi ruim para mim.

— Tudo é. Li há pouco tempo que até nozes fazem mal.

Queria me explicar de uma forma que fizesse sentido para ela.

— Quando eu estava apresentando o slide "Desconstruir de novo", tudo em que conseguia pensar era: *Cara, se a sociedade está realmente entrando em colapso, não quero ficar do lado desses idiotas. Quero ficar do lado das pessoas "paz e amor"*. Entende?

Ela não entendia. Entrou no túnel da Broadway.

— Desculpa.

O pedido de desculpas foi aceito com um aceno de cabeça.

— Gostei da cara dele quando você começou a falar do urso — disse a minha agora ex-chefe, com um leve sorriso.

A imagem voltou à minha mente: uma vermelhidão intensa transparecendo por baixo de todo aquele hidratante.

— É Panda Bear, mas sim. Que atrevimento o meu, humilhando o cara com um rock 'n' roll hippie! Quer ouvir a música que aquela garota estava falando?

Ela assentiu levemente, e eu conectei o iPod. O ritmo militarista de "Comfy in Nautica" preencheu o carro, seguido pelo contraste glorioso de vocais em camadas. Quando cantava sobre coragem, Panda Bear se referia ao oposto de como o homem de rosto brilhante definiria a palavra. Ele se referia a ser mais leve por dentro. A lembrar de se divertir — a resistir ao mundo rígido e cadenciado que pulsava por trás do ato de cantar. A resistir a esse mundo cadenciado que talvez pulse dentro de você.

Ela parou no meu prédio assim que a música terminou.

— Você está achando que acabou de me comunicar algo significativo com essa música? — perguntou. — Porque eu não consegui entender uma só palavra do que aquele garoto estava cantando.

Sorri.

— Não vou embora até você encontrar meu substituto.

— Ha, ha — respondeu ela amargamente. — Substituto, que engraçado. Não, você vai embora imediatamente, depois de fazer mais uma coisa para mim.

Ela falou que estava finalizando um acordo com a empresa de bebidas alcoólicas de Nova York para vender nossa equipe de criadores de tendências. Os clientes queriam chamá-los de "influenciadores" agora, uma mudança sutil, mas importante, que significava menos pesquisa e mais marketing. Para que nossos criadores de tendências sobrevivessem nesta economia, minha agora ex-chefe explicou, precisavam descer na cadeia de consumo, aproximando-se mais da venda.

— Nojento, mas tudo bem. O que você precisa que eu faça?

— Uma última turnê de recrutamento. Prometi a eles uma rodada de gente nova. Mas nenhum dos seus intelectuais desta vez. Quero blogueiros, perfis grandes do Facebook. Gente com resultados claros e um bom ROI.

O fato de ela não perceber que eu conseguiria encontrar essas pessoas pela internet era provavelmente um dos motivos pelos quais sua empresa estava prestes a fechar, mas não recusaria um último passeio pago pelo país.

— Estou dentro. — E acrescentei, com sinceridade: — Obrigada.

Então saí do carro dela, com as pernas tremendo de leve enquanto olhava para o meu prédio, cujas janelas gritavam, em letras garrafais: ESPERANÇA, ESPERANÇA, ESPERANÇA.

Batimentos cardíacos

Minha última viagem foi surpreendentemente desagradável. Tinha apenas duas noites por cidade, menos da metade do tempo à qual eu estava acostumada, e a qualidade dos meus hotéis tinha sido rebaixada para aquele nível bem abaixo de serviço de quarto, mas um pouco acima de infestações de percevejos. Em Miami e Los Angeles, fiquei principalmente nos hotéis, trocando mensagens com criadores de tendências pela internet e procurando vagas de emprego com pouco entusiasmo.

Em Nova York, fui colocada na Times Square. Fiz cerca de metade da minha cota pelo computador no primeiro dia, sentada a uma mesa microscópica com vista para um letreiro gigante do Planet Hollywood, mas na manhã seguinte estava morrendo de vontade de sair. Encontrei Nomi para almoçar no Dojo, um restaurante barato na área da NYU que, apenas um mês antes, nos consideraríamos maduras e bem-sucedidas demais para frequentar. Nomi havia ascendido para a *Vogue*, mas as revistas eram o pior lugar para estar, e ela sabia que seus dias estavam contados. Apareceu toda de preto, vestida para o funeral de sua indústria.

Na metade dos nossos pratos de macarrão de quatro dólares, perguntei, espontaneamente, se ela queria ganhar um dinheiro extra sendo criadora de tendências — como muitos jornalistas,

Nomi vinha se esforçando para angariar seguidores on-line. Eu vinha me divertindo com o quanto os comentários sarcásticos que ela costumava fazer nas margens dos meus textos se traduziam bem para a linguagem das redes sociais — até que lembrei, com uma onda de horror, que ela já tinha bem mais de trinta anos, velha demais para o grupo. Ela revirou os olhos.

— Estou velha demais para essa conversa. Fique com seu dinheiro sujo.

Conversamos bastante sobre como os outros criativos em nossa órbita estavam se saindo, buscando pistas sobre opções. Ela me disse que Raj estava escrevendo um livro sobre temperos e que havia recebido um adiantamento decente. Harrison acabou indo para a área de tecnologia. Nomi não descartava nenhuma possibilidade.

— E o seu cara, o cantor de casamentos? — perguntou Nomi enquanto descíamos para a estação West Fourth.

— Também queria saber.

Paramos na entrada da plataforma dela, e Nomi notou minha expressão, que devia estar subitamente inquieta.

— As pessoas nunca vão deixar de ir a shows — disse ela, me tranquilizando, enquanto nos despedíamos com um abraço.

Esperei muito tempo pelo trem. Os passageiros circulavam pela estação com uma energia diferente do normal, mais devagar, tensos. Um músico de rua tocava no violino uma melodia em tom menor que ricocheteou nas paredes de azulejos brancos e me atingiu em um nível celular. Sabia que Nomi ficaria bem; ela aproveitaria seu tempo livre iminente para planejar uma carreira nova e mais interessante para si mesma. Eu também ficaria bem, um dia. Mas Joe não se saía bem em tempos de turbulência. Dizia a mim mesma que ele tinha uma fonte de renda confiável, embora modesta, e também uma namorada — não precisava de mim. Mas, quando o trem chegou, já tinha decidido: queria vê-lo. Queria isso por mim. Esse pensamento soou profundamente reconfortante, e no momento parecia algo com que poderia lidar. Fazia mais de dois anos desde que o vira no palco do Troubadour, cinco desde a noite no terraço do Brooklyn.

Mas apenas um desde meu último e-mail sem resposta.

De volta ao hotel, entrei na conta do Facebook de Zoe e pesquisei o nome dele: ainda morando no Brooklyn, sem turnê no momento. Naquela mesma noite, havia sido marcado em um convite para um show na Union Pool, um dos principais pontos de Williamsburg, onde eu provavelmente encontraria alguns criadores de tendências, embora ele não tivesse respondido à postagem. Rolando mais a página, vi que Joe era marcado regularmente na Union Pool. Havia até uma foto dele atrás do balcão do bar.

Imaginei a cena de dezenas de maneiras diferentes enquanto a tarde passava: em todas, ele está com ela, e eu estou pronta. Ficaria de boa. Era isso que eu queria, mais do que tudo: um jeito tranquilo de dizer "Ei, estamos de boa, como vai? Não precisa mais ser esquisito; estamos velhos agora, e o mundo é frágil".

Estava na cara que Williamsburg tinha se gentrificado no último ano. Um restaurante próximo passara por uma reforma reluzente que parecia incongruente e perfeita para os tempos atuais, uma personificação berrante de gastos excessivos. Mas, dentro do bar, tudo parecia desgastado e confortável. Placas do teto em um padrão aleatório de azul-turquesa e branco evocavam o propósito original do prédio como uma loja de artigos para piscinas dos anos 1950 e, em alguns pontos, pareciam prestes a cair sobre nossa cabeça.

Dei uma volta rápida: pouca gente para uma quinta-feira; música alta e desconhecida; nada de Joe. Eu me permiti pedir uma bebida e depois comecei a trabalhar, mas estava com poucas opções. As pessoas estavam ficando em casa, economizando dinheiro, assistindo ao noticiário. Finalmente encontrei uma garota atrevida de vinte e cinco anos chamada Liza-Beth — não Elizabeth! —, que achava que tendências eram uma "bela prova da fragilidade humana". Ela não tinha perfil no Facebook, mas mesmo assim anotei as informações dela, caso eu ficasse desesperada.

Estava revisando minhas cotas em uma mesa de canto e começando a aceitar que não aconteceria, quando aconteceu: a silhueta da parte superior do corpo dele se materializou contra a iluminação suave do bar. Os cachos macios e os ombros quadrados. Minha adrenalina disparou antes mesmo que eu tivesse certeza. Joe estava conversando com alguém, balançando a cabeça, quando nossos olhares se encontraram. Ele congelou por um segundo e então retomou a conversa, seu olhar retornando para mim a cada poucos segundos, depois se desviando de novo. Nenhum aceno ou expressão de choque, o que pareceu estranho, embora eu percebesse que também não tinha feito nenhum dos dois. Era difícil saber que tipo de cumprimento seria apropriado para uma história como a nossa.

As pessoas com quem ele estava conversando, duas garotas e um rapaz, pareciam tê-lo interceptado ao entrar; Joe não estava com bebida na mão, e um leve padrão de gotas de chuva salpicava os ombros de sua jaqueta jeans. Uma das garotas que conversavam com ele era Liza-Beth. Eu me levantei e passei por algumas pessoas até o grupo delas. Os olhos penetrantes de Joe acompanharam meus passos.

— Oi — disse Liza-Beth quando cheguei. — Gente, essa aqui é... Hum, foi mal...

— Percy.

— Isso! Gente, a Percy trabalha para uma empresa que paga para as pessoas responderem pesquisas sobre bares, música e outras coisas. Ela é legal. — Levou a boca ao canudo de um coquetel, tomou um gole e me olhou de soslaio. — Quer dizer, ela me pagou uma bebida, então suponho que seja legal.

— Quanto? — perguntou o cara que não era o Joe.

— O pagamento varia de acordo com a tarefa — expliquei. — Mas infelizmente já atingimos nossa cota de caras brancos para o ano.

Joe riu.

— Você não me é estranho — falei para ele.

Joe inclinou a cabeça.

— Digo o mesmo.

— Ele é o vocalista da Caroline! — exclamou Liza-Beth, empolgada.

— Ah? Isso é uma banda?

— Qual é! "Bay Window"? Você está me fazendo ficar na dúvida sobre se você é legal mesmo, Percy.

— Joe — disse para mim, estendendo a mão. Seu aperto era firme, experiente. As marcas na parte interna do antebraço eram de fato uma tatuagem: uma longa pauta musical, clave de sol, sem notas.

— Posso te pagar uma bebida, Joe? — perguntei.

— Achei que você já tivesse batido sua cota de caras brancos — comentou o outro.

— Bem, para um *vocalista* — respondi, imitando a reverência de Liza-Beth —, talvez estejamos dispostos a abrir uma exceção.

— Por que não?

Joe assentiu para os amigos, e nos esprememos em dois bancos vazios no bar. Pedi Budweisers para relembrar os velhos tempos.

Fiquei exageradamente animada. Ele estava com uma camiseta da Serious Moonlight Tour (tão vintage, que chegava a estar puída), e uma daquelas jaquetas jeans com gola de sherpa. Havia feito a barba, e os cachos estavam arrumados: agora emolduravam entradas um pouco mais acentuadas. Abri a mochila e peguei um questionário em branco.

Suas sobrancelhas se ergueram ao ver o documento formal.

— Que belo trabalho você tem aí, Percy.

— Estou ciente — afirmei, elevando a voz em meio ao falatório e ao tilintar de copos atrás do balcão. — Certo... Idade?

— Vinte e oito.

Eu já tinha preenchido.

— Trabalha com alguma coisa além de música?

— Bicos, quando não estamos em turnê.

— Sério? — Anotei. — Tipo o quê?

— Eu cubro alguns turnos aqui atrás do balcão. Doo sangue. Cuido de cachorros.

Sorri.

— Hobbies, interesses, paixões?

— Compor músicas — respondeu ele. — Afinar pianos. Você parece inteligente demais para esse trabalho.

Parei de escrever. Não conseguia entender seu tom: parecia familiar e distante ao mesmo tempo.

— Talvez seja por isso que fui demitida na semana passada.

Ele fez uma careta de pena.

— Não é porque o capitalismo está fracassando?

— Isso também.

— Qual é o seu plano?

Mordi o lábio.

— Não sei. Também sou crítica musical e compositora, e talvez você já saiba disso, mas não é que indie rock não dá dinheiro?

Ele riu e cruzou os braços, depois as pernas; estava usando botas gastas, mas bonitas.

— É preciso fazer turnê para ganhar dinheiro.

— Então você está bem?

Ele assentiu com uma autoconfiança que me surpreendeu.

— Desde que eu consiga subir no palco com um microfone, consigo me sustentar. A propósito, como estou? Estou na moda?

Fiz uma careta enquanto analisava, meneando a cabeça de um lado para o outro.

Ele riu.

— Jornalistas sempre dizem que sou desengonçado.

— Eu não usaria essa palavra. — Fiquei clicando a caneta algumas vezes, feliz por ter um acessório. — Gosto de como você... habita o espaço.

Joe balançou a perna cruzada, refletindo sobre isso. Estava sorrindo, se divertindo.

— Vai anotar isso?

Cliquei a caneta outra vez.

— O candidato tem um jeito agradável de habitar o espaço: um pouco desajeitado, sem ficar constrangido.

Ele riu.

— O candidato é desajeitado, mas basicamente não sabe disso?

— Exato. E, portanto, não é desajeitado de fato.

— Boa tentativa. Só ganho um desconto porque sei cantar.

— Ah — respondi, erguendo a caneta. — Mas nunca ouvi você cantar.

Joe concordou exageradamente. Uma banda começou a tocar em uma sala dos fundos, e o bar principal esvaziou bastante, ficando em silêncio. Ele não fez menção de se juntar aos outros.

Eu queria falar sobre "Bay Window" sem perder a proteção do nosso joguinho, então perguntei:

— É você quem canta aquela música problemática de rock para boomers, sobre o 11 de Setembro?

Ele riu.

— Culpe minha coautora pelas partes problemáticas.

— Mas deve ter sido difícil.

Joe pareceu surpreso.

— Tá brincando? Foi incrível. É o maior sucesso da minha carreira, e o fato de ter sido um golpe de sorte o torna ainda melhor. As pessoas não sabem o que esperar de mim agora. Posso fazer qualquer coisa.

Esse era um bom argumento, e ainda não tinha me ocorrido, mas tudo o que eu disse foi:

— Deve ser legal.

Ele se inclinou para a frente.

— Sou muito grato por essa música.

Senti lágrimas brotarem nos olhos. Assenti.

Ele voltou a se recostar na cadeira.

— Moro logo ali. — Um novo tom em sua voz, hesitante. — Se você quiser me ouvir cantar, claro. Eu poderia tocar algumas coisas em que tenho trabalhado.

Dei de ombros.

— Não tenho muitas opiniões sobre música.

Ele saiu do personagem, riu abrupta e ruidosamente.

— Ok, digamos que eu faça isso. — Contive meu próprio sorriso. — Aprendi que não é uma boa ideia sair se envolvendo com o trabalho dos outros, pelo menos não de pessoas por quem você se sente atraído. A dinâmica fica estranha.

As sobrancelhas.

— Então você se sente atraída por mim?

Meu rosto ficou vermelho. Qual era o meu problema?

— Todo mundo se sente atraído por você — recuei, fazendo um gesto amplo que pretendia indicar tanto Liza-Beth quanto a baixista ruiva, onde quer que ela estivesse. — Não é nada especial.

Joe me olhou com atenção. Estava esperando que eu dissesse que era brincadeira: "É claro que vou para o seu apartamento, é claro que vou ouvir suas músicas geniais." Ele estava pensando — com certeza, dava para ver pelo canto da boca — na Skinner.

Antes que ele pudesse falar, fiz a próxima pergunta do questionário:

— Como você descreveria sua vida social?

— Capenga. — Joe fez um gesto para o barman trazer mais uma rodada e então estreitou os olhos para mim. — Ei, foi você quem postou no blog sobre a vez que cantei "What Makes You Think You're the One" em uma festa, alguns anos atrás? Como é que você sabia disso?

Ele tinha visto. Contive o que teria sido um sorriso terrivelmente inapropriado.

— Um dos meus criadores de tendências me contou.

— Ah, é mesmo! — A frieza na voz retornou, endurecendo até virar gelo. — Então *é* um trabalho útil para você!

— Eu só dei um palpite sobre a música, na verdade. Acertei?

Ele soltou uma meia risada, as narinas dilatando.

— Teria sido muito menos assustador se você estivesse errada.

— Nossa. Me desculpe se pareceu invasivo…

— Eu estava mal naquela noite… Nosso show no CMJ tinha sido péssimo, minha namorada estava brava comigo…

— Mas o post não era mesmo sobre você.

— É verdade… Era sobre a autora, né? Como ela sempre tenta se apropriar das realizações do cantor? Interessante.

De repente, eu o odiei de novo. A palma direita latejou com uma dor fantasma.

— Menos — murmurei. — Apaguei cinco segundos depois de postar.

— É, obrigado por isso. Fiquei pensando que tinha tido uma alucinação. — Ele parou, suspirou e esfregou a testa. — Deixa pra lá.

PROBLEMAS PARA CONTROLAR RAIVA, escrevi, colocando a mão em concha em cima para que ele não visse.

Então, estranhamente, Joe riu.

— História antiga, né? É meio estranho o quanto ainda me importo às vezes.

— Continua vindo até o dia em que para.

Ele levantou a cabeça, os olhos brilhando diante da referência ao LCD Soundsystem.

— Percy, já percebeu que conversar com a maioria das pessoas é chato? É mais fácil do que isso aqui, mas chato?

— Sim. Mas por que estamos falando assim? Você não acabou de dizer que tinha uma namorada?

Quando ele não respondeu de imediato, olhei de volta para o formulário, nervosa.

— Sem namorada no momento.

O pânico tomou conta de mim. Olhei para a página, que ficou vermelha por meio segundo, depois preta. Então minha visão se recuperou. SEM NAMORADA, escrevi.

— O que aconteceu? — perguntei, mantendo a voz calma.

— Ela é incrível — afirmou Joe, e eu desejei não ter perguntado. — Mas é mais velha e... Bom, o relógio biológico se tornou uma questão.

Isso não diminuiu meu ciúme, mas deu uma forma diferente para o sentimento. Ele também era uma sombra complexa na vida dela, uma perda cruel de tempo precioso. Eu sentia uma empatia obscura por ela, mesmo odiando o fato de que o relacionamento deles de repente parecia tão adulto, com problemas sérios e reais. A música recomeçou no bar: "Ready for the Floor", do Hot Chip. Duas garotas começaram a dançar.

— E você? — perguntou Joe, tomando um pequeno gole de cerveja. — Algum jovem político inteligente na sua vida?

Zoe deve ter contado sobre o funcionário do Obama.

— Não. Para ser sincera, só tive um namorado de verdade, e isso foi há anos.

— Ah, é? O que aconteceu?

— Eu traí ele.

Ele pensou.

— E você simplesmente contou? Na mesma hora?

— E ele me largou na mesma hora.

Seu rosto processou isso devagar. Depois de um minuto, Joe disse:

— Coitado.

— É. Está casado agora. Fiz um favor a ele, sério. Você não tem ideia de como eu posso ser insuportável.

Ele se inclinou para a frente de repente, moveu os joelhos para que se encaixassem entre os meus.

— Vem — disse ele. — Eu quero te suportar.

Olhei para as nossas pernas, quatro listras alternadas de jeans.

— Mas você me odeia.

— Não tanto quanto *você* me odeia.

— Por favor. Sinto muito pela Skinner, mas nem tudo gira em torno de você, sabia?

Joe se inclinou um pouco para trás. Seus joelhos ainda tocavam os meus.

— Aqui está o pedido de desculpas que eu quero: vem comigo. Vamos trabalhar juntos.

Desviei o olhar. "Heartbeats", do The Knife, começou a tocar. Sintetizadores angulosos cortavam o ar entre nós, seguidos pela voz aguda e dramática de Karin Dreijer. A música tinha sido lançada depois que paramos de conversar; nunca a tínhamos ouvido juntos, nunca tínhamos falado sobre ela.

— The Knife é o nome perfeito para o som deles — Joe disse baixinho.

— Com certeza. São o equivalente auditivo de um cutelo, como o nome bem sugere.

Ele sorriu. Nós nos observamos ouvindo a música, seu sorriso desaparecendo lentamente. É uma canção misteriosa sobre um intenso encontro romântico, um episódio de amor verdadeiro e surpreendente — mas algo dá errado na ponte, e tudo o que resta a Dreijer é a convicção de que, depois dessa experiência, a dádiva nunca virá de cima. Não para ela. Somente corpos terrenos, próximos a ponto de compartilharem batimentos cardíacos, poderiam ser divinos.

Quando o último acorde cortante do sintetizador se dissipou, percebi que todas as minhas crises de raiva haviam sido abafadas. Pareciam idiotas diante da grandiosidade da música. Eu só a entendia por causa de Joe, e agora lá estava ele, a centímetros do meu rosto, respirando lenta e superficialmente. Seus joelhos estavam mais próximos agora, pressionando os meus.

Então, sem dizer uma palavra, ele se levantou e me puxou para o banheiro. Enquanto atravessávamos o bar, o local parecia estranhamente silencioso, quase parado, como aquelas cenas nos filmes em que tudo para, exceto os personagens principais. Entramos em uma fila silenciosa de pessoas esperando e ficamos juntos, encostados na parede, nossos mindinhos enganchados.

— Você pensa naquele dia do casamento? — perguntou Joe num sussurro rouco.

— Penso. Zoe me disse uma vez que esse era o objetivo daquele dia.

— Eu começo com a batida na porta.

— E eu com a sua mão no meu ombro.

Ele se virou rapidamente e me beijou. Foi chocante, mas também reconfortante, como cair de costas em uma piscina morna. Suas mãos estavam no meu cabelo, as pontas dos dedos envolvendo minha cabeça, e então a palma deslizou pelas minhas costas, e ficamos tão colados, que eu sentia suas costelas nos meus seios, as batidas do seu coração no meu, exatamente como a música descrevia. Ninguém na fila do banheiro disse nada. Ou talvez tenham dito, e eu não ouvi. Quando Joe finalmente se afastou, sua expressão era de profunda satisfação, como se o mundo tivesse voltado ao lugar. Eu estava tonta com o beijo, mas aquele olhar me fez querer esclarecer uma coisa.

— Sem músicas, tá? Só nós dois.

Cheguei mais perto de novo.

Ele virou o rosto.

Congelei.

— Não, não... É só que...

Não era óbvio? Não era óbvio que trabalhar nas músicas idiotas dele estragaria tudo?

— É importante que eu faça as minhas coisas — completei.

— Skinner era uma coisa sua? — perguntou Joe, com o rosto ainda virado.

— Mais ou menos. Porque não era você.

Ele zombou.

— Certo, então você quer *só* fazer música? — desafiei. — Só negócios?

Joe se encolheu, o rosto se afastando ainda mais.

— É, eu também não — respondi.

O volume do som do bar parecia ter aumentado novamente, e a fila do banheiro estava maior atrás de nós, sem diminuir na frente. Esperei Joe falar alguma coisa, mas ele ainda estava se afastando de mim. Então se recostou na parede e cruzou os braços.

Suspirei.

— O que eu estava pensando? — perguntei, e isso realmente me deixou perplexa. Porra de "Heartbeats". Nós engolimos aquela música como dois bêbados, procurando euforia descontroladamente. E então, em vez da resolução madura que eu buscava, estava de volta aos vinte e poucos anos.

— Você pode ir se quiser.

— Não posso. Preciso de mais dois criadores de tendências e viajo amanhã de manhã.

Ele assentiu, ainda sem me encarar.

— Eu te ajudaria, mas... — deu de ombros — ... não quero.

— Não te culpo.

E voltei para o banco do bar, onde minha mochila estava esperando no chão. Joe ficou na fila do banheiro. Alguns minutos depois, eu o vi saindo. Ele me deu um sorrisinho resignado enquanto passava pela porta de vidro.

Na manhã seguinte, a caminho do JFK, recebi uma mensagem de Joe. Ele estaria em São Francisco no mês seguinte para um show beneficente e queria saber se poderia ir ao jantar de Ação de Graças na casa dos Gutierrez.

Zoe disse que você tem prioridade.

Respondi que claro que ele poderia ir, e me senti tão aliviada, que quase chorei. Talvez à luz do dia, longe de bancos do bar, das meias palavras e daquela música, pudéssemos ficar de boa.

Poucos minutos depois, ele mandou outra mensagem:

Aliás, o novo álbum do The Shins é incrível, né?

Fiquei olhando pela janela com o celular no peito pelo resto da viagem, curtindo a sensação de ter o Joe para responder.

A garota na ponte

O Dia de Ação de Graças na casa dos Gutierrez foi alegre e aconchegante. Zoe tinha perdido o emprego e eu ainda não tinha encontrado outro, mas Obama tinha vencido a eleição, e era difícil não ficar otimista. Depois da sobremesa, Joe tocou violão e cantou "Kooks", do Bowie, e os pais de Zoe começaram a dançar, depois Zoe e Melissa se juntaram a eles. Pedi licença e fui à cozinha para lavar a louça. Estava me esforçando, fingindo estar confortável, fingindo que era fácil compartilhar aquela noite com Joe, mas "Kooks" era demais. Eu me entreguei ao barulho da torneira aberta e bati panelas e frigideiras.

Quando peguei o trem para casa, estava esgotada, mas bem. Joe falou comigo de um jeito estranho, mas no geral estava relaxado, obviamente feliz por estar de volta; não queria que ele fosse deixado de fora da família, tanto quanto não queria isso para mim. Conseguiria suportar isso uma vez por ano.

Na tarde seguinte, estava escrevendo na mesa quando vi o carro da Melissa parar na frente do prédio. Depois que Zoe saiu, Melissa abaixou o vidro da janela para lhe dar um beijo de despedida.

Zoe veio direto para o meu quarto e se jogou na cama.

— Obrigada por ontem à noite. Tenho duas coisas para te dizer.

Eu me virei na cadeira. No momento em que vi o rosto dela, as mãos apoiando o queixo, já soube.

— Você vai morar com a Melissa.

Ela pareceu aliviada, embora a testa continuasse franzida.

— Seria loucura não ir, né? Não tenho renda, e nosso aluguel é mais alto que o dela. Além disso...

— Além disso, está na hora.

Eu vinha considerando essa possibilidade havia semanas, desde a aprovação daquela repugnante Proposta 8, que a igreja católica do pai da Zoe (embora não o próprio sr. Gutierrez) havia apoiado abertamente. Sabia que as duas não estavam prontas para se casar, mas havia algo em ter esse direito negado que parecia fazer Zoe querer se aprofundar ainda mais na vida de casal, para provar a estabilidade da união delas. Eu entendia perfeitamente.

— Queria esperar até você estar pronta, mas...

— Vou ficar bem, Zoe. — E era verdade, mesmo estando com o estômago embrulhado. — Estou ganhando um dinheirinho. Vou transformar meu blog em um livro, arrumar uma colega de apartamento.

Ela saiu da cama e se sentou no meu colo, me abraçando.

— Mas nunca, jamais existirá outra colega de apartamento como eu.

Abracei Zoe com força, como se pudesse transferir para ela todo o meu amor.

— Nunca.

— Ah — ela disse, se afastando. — Segunda coisa. Joey vem aqui mais tarde, e não quero ouvir nenhuma reclamação. É o aniversário da primeira vez que nós três saímos juntos, lembra?

Zoe sabia o que estava fazendo, contando seu plano de mudança primeiro; agora eu estava sentimental e pronta para agradá-la. Assenti em silêncio. E me fez sorrir a lembrança do nosso dia depois do Dia de Ação de Graças de 2000 — a estranha e limpa vastidão daquelas largas ruas suburbanas; a forma como minha vida parecia uma folha de papel amassada se desamassando aos poucos, conforme a noite avançava. Lembrei que Joe e eu também não estávamos juntos naquela época, mas mesmo assim foi um dos momentos mais felizes da minha vida.

Algumas horas depois, ele apareceu com uma garrafa de vinho, um Ziploc enorme com sobras de peru dos Gutierrez e uma receita de torta de carne.

Bebi uma taça cheia em minutos. Nós três nos revezamos na mesa da cozinha, colocando música para tocar no dock do iPod. Joe fez a massa enquanto Zoe separava os ingredientes e eu arrumava a mesa da cozinha, que estava coberta de livros, revistas e vários materiais de arrecadação de fundos da Zoe. Na metade da segunda taça de vinho, já estava me divertindo.

— Escolha a melhor música sobre se mudar — falou ela quando nos sentamos para comer.

Joe se jogou no iPod. Quando "Packing Blankets", do Eels, começou a tocar, não consegui esconder minha decepção.

Ele suspirou.

— Preciso de mais vinho antes de ouvir o que a Percy vai dizer.

— Em cima da geladeira — disse Zoe.

— Não tenho nenhuma objeção a essa música. Só não acredito que você não colocou "New Slang".

Joe tirou a rolha e apontou o abridor de garrafas para mim, com um olhar acusador.

— Você nem sabia que "New Slang" era sobre mudança até lermos aquela entrevista com James Mercer na *SPIN*.

— E daí?

— Daí que está desclassificada — respondeu ele, sentando-se de novo e enchendo nossas taças. — Fora que também me esqueci dela.

— Como pôde esquecer esse álbum? Você deu uma de *Brilho Eterno* só porque ele te lembra do nosso caso inexistente da faculdade?

— É muito importante para mim que você saiba que não acho que "Packing Blankets" é melhor que "New Slang".

Zoe estava sorrindo de orelha a orelha.

— Se vocês malucos me deixarem escolher uma música, vou colocar "California". Eu ouvia todos os dias na África.

— Ahhh, vamos fazer as melhores da Joni Mitchell depois. Joe, se você tocar alguma coisa jazzística e enrolada, vou embora.

— Fala sério. Obviamente nós dois vamos escolher "A Case of You".

Eu sorri.

A escolha da Zoe foi "Big Yellow Taxi", e acho que essa foi a última contribuição dela, porque a partir dali Joe e eu debochamos do cover de "Big Yellow Taxi" do Counting Crows e depois tiramos sarro de uma longa rodada de piores covers de todos os tempos, seguidos pelas melhores músicas de Natal de todos os tempos, momento em que Zoe se levantou para lavar a louça.

— Estamos sendo irritantes — disse baixinho para Joe, que estava navegando pelo iPod em busca de "2000 Miles", do Pretenders.

Ele colocou a música para tocar e se virou para mim. Estávamos a centímetros de distância.

— E daí? Eu venho irritando a Zoe desde os anos 1990.

Olhei para ela, com as mãos na pia, os ombros balançando levemente ao som repetido da guitarra na música, rodopiando pelo lugar como neve.

— Ela está indo embora — contei ao Joe.

Ele fez uma careta e assentiu. Estendeu as mãos, mas não parecia saber onde pousá-las; por fim colocou os dedos, brevemente, no meu antebraço. Senti a música ficar lenta e vacilar, como uma agulha passando por uma ondulação no vinil. Então ele colocou uma playlist do Bowie e anunciou:

— Vou secar a louça!

Acabamos no quarto de Zoe, olhando fotos antigas e rindo mais alto do que me lembrava de já ter rido, e então ela começou a explicar todos os fatores que contribuíram para o colapso econômico. Era quase meia-noite quando percebi que Joe tinha entrado no meu quarto.

— Os CDs foram embora — comentei enquanto o seguia para dentro, recolhendo roupas do chão.

Ele estava parado em frente ao teclado.

— Não acredito.

— De jeito nenhum eu vou tocar na sua frente — avisei.

Mas agora ele estava olhando para o meu caderno na mesa, aberto em uma página de versos.

— Isso é para a Meg Vee?

— É.

Observei seu rosto com atenção. Ele assentiu devagar.

— Estão comentando sobre isso por aí. Ouvi dizer que você transformou um canto fúnebre estranho em um grande hit.

Senti uma explosão de orgulho tão forte, que devia estar estampada no meu rosto, mas Joe ainda olhava para o meu caderno.

— Você se incomoda quando escrevo com alguém que você não odeia? — perguntei.

— Não tanto — respondeu distraidamente. Ele tocava o caderno com a ponta dos dedos, lendo a letra. Não me importei; era boa.

— Ei — falou de repente, olhando para cima. — E se começássemos com a sua ideia?

— Para uma música?

— É. Com certeza você não se limita a consertar as músicas dos outros, ou a escrever sobre elas. Sobre o que seria a *sua* música?

— Joe, isso não vai resolver tudo.

Mas eu tinha uma ideia, uma grande, tão grande, que já sabia que não resistiria a contá-la. Sentei-me na beira da cama.

— Cinquenta por cento — avisei.

— Fechado.

Ele se sentou ao meu lado, com as mãos cruzadas entre as pernas, uma das quais balançava de leve.

— O nome é "The Girl in the Bridge". — Observei seu rosto processar aos poucos o "in". — Alguém me disse isso depois do show no Troubadour: "Você é a garota na ponte!" Foi um momento muito surreal para mim.

— Uau. Então é sobre você?

— Só a ponte. Algo parecido com aquele post do Fleetwood Mac, lembra, sobre como sou basicamente a pior pessoa do mundo?

Ele me beijou, depressa e com firmeza. Então arregalou os olhos.

— Desculpa. Continua. Você não é a pior pessoa. Continua.

Senti meu corpo balançando de leve na cama, chocada.

— Joe.

— Não vai acontecer de novo.

— Ótimo — falei, séria. — Nós já passamos por isso, lembra...

— Meu Deus, Percy, retiro o que fiz. Por favor, foi um acidente, me conta sobre a música!

Quase ri, mas não queria enfraquecer meu argumento. Respirei fundo.

— Tudo bem. O resto é a sua parte da história. A garota só aparece na ponte.

Joe revirou os olhos.

— Que foda. — E então voltou a me encarar, os olhos mais brilhantes do que antes. — Espera. Tenho a melodia perfeita para isso. — Saiu correndo do quarto e, segundos depois, estava sentado ao meu lado de novo, com seu iPod e um par de fones de ouvido. — Você tem a letra?

— Uma parte. — Joe olhou para o caderno na minha mesa, mas eu balancei a cabeça. — Não está pronta.

Zoe bateu à porta aberta do quarto.

— Estou indo para a casa da Melissa, seus malucos!

Pulamos da cama.

— O quê? — protestei. — Não!

Mas ela já estava vestindo o casaco.

— Não aguento a tensão sexual neste lugar — comentou, abraçando nós dois. — Sinto como se estivesse prestes a ser eletrocutada.

Algo na maneira como ela declarou aquilo tão claramente, carregada de aprovação tácita, fez minha última camada de defesa contra Joe ruir. Só uma noite, decidi. Não dá para resistir por muito tempo a algo tão forte, que contagia o ambiente inteiro.

— Zoe, eu te amo. — E então acrescentei: — Mais do que o Joe. Eu te amo mais do que amo o Joe.

Ela riu.

— Eu também te amo mais do que amo o Joe.

— Ei, eu estou bem aqui.

Nós a acompanhamos até a porta, acenando como pais enquanto ela descia a escada. Quando a porta se fechou, houve um segundo de incerteza, e então estávamos nos agarrando, tirando as roupas, tropeçando pelo corredor. Meu cérebro queria voltar para a música, mas o corpo continuava vencendo.

— É animada? — perguntei enquanto subíamos na cama.

— Mais ou menos — respondeu, abocanhando o meu peito.

Aceleramos o sexo; de alguma forma, nós nos apressamos como adolescentes. Imediatamente depois de terminar, ele pegou o iPod da mesa de cabeceira e me entregou.

Coloquei seus fones de ouvido gigantes. Joe ainda estava dentro de mim; eu estava por cima.

— Se você não gostar, vamos achar outra coisa.

Assenti, e ele sustentou meu olhar enquanto apertava o play.

Um ritmo sincopado na caixa. A guitarra rítmica estabeleceu o groove. Então, um instrumento estranho — uma guitarra, percebi, tão distorcida que ficou irreconhecível — começou a tocar dois trechos melódicos várias vezes. O primeiro era tenso, contido, repetitivo; o segundo era uma explosão de semicolcheias, uma explosão de inspiração melódica que não nos levava a lugar nenhum, a não ser de volta ao ponto de partida. Tensa, repetitiva; melódica. Tensa; melódica.

— Você cantaria por cima desse loop? — perguntei, sem me ouvir. Joe fez que sim. Um sorriso se espalhou pelo meu rosto. Senti que ele ficou um pouco excitado de novo.

O loop continuou, e outras coisas também estavam acontecendo — mais bateria, sintetizadores, algum tipo de ruído produzido por uma máquina de trituração aprofundando o groove.

— A melodia vai precisar ser simples em cima de tudo isso — observei. Ele se apoiou nos cotovelos e fez um gesto para que eu tirasse um fone de ouvido; obedeci, esticando para que Joe pudesse ouvir, e ele cantarolou sem palavras por cima do loop. Concordei. Funcionou, e foi incrível, uma direção totalmente nova para ele.

Agora estávamos na ponte: o loop caiu, o ritmo se desestabilizou. Tirei os fones de ouvido para poder me ouvir e cantei:

He met his match but couldn't light it.
Ele encontrou seu fósforo, mas não conseguiu acender.

Instantaneamente, senti Joe ficar muito duro.

She was always wet.
She'd draw his blood while clawing her way...
to get a little respect.
Ela estava sempre molhada.
Ela arrancava o sangue dele enquanto abria o caminho às garras...
para ganhar um pouco de respeito.

A melodia, que me viera do nada, subia e descia como um mergulho gracioso, entrelaçando-se suavemente com o instrumental denso.

Her worst brought out the best in him, but she wanted it better.
And every time she found perfection, he was always better.
O pior dela trazia à tona o melhor dele, mas ela queria algo melhor.
E, cada vez que ela encontrava a perfeição, ele era sempre melhor.

O loop retornou; o groove se instalou novamente. Ele se sentou para me beijar, e desta vez não tivemos pressa.

Acordei primeiro. Imediatamente senti pânico, temendo ter esquecido minha linda melodia da ponte, mas a encontrei esperando calmamente na beirada da memória.

Um céu branco do outro lado da janela encheu o quarto com uma luz suave e uniforme. Joe estava deitado no travesseiro, de boca entreaberta. Eu conseguia entender agora o que ele vira na Union Pool: separar as músicas e o sexo era uma ideia ridícula. Nenhum dos dois seria tão bom. Lembrei-me do comentário de Alma sobre a música se infiltrar em todas as partes da nossa existência e me perguntei se esse fenômeno funcionava nos dois sentidos — se a boa música vinha direto do próprio corpo, às vezes. Se as melhores coisas aconteciam quando você mantinha as fronteiras entre sua mente e seu corpo tão abertas e porosas quanto humanamente possível.

Eu estava olhando para o teto e começando a cochilar de novo quando ouvi a voz de Joe, rouca ao acordar:

— "Ele sempre era melhor": é verdade ou só uma boa frase?

Rolei para o lado. Ele estava com os olhos entreabertos, com remela nos cantos.

— É verdade — falei. — Mas "melhor" é uma via de mão dupla, não é? Ou talvez você não saiba como é ter alguém constantemente melhor do que você.

Joe colocou a mão no meu quadril. Estava com os olhos bem abertos agora.

— Na verdade, sei, sim.

Nós nos olhamos por um longo tempo. Então ele rolou para cima de mim e desapareceu debaixo das cobertas, percorrendo com beijos uma trilha que começava em meu peito, explorando com as mãos. Cada toque arrepiava várias partes do meu corpo, dedos, lábios e trechos aleatórios dos meus braços e pernas, e o efeito era estonteante; não conseguia dizer qual toque era real. Joe dobrou meu joelho e beijou uma linha ao longo da parte interna da coxa. Em algum lugar no mapa de calor da minha mente, tive um pensamento claro: mal podia esperar para fazer com ele o que estava fazendo comigo, explorar seu corpo daquela forma. Quando chegou a minha vez, empurrei-o para a cama com entusiasmo, rindo. Procurei a pinta na clavícula: ainda estava lá. Mordi os mamilos que eu tinha visto sob as camisetas, sob um casaco aberto na varanda dele em Berkeley. Lambi a extensão dos músculos do seu antebraço, que se flexionavam quando ele tocava violão, e segurei as coxas que eu sentira tremendo de empolgação no banco do piano da sala de exposições de Manhattan, agora tremendo de novo em meus braços.

Depois, passamos suavemente para "The Girl in the Bridge". Levei para a cama uma bandeja com torradas e café. Trabalhamos no teclado e no caderno, encaixando palavras em nossas melodias, ajustando cada nota, cada sílaba. Ficou claro para nós dois que Joe não tinha mais a palavra final, o que acabou levando a um impasse por causa de uma rima estranha; ele acabou aceitando a minha edição, mas não sem antes resmungar algo desagradável sobre ver como ficaria na gravação.

— Que tal a gente sair para almoçar antes que eu te bata com a bandeja? — perguntei, e ele me beijou, o que foi um pedido de desculpas razoavelmente eficaz e, até então, inédito entre nós.

Enquanto ele tomava banho, fiquei na cama, checando meu e-mail e vagas de emprego. Joe voltou com uma toalha na cintura e olhou para a minha tela, curioso.

— Você quer mesmo algum desses empregos?

— Claro que não. Mas este apartamento não é barato.

— Você consegue ir para outro? — Ele vestiu a cueca e largou a toalha. — Um bairro mais barato ou até outra cidade? O que está te mantendo aqui?

Olhei para ele. Havia a Zoe, claro, mas eu sabia que nossa amizade sobreviveria a qualquer distância.

— É uma boa pergunta.

— Não é? — disse ele, e se juntou a mim na cama.

Mas para onde eu iria? Não para Nova York, que era tão cara quanto. Indiana também não. O notebook esquentava nos meus joelhos.

— Quando você estava em turnê pelos Estados Unidos para o *Funny Strange*, costumava enviar e-mails de todas aquelas cidadezinhas...

— Missoula, Montana. — Seus olhos dançavam pelo meu rosto. — Nova Orleans. As duas Portland.

Eu já estava procurando. Em um minuto, encontrei um charmoso sótão de uma casa no Maine por menos da metade da minha parte do aluguel em São Francisco. As fotos pareciam brilhar com todas as horas a mais que aquele valor poderia comprar. Eu poderia escrever a noite toda. Poderia dirigir até Nova York para encontrar meus colaboradores. Virei a tela para mostrar ao Joe.

Ele colocou o notebook em cima dos joelhos e começou a digitar. Seu olhar me lembrou aquele da nossa noite do "Sara Smile", tantos anos atrás, quando as luzes se acenderam no bar, e eu vi pela primeira vez aquela intensidade ferida e resiliente. Então dei uma espiada na tela.

— Joe...

— Quietinha.

Um minuto depois, ele virou o notebook para mim, orgulhoso. Era uma casinha para alugar em Montana. Joe clicou nas fotos: dois quartos, uma sala de jantar com lambris e, no canto dos fundos do quintal, um estúdio independente, já com isolamento acústico feito pelo proprietário.

— Qual é. Caroline é uma banda de Nova York.

— Eu bem que gostaria de um pouco de espaço longe desses caras, para ser sincero. Você sabe o que estou fazendo ultimamente. Preciso de um estúdio.

As possibilidades me atingiram como uma onda quebrando nas pedras da praia.

— Você também — acrescentou ele, e sua voz estava suave e orgulhosa.

Eu me afastei das cobertas e me levantei. Joe olhou para mim, a boca tremendo, à beira de um sorriso. Na tela entre nós, o pequeno estúdio estava iluminado por dentro, com as janelas aquecidas pela luz amarelada.

— É um conto de fadas — respondi. — Com dois gatos no quintal.

Um lampejo de irritação passou pelo rosto de Joe, como se a questão fosse óbvia demais para ser mencionada.

— É só um contrato de aluguel mensal, Percy. — Ele se ajoelhou na cama. — Será que a gente já tentou de verdade?

Aquela velha sensação de "Surf's Up" surgiu no meu peito: porta após porta, abrindo-se sem parar. Senti um desejo avassalador de passar por todas elas, para ver até onde iam, mesmo sabendo que teria que lutar, me machucar e sangrar, para cruzar cada uma.

— Você acha que sabe de tudo. — Ele atravessou a cama de joelhos até mim. — Acha que as músicas vão atrapalhar a gente de novo?

— Acho — respondi. E então sorri, segurando seu rosto. — Mas elas vão ser *tão boas*.

Agradecimentos

Este livro não existiria sem Dan Lyon, cujo apoio assumiu inúmeras formas: comentando os primeiros rascunhos, explicando acordes diminutos, tocando versões de "Bay Window" no piano à noite. Quando minha obsessão em escrever este livro virou nossa vida de cabeça para baixo, ele nunca reclamou ou duvidou do resultado. Eu amo você por isso, Danny — e por muito mais.

Este livro também não existiria sem meu pai, o poeta e compositor Chuck Brickley, que me ensinou quase de berço a ouvir com atenção músicas pop. Obrigada, pai, por cada fita cassete e CD que você trouxe para mim da A&B Sound e por ser um exemplo de como viver uma vida criativa no mundo real.

Para minha mãe, Kim Brickley: sua fé inabalável em mim e seu amor sincero construíram a base de todo o meu trabalho, começando com aquelas primeiras histórias que você me ajudou a construir a partir de fichamentos. Sou muito grata. Enquanto isso, minha inveja do seu talento poderia ser tema de outro livro — e talvez seja, algum dia!

Rachel Swaby, minha eterna primeira leitora: quando seu entusiasmo por esta história pareceu excessivo até mesmo para você, eu sabia que precisava lutar por ela. Obrigada por saber quando preciso de um empurrãozinho.

Anna Stein, a palavra “agente” é pequena demais para descrever o que você faz! Obrigada por consertar a ponte — do livro e da minha vida. Um grande obrigado também a Karolina Sutton, Jiah Shin, Julie Flanagan, Claire Nozieres, Zoe Willis, Blythe Zadrozny e Jamie Stockton. Amy Einhorn, obrigada por fazer uma edição minuciosa e por investir seu poder espetacular nesta história. Obrigada ao restante da equipe da Crown, incluindo Lori Kusatzky, Dyana Messina, Stacey Stein, Julie Cepler, Chris Tanigawa, Liza Stepanovich, Abby Oladipo, Philip Leung, Amani Shakrah, Michele Giuseffi, Chris Brand, Chris Allen, Annsley Rosner e David Drake.

Beth Coates, Jo Thompson, Amy Perkins, Maud Davies, Holly Martin, Emily Merrill e todos da The Borough Press no Reino Unido: vocês encontraram todas as oportunidades de me impressionar com sua paixão e ambição por este livro! Bhavna Chauhan, Amy Black e todos da Doubleday Canadá: obrigada por me trazerem para casa.

Ken Brickley, o melhor irmão na história dos irmãos e o Rei da Diversão. Sue Lyon, sogra dos sonhos e minha companheira de leitura favorita. Minha querida avó, Dortha Brickley, pelo presente da nossa casa em Indiana. Toda a minha família amorosa, musical e deliciosamente opinativa: Tim Brickley, Pat Brickley, Catherine e Thomas Harris, todos os Kramer e todos os Lyon.

Agradeço a Claire Campbell e Patrick Maley por lerem os primeiros rascunhos, e Ramesh Pillay por ler um livro diferente, que me ajudou a chegar a este. Angela Cravens — eu poderia ter sobrevivido ao campo de batalha das dúvidas sem você? Alexander Reubert, por me tirar desses campos de batalha. Sarah Ramey e Dan Kois, pela ajuda na busca por um agente. Karen Thompson Walker, agradeço os conselhos e a perspectiva sobre tudo o que veio depois.

Toda a equipe de Berkeley, que poderia falar sobre música e livros para sempre, especialmente Ricky Mills. Aos amigos de São Francisco que me mostraram as alegrias da pista de dança, especialmente Kelli Townley e Anshuman Duneja. (Kelli, a pista de dança foi só o começo, claro; levaria páginas para te agradecer devidamente!) Matthew Bice pelo EP do The Shins; Brian e Krystle Moyers pela biblioteca; Tim Leong pelos designs; Warren Boothby pelos bares. Por inspirações variadas: Christian Lyon, Kelly Cloutier, Aaron Poser.

Barbara Bylenga, que me deu uma carreira em pesquisa, mas de muitas maneiras me viu como a escritora que eu realmente era. Courtney Leeds, pela frase "ganhar dinheiro julgando as pessoas", e a Black Bamboo, por me ajudar a superar algumas reviravoltas culturais malucas. Steve Kantscheidt e Portland, por me darem o equilíbrio necessário para escrever de novo.

Obrigada aos professores: Mark Slouka, Christine Schutt, Sigrid Nunez, Ron Loewinsohn, Tom Farber, Lenora Poulin, Chris Crosgrey, Duncan Mason e, mais uma vez, especialmente ao meu pai.

Obrigada — claro, claro — a todos os músicos de verdade que aparecem nestas páginas.

Maisie e June, era isso que eu estava fazendo no notebook em todas as nossas idas ao parquinho. Sinto muito que vocês não tenham permissão para ler este livro até serem adolescentes. Obrigada por serem crianças tão legais, independentes e criativas. Mal posso esperar para ver vocês descobrirem, por meio de quaisquer paixões que lhes atingirem o coração, como a vida pode ser grandiosa.

Impressão e Acabamento:
Gráfica Grafilar